맹인탐정
맥스 캐러도스

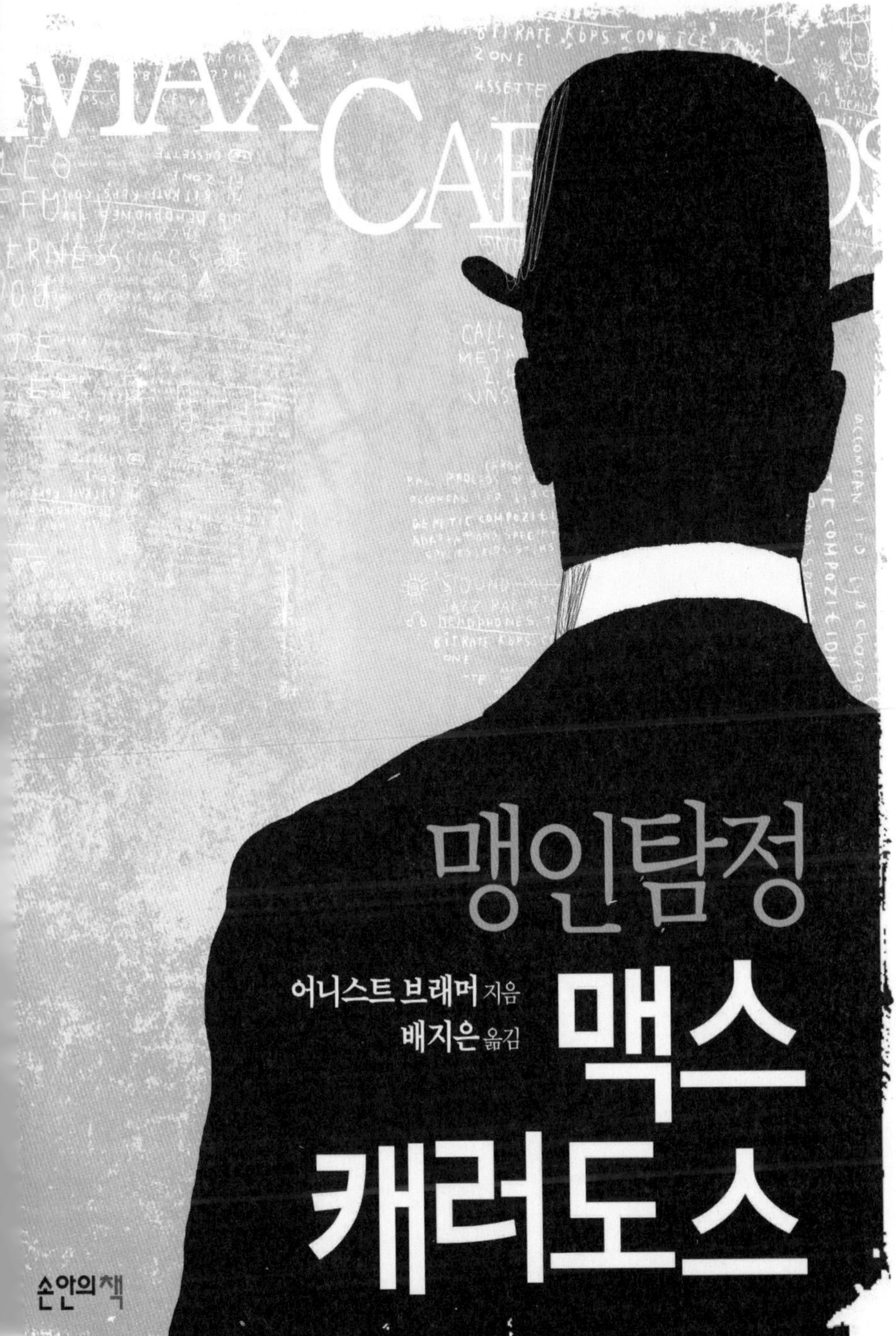

맹인탐정 맥스 캐러도스

어니스트 브래머 지음
배지은 옮김

손안의책

맹인탐정
맥스 캐러도스

I

디오니시우스의 동전

The Coin of Dionysius

시간은 밤 8시였고 비가 오고 있었다. 영업을 하기에는 늦은 시간이라 손님이 올 만한 때는 아니었지만, 창문에 '백스터'라고 쓰인 작은 희귀 동전 취급점에는 아직도 불이 켜져 있었다. 주인인 백스터는 좁은 상점 구석에 앉아 〈펠멜〉 최신호를 읽고 있었다. 가게 문을 열고 기다린 보람이 있었는지, 잠시 후 종소리가 울리면서 문이 열렸다. 백스터는 잡지를 내려놓고 앞으로 나섰다.

사실 백스터는 누군가를 기다리던 중이었다. 가게 문 쪽으로 나서는 태도로 보아 중요한 손님을 기다리고 있었던 것이 분명했다. 그러나 가게에 들어선 사람을 보자마자 곧 정중한 태도는 사라졌다. 냉랭한 표정으로 변한 점잖은 주인 앞에는 수수한 차림의 남자가 서 있었다.

"백스터 씨죠?"

손님이 말했다. 그는 물이 뚝뚝 떨어지는 우산을 옆에 놓은 후 외투와 재킷의 단추를 풀어 안주머니에 손을 넣었다.

"아마 절 기억 못 하시겠지요. 칼라일이라고 합니다. 2년 전쯤 사건을 하나 맡아 도와드린 적이——."

"아, 알고말고요, 칼라일 씨. 사립탐정이신——."

"사설탐정이죠."

칼라일이 정정했다.

"그렇군요."

백스터가 미소를 지었다.

"아무튼, 저는 동전 수집상이지 골동품 전문가나 화폐 연구가는 아닙니다만. 제가 뭔가 도와드릴 일이라도?"

"있습니다. 이번엔 제가 도움을 청할 차례지요."

칼라일은 안주머니에서 부드러운 새미 재질로 된 주머니를 꺼내더니 그 안에 든 것을 조심스레 카운터 위에 올려놓았다.

"이것에 대해서 뭔가 아시는 게 있을까요?"

동전 수집상은 잠시 동전을 살펴보았다.

"확실하군요. 이건 디오니시우스(Dionysius) 시대의 시칠리아 테트라드라쿰(Tetradrachm)[1]입니다."

백스터가 말했다.

"그건 나도 캐비닛에 붙은 라벨을 보고 알았어요. 게다가 시스토크 경이 1894년의 브라이스 경매에서 250파운드를 주고 산 물건이라는 것도 알고 있습니다."

"그렇다면 저보다 많이 아시는 것 같은데요. 뭘 더 알고 싶으신 겁니까?"

"이게 진품인지 아닌지를 알고 싶습니다."

"그것을 의심할 특별한 이유가 있는 건가요?"

"어떤 상황 때문에 의심이 생겨서요. 그게 전부입니다."

백스터는 돋보기로 테트라드라쿰을 다시 한 번 살펴보고, 전문가 다운 신중한 손길로 가장자리를 잡고 집어 들었다. 그러더니 천천히

---

1) 고대 그리스 은화.

고개를 저으며 자신은 아는 바가 없다고 솔직하게 말했다.

"물론 추측은 할 수 있겠지만——."

"하지 마세요."

칼라일이 서둘러 말을 잘랐다.

"이것으로 한 사람을 체포해야 할 수도 있습니다. 확실치 않은 정보는 전혀 도움이 되지 않아요."

"그렇습니까, 칼라일 씨?"

백스터가 호기심을 느끼며 말했다.

"솔직히 말씀드리자면, 이건 제 능력 밖의 일입니다. 이것이 희귀한 색슨 페니 동전이거나 의심스러운 노블 금화[2]였다면 제 명성을 걸고 의견을 냈겠지만, 이런 고대 골동품 쪽은 제가 별로 아는 게 없어요."

칼라일은 실망스러운 기색을 감추지 않았다. 그는 동전을 섀미 주머니에 넣고 주머니를 다시 안주머니에 집어넣으며 책망하듯 투덜거렸다.

"선생만 믿고 있었는데. 그럼 이제 도대체 어디로 가야 할까요?"

"대영박물관이 있잖습니까."

"아, 그렇지. 고맙습니다. 그런데 그것을 알려줄 만한 사람이 지금 있을까요?"

"지금 이 시간에요? 말도 안 되지요! 아침에 가보시면——."

"하지만 오늘 밤 당장 알아야만 합니다. 내일은 너무 늦어요."

칼라일이 다시 실망하며 말했다.

하지만 백스터도 굽히지 않고 꿋꿋이 말했다.

---

2) 영국의 옛 금화.

"이 시간에 영업하는 사람은 찾기 어려울 겁니다. 나도 원래는 두 시간 전에 문을 닫아야만 했어요. 하지만 오늘 저녁에는 미국의 어떤 백만장자가 오기로 했는데, 그 사람이 자기 마음대로 시간을 정해버려서 말이지요."

백스터는 무언가 비밀스러운 이야기를 하듯 은밀함을 담아 슬쩍 윙크했다.

"그 사람 이름은 오프먼슨이라고 하는데, 어느 영민한 젊은 족보 전문가가 그 사람 족보를 캐다가 머시아(Mercia)[3]의 왕인 오파까지 거슬러 올라갔다더군요. 그래서이겠지만, 자기 혈통에 대한 증거로 오파 시대의 동전 한 세트를 구하고 있다고 합니다."

"재미있군요."

칼라일이 시계를 만지작거리며 중얼거렸다.

"다른 때 같았으면 그 백만장자 손님에 관해서 한 시간 동안이라도 즐겁게 대화를 나눴겠지만, 지금은——. 이봐요, 백스터 씨. 이 근처에 누구 아시는 분 중 이런 일을 도와줄 만한 동전 수집상이 없습니까? 이 분야 전문가라면 열 명쯤은 아실 것 아닙니까."

"글쎄요. 일 때문에 아는 사람 말고는 딱히 없는데요."

백스터가 골똘히 생각하며 말했다.

"제가 아는 친구들은 다들 파크레인이나 페티코트레인에 살 겁니다. 게다가 칼라일 씨 생각처럼 이 분야의 전문가가 많은 것도 아니에요. 최고라고 할 만한 사람이라면 두 명 정도를 꼽을 수 있는데, 그 사람들도 아마 이것을 두고 의견이 갈릴 겁니다. 전문가의 증언이 필요하신 것 아닌가요?"

---

3) 영국의 앵글로색슨 7왕국.

"증언까지는 필요 없습니다. 의견에 대한 근거를 댈 필요도 없을 거고요. 내가 원하는 건 단순히 권위자의 판단뿐입니다. 그에 따라 행동을 취할 수 있도록 말이지요. 이게 진품인지 위조품인지 말해줄 수 있는 사람이 정말로 하나도 없단 말입니까?"

의미심장한 침묵을 지키며 계산대 너머로 손님을 바라보는 백스터의 표정이 점점 어두워졌다. 그러다 갑자기 표정이 밝아졌다.

"잠깐만요. 한 사람 있습니다. 아마추어이긴 한데, 일전에 꽤 굉장한 이야기를 들었던 기억이 납니다. 사람들 말이 그 사람은 뭘 좀 제대로 안다고 하더군요."

"역시!"

칼라일이 안도하며 외쳤다.

"언제나 그런 사람이 하나쯤 있게 마련이지요. 그 사람이 누구입니까?"

"좀 우스운 이름이었는데. 무슨 원인가 아니면 원 뭐라던가 그랬습니다."

위풍당당한 자동차가 상점 창문 앞 도로 경계석으로 다가오는 것이 보이자 백스터는 목을 길게 늘였다.

"윈 캐러도스요! 이제 실례해도 괜찮겠습니까, 칼라일 씨? 저 사람이 아무래도 오프먼슨 같아서요."

칼라일은 급하게 소맷자락에 이름을 적었다.

"윈 캐러도스라고요. 그 사람은 어디 삽니까?"

"전혀 모르겠는데요."

백스터가 대답했다. 그는 벽에 걸린 거울을 들여다보며 넥타이를 고쳐 맸다.

"직접 만나본 적은 없어서요. 자, 칼라일 씨, 더 이상 도와드릴 수 없어 죄송합니다. 이제 괜찮으시겠지요?"

칼라일은 더 이상 못 알아들은 척 할 수가 없었다. 가게를 나서는 길에 대서양을 건너온 오파 가문의 후계자와 문 앞에서 마주치자, 그를 위해 문을 열고 잡아주는 영예를 누렸다. 그러고 나서 그는 진흙 투성이 거리를 걸어 사무실로 향했다. 이렇게 간단한 정보로 사람을 찾을 수 있는 방법은 전화번호부뿐이었지만 큰 기대는 하지 않았다.

그러나 행운은 그의 편이었다. 리치먼드에 거주하는 윈 캐러도스를 바로 찾아냈고, 동명이인은 없다는 사실을 확인했다. 윈 캐러도스라는 이름으로 런던 인근에 거주하는 사람은 한 명뿐이었던 것이다. 그는 주소를 적어 들고 리치먼드로 향했다.

윈 캐러도스의 집은 역과 조금 떨어져 있었다. 그는 역 앞에 세워놓은 자동차를 무시하고 택시를 탔다. 칼라일은 자신의 관찰력과 정확한 추리력에 자부심이 있었다. 사실 그가 이런 사업을 구상한 것도 그런 자신감에 바탕을 둔 것이었다.

"눈으로 보는 것만큼 뻔한 거야. 그리고 2에 2를 더하는 거지."

자신감을 감추고 겸손하게 보이기 위해 그는 항상 덤덤하게 설명하곤 했다. 마침내 '터렛(Turret)'의 정문에 도착하자 칼라일은 이곳에 사는 사람의 지위와 취향을 추측해 보았다.

하인이 칼라일을 맞이하며 그의 명함을 받았다. 명함에는 만남을 청한다는 간단한 요청을 적었다. 10분쯤 후 캐러도스로부터 답을 들을 수 있었다. 칼라일이 운이 좋았다. 캐러도스는 마침 집에 있었고 즉시 그를 만나겠다고 했다. 그를 맞이한 하인, 그들이 지나가는 복도, 그가 안내된 방은 모두 추리의 재료가 되었으며, 관찰력이 뛰어난 과묵한 신사 칼라일은 반쯤은 무의식적으로 이 모든 것을 머릿속에 기록해두었다.

"칼라일 씨입니다."

하인이 말했다.

그곳은 도서실이나 서재로 쓰는 방인 듯했다. 안에는 한 사람이 있었는데, 칼라일과 비슷한 나이인 것 같았다. 칼라일이 방에 들어설 때 그는 타자기를 치고 있었다. 그는 문 쪽으로 고개를 돌리더니 자리에서 일어나 정중한 예를 표했다.

"이런 시간에 찾아와 정말 죄송합니다."

칼라일이 인사를 건네자 의례적이던 캐러도스의 표정이 약간 달라졌다.

"아마 제 하인이 손님 명함을 잘못 전달한 것 같군요. 성함이 루이스 콜링 씨 아니신가요?"

칼라일은 잠시 멈칫했다. 미소에서 풍기던 여유는 순간적으로 분노 또는 당혹감으로 바뀌었다.

"아닙니다."

그는 뻣뻣하게 대답했다.

"제 이름은 지금 들고 계신 명함에 있는 그대로입니다."

"죄송합니다."

캐러도스는 쾌활한 태도로 대답했다.

"명함을 미처 보지 못했군요. 실은 몇 년 전에 콜링이라는 사람을 알고 지냈거든요. 생미셸에서."

"생미셸!"

그 순간 칼라일의 표정이 또다시 순식간에 변했다.

"생미셸이라고요! 윈 캐러도스? 맙소사! 맥스 윈은 아니겠지——. 그 옛날 '백전백승' 윈?"

"조금 늙고 살이 붙었지만——, 맞아. 보다시피 이름을 바꾸었네." 캐러도스가 대답했다.

"이렇게 만나다니 정말 놀랍군."

칼라일은 의자에 앉으며 캐러도스를 뚫어지라 쳐다보았다.

"나는 이름 말고도 많은 게 바뀌었지. 어떻게 날 알아보았나?"

"목소리로."

캐러도스가 말했다.

"그 목소리를 들으니 예전에 자네 집의 그 작은 훈제실 같은 다락방이 기억나더군. 거기에서 우리가——."

"잠깐!"

칼라일이 씁쓸하게 외쳤다.

"그 시절에 우리가 뭘 하고 다녔는지는 굳이 기억을 되살리진 말자고."

그는 멋들어지게 배치한 가구와 근사한 방을 둘러보았다. 부유함의 다른 흔적들도 눈에 들어왔다.

"아무튼, 안락하게 지내고 있는 것 같은데, 윈."

"부러움과 연민을 동시에 받고 있지."

캐러도스가 말했다. 공간은 전체적으로 차분하고 여유가 있어 보였다. 방 주인의 성격이 반영된 것이리라.

"그래도 아무튼, 자네 말대로 안락하게 지내고 있네."

"부러움 쪽은 이해가 가는데. 연민은 왜?"

"나는 맹인이니까."

평온한 대답이었다.

"맹인이라고!"

칼라일이 눈을 부릅뜨며 소리쳤다.

"지금 그 말은, 정말 문자 그대로 맹인이란 말인가?"

"문자 그대로 맞아——. 한 10년쯤 전에 친구와 함께 말을 타고 숲 사이로 난 작은 길을 달리고 있었지. 친구가 앞장을 섰고. 그러다 어디선가 나무의 잔가지가 뒤로 튀었어. 말을 타다 보면 그런 일이야 흔하잖아. 그 잔가지가 내 눈에 맞은 거야. 순식간에 그렇게 되었지."

"그래서 눈이 멀었나?"

"응, 영원히. 흑내장이라더군."

"믿어지지가 않는군. 움직임도 확실하고 혼자서도 불편 없이 움직이는 것 같은데. 눈에도 표정이 풍부하고——. 예전보다는 좀 더 차분해 보이긴 하지만. 내가 들어올 때 타자기를 치고 있었는데——, 날 속이려 했던 건가?"

"맹도견이나 지팡이를 기대했나? 아니, 그건 진짜였어."

캐러도스가 미소를 지었다.

"끔찍한 시련이구먼. 자네는 항상 충동적이고 신중하지 못한 친구였는데——. 조용한 성격이라고는 할 수 없었지. 이런 무시무시한 운은 비껴갔어야 했는데."

"혹시 자네를 알아본 사람이 또 있었나?"

캐러도스가 조용히 물었다.

"아, 나를 목소리로 알아봤다고 그랬지."

"그래. 하지만 다른 사람들도 목소리는 듣지. 나는 속지 않아. 눈은 지나치게 자신만만해서 실수를 저지르곤 하지."

"좀 희한한 말을 하는군."

칼라일이 말했다.

"그럼 자네 귀는 절대 속지 않는다는 말인가?"

"지금은 아니야. 내 손가락들도 마찬가지고. 내 다른 감각들도 그래. 앞으로 깨어나야 하는 또 다른 감각들도 그렇고."

"이런, 이런."

동정심을 애써 누르며 칼라일이 중얼거렸다.

"자네가 이런 상황을 잘 받아들이다니 기쁘군. 물론, 맹인으로서의 장점을 찾는다면——."

그는 얼굴을 붉히며 입을 다물었다.

"미안하네."

그는 무뚝뚝하게 말을 맺었다.

"아마 장점은 아니겠지."

생각에 잠긴 캐러도스가 대답했다.

"하지만 사람들이 생각하지 못하는 이득도 있어. 탐험해야 할 새로운 세계가 열리고, 새로운 경험이 쌓이고, 또 새로운 힘이 깨어나지. 예상 밖의 새로운 통찰력도. 4차원 세계에서의 인생이야. 나한테 미안할 건 없네, 루이스."

"나는 전에는 변호사 일을 했어. 신탁 계정을 위조한 혐의로 협회에서 퇴출당했지."

칼라일이 일어서면서 대답했다.

"앉게, 루이스."

캐러도스가 온화하게 말했다. 그의 얼굴과 앞이 안 보인다고는 믿을 수 없는 생생한 눈에서 차분하고 선한 기질이 엿보였다.

"자네가 지금 앉아 있는 의자, 자네 머리 위의 지붕, 자네가 친절하게 언급한 이 모든 안락한 환경이 모두 신탁 계정 위조에 따른 결과일 뿐이지. 그나저나, 그럼 내가 자네를 '칼라일 씨'라고 불러야 하진 않겠지? 루이스."

"계정을 위조하진 않았어."

칼라일이 흥분하며 외쳤다. 그러나 그는 다시 조용히 자리에 앉았다.

"그런데 왜 내가 이런 이야기를 자네에게 하고 있지? 다른 사람에게는 한 번도 말한 적이 없는데."

"맹인은 믿어도 돼. 나는 이미 경기에서 실격당한 거니까——. 다른 인간과 경쟁할 일이 없지. 게다가, 이야기를 좀 하면 어떤가? 내 경우도 계정은 위조된 것이었는걸."

캐러도스가 대답했다.

"물론 그건 다 허튼소리겠지, 맥스. 그래도 아무튼, 위로해주고자 하는 자네 마음은 고맙네."

칼라일이 말했다.

"실질적으로 내가 소유하고 있는 모든 것은 미국인 사촌이 나에게 남겨준 거야. 대신 내가 캐러도스라는 이름을 이어받아야 한다는 조건이 있었지. 내 사촌은 작황 보고서를 조작하는 기발한 수법으로 막대한 재산을 벌어들였고 이후 적절한 시기에 발을 뺐어. 장물 수취인도 도둑과 마찬가지로 죄가 있다는 사실은 굳이 이야기 안 해도 알겠지."

"하지만 두 배는 안전하지. 나도 그쪽은 좀 알아, 맥스——. 내가 지금 무슨 일을 하는지 알고 있나?"

"말해보게."

"나는 사설탐정사무소를 운영하고 있어. 일자리를 잃고 먹고살려니 뭐라도 해야 했거든. 그래서 이름을 버리고, 외모도 바꾸고, 사무실을 열었지. 법률 쪽으로는 내가 철두철미하게 알고 있으니, 런던 경시청에서 은퇴한 사람을 하나 고용해 외부 업무를 맡게 하고."

"멋진데!"

캐러도스가 외쳤다.

"그럼 살인 사건도 수사하나?"

"아니. 우리가 다루는 사건은 대부분 통상적인 것들이야. 이혼이나 횡령 같은."

"그거 안타깝군."

캐러도스가 말했다.

"자네도 알지, 루이스. 내가 항상 탐정이 되고 싶다는 은밀한 소망 같은 걸 품고 있었다는 거. 요즘도 나는 기회만 찾아온다면 탐정 일을 할 수 있을 거라고 생각하고 있었어. 내 말이 우스운가?"

"음, 글쎄. 확실히 그 생각은──."

"그래, 맹인 탐정. 위험을 추적하는 맹인."

"물론, 자네도 말했듯, 분명 어떤 기능은 훨씬 더 좋아졌을 거야."

칼라일이 배려하듯 재빨리 덧붙였다.

"하지만 진지하게 말해서, 예술가를 제외하고는, 눈의 기능에 의존하지 않는 사람은 생각할 수가 없어."

캐러도스가 속으로 어떤 생각을 하고 있는지는 알 수 없었다. 그래도 그의 다정한 표정에서 칼라일의 생각에 반대하는 기색은 전혀 읽을 수 없었다. 캐러도스는 꼬박 1분 동안 시가를 피웠고, 방 안에

퍼지며 움직이는 푸른 연기를 눈으로 보며 즐기는 듯 보였다. 그는 아까 칼라일 앞에 시가 상자를 놓아두었었다. 신사라면 기꺼이 그 가치를 인정하겠지만 금전적으로는 쉽게 감당할 수 없는 고급 브랜드 제품이었다. 눈이 보이지 않는 사람이 자기 앞에 아무렇지도 않게 정확하게 시가 상자를 가져다 놓았다는 사실을 떠올리자, 칼라일의 마음속에서는 잠시 의구심이 들었다.

"자네도 예전에 예술 작품을 좋아했었지, 루이스."

캐러도스가 잠시 후 입을 열었다.

"내가 최근에 산 작품에 대해 자네의 의견을 들려주게. 저쪽 장식장 위의 청동 사자상이야."

칼라일의 시선이 방 안을 헤매자, 캐러도스가 재빨리 덧붙였다.

"아니, 그 장식장 말고. 자네 왼쪽에 있는 거."

칼라일은 일어서면서 캐러도스를 날카롭게 흘겨보았다. 그러나 캐러도스는 여전히 온화하면서도 만족스러운 표정이었다. 칼라일은 조각상을 향해 걸어갔다.

"멋진데. 플랑드르파 후기 작품인가?"

"아니. 그건 비달의 '포효하는 사자'의 복제품이야."

"비달?"

"프랑스 조각가지."

캐러도스의 목소리는 묘하게 가라앉아 있었다.

"아, 그런데 그 사람도 앞이 보이지 않는 불운을 겪고 있어."

"이 늙은 사기꾼 같으니! 지나간 5분 동안 그것을 생각해낸 건가!"

칼라일이 외쳤다. 불쾌해진 칼라일은 아랫입술을 깨물며 캐러도스에게 등을 돌렸다.

"예전에 우리가 어떻게 그 둔한 샌더스를 몰아붙여서 구워삶았는
지 기억나나?"

캐러도스가 물었다. 그때 일이 생각난 칼라일이 살짝 감탄했지만
캐러도스는 이를 무시했다.

"그래."

칼라일이 조용히 대답했다.

"이거 아주 좋은데."

그는 다시 청동 조각상을 보며 말했다.

"어떻게 이렇게 만들었을까?"

"손으로."

"그거야 당연하지. 내 말은 모델을 어떻게 파악했는가 하는 거야."

"그것도 손으로. 그는 그 작업을 '가까이 보기'라고 불렀다네."

"사자를——. 손으로 만졌다고?"

"그런 경우에는 조련사의 도움을 받았지. 조련사가 사자를 우묵한
공간으로 데려오면 비달은 자신에게 주어진 재능을 십분 발휘한 거야
——. 자네는 정말로 나에게 미스터리를 추적할 수 있는 기회를 줄
마음이 없는 건가, 루이스?"

칼라일은 그 부탁을 차마 옛 친구의 끈질긴 농담 정도로 받아들일
수가 없었다. 그래서 어떻게 적절하게 대답할지를 고심했다. 바로
그 순간 갑자기 어떤 생각이 떠올랐고, 알겠다는 듯 만족스러운 미소
를 지었다. 칼라일은 지금까지 여기 온 목적을 정말로 까맣게 잊고
있었던 것이다. 그러다 그 의심스러운 디오니시우스 동전이 떠올랐
고, 백스터는 어쩌다 실수로 사람을 잘못 추천했던 모양이라고 생각
하게 되었다. 맥스가 그가 찾던 윈 캐러도스이든 아니든 그 동전 수집

상은 틀린 정보를 준 것이다. 맥스 캐러도스가 자신의 불행에도 불구하고 동전 전문가일 수는 있겠지만, 보지도 않고 동전의 진위를 판단한다는 건 상상도 할 수 없는 일이었다. 지금은 캐러도스의 말을 곧이곧대로 믿은 것에 대한 좋은 복수의 기회가 될 것 같았다.

"좋아."

칼라일은 신중하게 대답하며 방을 건너왔다.

"그러지, 맥스. 어떤 사건을 맡았는데 상당히 놀라운 사기 사건이 될 것 같아. 이건 그 단서야."

그는 테트라드라쿰을 캐러도스의 손 위에 놓았다.

"뭔가 좀 알아낼 수 있겠나?"

잠시 동안 캐러도스는 동전을 손가락 끝으로 조심스럽게 어루만졌다. 그러는 동안 칼라일은 만족스러운 미소를 지으며 지켜보았다. 캐러도스는 진지하게 동전의 무게를 손으로 재어보더니, 마지막으로 혀끝을 동전에 갖다 댔다.

"어때?"

칼라일이 물었다.

"물론 이것만으론 충분치 않은데. 내 말을 전적으로 비밀로 해준다면 다른 결론을 내릴 수도 있겠지만——."

"알았네, 알았어."

칼라일이 흥미로워하며 부추겼다.

"그렇다면 이렇게 충고하지. 일단 하녀인 니나 브룬을 체포하게. 파도바[4]의 경찰에 연락해서 헬렌 브루네시에 대한 서면 정보를 요청하고, 시스토크 경에게는 런던으로 돌아와 장식장에 도둑맞은 흔적

---

4) 이탈리아의 도시.

이 더 있는지 살펴보라고 하게."

칼라일은 의자를 찾아 더듬대다가 멍한 얼굴로 의자 위에 주저앉았다. 그는 자애로운 미소를 짓고 있는 캐러도스의 평범한 얼굴에서 한시도 눈을 떼지 않았다. 그러면서도 조금 전까지 즐거워하며 짓고 있던 미소의 흔적은 얼굴에서 채 가시지 않은 상태였다.

"맙소사! 어떻게 알았나?"

그는 간신히 입을 열었다.

"그게 나한테 원하던 거였나?"

캐러도스가 점잖게 말했다.

"속이려 하지 마, 맥스. 이건 장난이 아니야."

칼라일이 진지하게 말했다. 수수께끼에 직면하자 칼라일은 자신의 능력에 희미한 불신이 들기 시작했다.

"니나 브룬과 시스토크 경은 어떻게 알게 된 건가?"

"탐정은 자네잖아, 루이스. 어떻게 알긴? 눈으로 보는 것만큼 뻔하지. 그리고 2에 2를 더하는 거야."

캐러도스가 대답했다.

화가 난 칼라일은 신음을 흘리며 팔을 휘둘렀다.

"혹시 이게 다 장난인 건가, 맥스? 사실은 지금까지 내내 보고 있었던 것 아니야? 그렇다고 해도 ——. 이렇게까지는 설명할 수 없을 텐데."

"비달처럼 나도 잘 볼 수 있어. 아주 가까운 거리는 말이야."

캐러도스가 대답했다. 그러면서 검지로 테트라드라쿰의 표면에 새겨진 조각을 만졌다.

"조금 더 먼 거리를 볼 때는 다른 눈을 이용하지. 시험해보겠나?"

칼라일은 동의했지만 그다지 우아한 모습은 아니었다. 오히려 부루퉁한 편이었다. 그는 탐정으로서 자신의 능력이 특별하지 않다는 생각이 들면서 짜증이 일었다. 그러나 동시에 궁금하기도 했다.

캐러도스가 말했다.

"자네 옆에 종이 있네. 종을 울리면 파킨슨이 나타날 거야. 파킨슨이 들어오면 그 사람을 주의 깊게 살펴보게."

칼라일을 안내한 하인의 이름은 파킨슨이었다.

파킨슨이 들어오자 캐러도스가 말했다.

"여기 계신 신사분은 칼라일 씨일세, 파킨슨. 혹시 모르니 이분을 잘 보고 기억해두겠나?"

양해를 구하는 듯한 파킨슨의 시선이 칼라일의 머리부터 발까지 신중하게, 그러나 가볍고 빠르게 훑었다. 그 눈빛이 하도 신속해서 칼라일은 먼지를 터는 동작과 비슷한 것 같다는 생각이 들었다.

"그러도록 노력하겠습니다, 주인님."

파킨슨이 자기 주인에게 돌아서서 대답했다.

"칼라일 씨가 전화를 하면 나는 항상 집으로 돌아오겠네. 자, 이제 용무는 끝났어."

"잘 알겠습니다."

파킨슨이 나가고 다시 문이 닫히자, 캐러도스가 기분 좋게 말했다.

"자, 루이스. 파킨슨을 살펴볼 기회는 충분했겠지. 그 사람은 어떻게 생겼나?"

"어떤 측면에서?"

"설명을 해보라는 거지. 나는 맹인이니까. 나는 내 하인의 얼굴을 12년 동안이나 못 봤거든. 그 사람에 대해서 나에게 어떤 아이디어를 줄 수 있나? 자네에게 잘 살펴보라고 부탁하지 않았나."

"그건 알겠어. 하지만 파킨슨은 설명할 거리가 별로 없는 그런 사람이던데. 체격은 평범하고. 키도 평범한 편이고――."

"1미터 75센티미터. 평균보다는 약간 큰 편이지."

캐러도스가 중얼거렸다.

"특별히 눈에 띌 만큼은 아니야. 면도는 깨끗이 했고. 중간 톤의 갈색 머리. 특별한 특징은 없는데. 눈은 짙은 색이고. 치아 상태는 좋고."

"아니."

캐러도스가 끼어들었다.

"치아 상태――. 그건 서술이 아니지."

"그렇겠군."

칼라일이 인정했다.

"내가 치과의사도 아니고 파킨슨의 입 안을 자세히 살펴볼 기회는 없었으니. 그런데 뭣 때문에 이러는 거야?"

"복장은?"

"아, 뭐 평범한 하인 복식이었지. 특별히 다양성이 개입할 여지가 별로 없어."

"그렇다면 자네는 파킨슨을 구체적으로 지목할 만한 특별한 건 아무것도 눈치채지 못했다는 건가?"

"글쎄. 왼손 새끼손가락에 폭이 아주 넓은 금반지를 끼고 있던데."

"그건 빼면 그만이잖아. 파킨슨에게는 지워지지 않는 점이 있어. 아주 작은 점이긴 하지만. 턱 위에 나 있지. 자네는 인간을 사냥하는 탐정이 아닌가. 오, 루이스!"

"아무튼."

그는 이런 기분 좋은 조롱이 조금 거슬렸다. 하지만 캐러도스의 애정 어린 진심은 충분히 알 수 있었다.

"아무튼, 감히 말하건대 파킨슨도 내가 한 이상으로는 설명하지 못할걸."

"그것도 곧 시험해볼 거야. 그 종을 다시 울려주게."

"진심인가?"

"물론. 나는 자네 눈과 내 눈을 시험해보려는 것일 뿐이야. 자네보다 절반에도 못 미친다면 나는 그동안 은밀히 품었던 탐정의 야망을 영원히 포기하겠네."

"그건 좀 다르지."

칼라일이 반대했다. 하지만 그는 종을 울렸다.

"들어와서 문을 닫게, 파킨슨."

하인이 나타나자 캐러도스가 말했다.

"칼라일 씨를 다시 쳐다보지 말게. 그분께 등을 돌리고 서는 게 좋겠어. 칼라일 씨도 이해할 거야. 이제 자네가 관찰한 대로 그분의 모습을 나에게 설명해주게."

파킨슨은 강요받은 무례한 행동에 대해 칼라일에게 공손한 목소리로 존경심을 담아 사과를 했다.

"칼라일 씨는 에나멜가죽 부츠를 신으셨습니다. 사이즈는 7이고 그렇게 오래 신지는 않으셨습니다. 부츠에는 단추가 다섯 개 달려 있는데, 왼쪽 부츠는 위에서 세 번째 단추가 떨어져 있습니다. 그 자리에는 실밥이 남아 있습니다. 그 밖에 다른 금속 잠금장치는 없습니다. 칼라일 씨의 바지는 짙은 색 원단으로 제작된 것으로, 진한

색 바탕에 진회색 줄무늬가 약 0.5센티미터 간격으로 새겨져 있습니다. 바지의 아랫단은 접어서 다림질을 했고, 지금 현재는 진흙이 약간 묻어 있다고 말씀드리겠습니다."

"많이 묻어 있지. 밖에 비가 오고 있어서 말이야."

칼라일이 너그럽게 말했다.

"네, 칼라일 씨. 아주 고약한 날씨지요. 괜찮으시다면 제가 복도에서 솔질을 해 드리겠습니다. 진흙은 이제 다 말랐으니까요."

파킨슨이 다시 본론으로 돌아왔다.

"그리고 바지 안에는 진초록 캐시미어 소재의 통이 좁은 내의를 입으셨습니다. 말 재갈 모양의 열쇠고리가 바지 왼쪽 주머니 밖으로 나와 있습니다."

사진처럼 정확한 파킨슨의 시선은 칼라일의 속옷에서부터 점차 위쪽으로 올라갔다. 칼라일은 점점 더 흥미를 띠며 자신의 소지품에 대한 상세한 설명을 경청했다. 파킨슨은 금과 백금으로 만든 시계줄에 대해서도 자세히 묘사했다. 물방울무늬의 파란색 애스콧타이와 신사의 품위에 어울리는 진주 넥타이핀, 거의 사용한 흔적이 없는 모닝코트 왼쪽 깃의 단춧구멍에 대한 이야기도 나왔다. 파킨슨은 보고 기억은 하지만 그 사실로부터 어떠한 추론도 내놓지 않았다. 이를테면 오른쪽 소매의 소맷부리에 꽂은 손수건은 관찰했지만, 그것으로부터 칼라일이 왼손잡이라는 결론을 내리지도 않았다.

하지만 파킨슨의 설명이 진행되면서 더 민감한 부분으로 넘어갔다. 그는 기침을 두 번 하고 그 문제에 접근했다.

"칼라일 씨의 외모에 대해서는——."

"그만! 됐네!"

걱정이 된 칼라일이 급히 외쳤다.

"대단히 만족스러웠어. 자네는 관찰력이 예리하군, 파킨슨."

"제 주인님이 필요로 하시는 대로 스스로를 훈련하고 있습니다, 칼라일 씨."

파킨슨이 대답했다. 그는 허락을 구하기 위해 캐러도스 쪽을 쳐다보았고, 캐러도스가 고개를 끄덕이자 물러났다.

칼라일이 먼저 신중하게 입을 열었다.

"저런 하인이라면 내가 주당 5파운드는 줄 수 있겠어, 맥스. 그러나 물론——."

"파킨슨이 그 제안을 받아들이리라고는 생각지 않는데."

캐러도스가 똑같이 무심한 태도로 대답했다.

"나한테 꼭 필요한 사람이거든. 하지만 자네도 그의 서비스를 이용할 기회가 있을 거야. 간접적으로."

"자네 정말——. 진심인 건가?"

"내 말을 진지하게 받아들이지 않는 게 버릇이 된 건가, 루이스? 정말로 마음이 아프군. 특히 나 같은 영국인으로서는. 나나 여기 터렛의 분위기에 뭔가 본질적으로 우스꽝스러운 그런 게 있기라도 한 건가?"

"아니, 그건 아니야, 친구."

칼라일이 대답했다.

"하지만 자네에게 뭔가가 있긴 해. 근본적으로 좋은 기운이랄까. 좀 개연성이 없긴 하지만. 그게 뭘까?"

"변덕일 수도 있겠지. 하지만 그 이상의 무엇일 거야."

캐러도스가 대답했다.

"그건, 조금은 자만심이고, 조금은 권태로움이고, 조금은 ──."

이제 그의 목소리에는 분명 유머를 넘어선, 슬픔에 가까운 무언가가 깃들어 있었다.

"조금은 희망이지."

눈치 빠른 칼라일은 그 주제에 관해 더 얘기하지 않기로 했다.

"그 세 가지 동기라면 용납할 수 있을 것 같군."

칼라일이 말했다.

"자네가 원하는 건 뭐든지 하지. 단 조건이 있어."

"좋아. 조건이 뭔가?"

"이 일을 어떻게 그렇게 상세히 알게 되었는지 나에게 말해주는 거야."

칼라일은 앞에 놓인 테이블 위의 은화를 톡톡 두드렸다.

"나는 그렇게 쉽게 놀라는 사람이 아니야."

그가 덧붙였다.

"설명할 게 없다고 말해도 믿지 않을 거야. 그냥 단순히 투시력이었다고 한다면 어때?"

"안 믿지."

칼라일이 간결하게 대답했다.

"자네 말이 맞아. 투시력 같은 건 없어. 그렇다고 해도 이야기는 아주 간단해."

"항상 그렇지. 내막을 다 알면. 모를 때는 지독하게 어렵다고."

칼라일이 독백처럼 말했다.

"그럼 이야기하지. 먼저 파도바는 요즘 위조 골동품 생산지로서의 옛 명성을 되찾고 있는 것 같은데, 그곳에는 피에트로 스텔리라는 재주 많은 장인이 살고 있어. 이 단순한 영혼은, 정말 최고의 기량을 발휘할 때는 카비노[5]에게도 결코 뒤지지 않는 재능을 가진 자인데, 지난 몇 년간 희귀한 그리스 로마 동전을 위조하며 짭짤한 수익을 남기고 있었다네. 특정 그리스 시대 골동품의 수집가이자 연구자이며 위조 전문가로서, 스텔리의 기량에 대해서는 수년간 익히 잘 알고 있었지. 최근에 스텔리가 국제적인 사기범의 영향력 아래 있다는 듯한 이야기가 있었는데, 그 사기범의 이름은, 그 당시에는, 동피에르였어. 그자는 곧바로 스텔리의 천재성을 최대한 활용할 방법을 찾아냈지. 헬렌 브루네시는 공식적으로는, 그리고 진짜로도 그랬다고 생각하는데, 동피에르의 부인이었지. 그녀도 그 조직에 기꺼이 자신의 능력을 보탤 준비가 되어 있었네."

"그 말이 맞아."

캐러도스가 잠시 말을 멈추자 칼라일이 고개를 끄덕였다.

"그럼 이제 전체적인 이야기를 다 알겠나?"

"정확히는 아니야. 상세한 내용도 모르겠고."

칼라일이 고백했다.

"동피에르의 아이디어는 유럽 유명인들의 장식장에 접근해서 진짜 동전을 스텔리의 위조품과 바꾸는 것이었어. 그렇게 그가 모으게 된 희귀한 보물의 엄청난 컬렉션은 안전하게 처리하기가 어려웠을 거야. 하지만 그가 자신의 계획을 발전시켰다는 사실은 분명해. 헬렌은 완벽을 기하기 위해 영국으로 건너온 프랑스 하녀인 니나 브룬이라는 신분으로 위장하고, 귀중한 작품들을 왁스로 찍어 밀랍본을 만들지. 그 후 위조품이 그녀에게 도착하면 바꿔치기하는 역할을 맡은 거야.

5) 이탈리아 파도바의 유명한 위조 동전 제작자.

이런 방법으로, 진짜 동전이 팔리고 한참이 지난 후까지도 사기꾼은 수면으로 드러나지 않을 수 있었고. 그녀는 그런 식으로 몇몇 집에서 성공적으로 자신의 임무를 수행하게 되었어. 그러던 중 훌륭한 추천서와 유능한 태도에 감명을 받아 우리 집 가정부가 그녀를 고용했다네. 그래서 헬렌 브루네시가 몇 주 동안 우리 집에서 일하게 되었던 거야. 그렇지만 그녀의 계획에 치명적인 단점이 하나 있었어. 내가 불행히도 맹인이라는 것이었지. 듣기로는 헬렌이 순진무구한 천사의 얼굴을 하고 있어 사람들의 의심을 모두 무장해제 시킨다고 하더군. 하지만 나는 그 얼굴에 감명을 받을 수가 없었고, 헬렌 입장에서는 자신의 훌륭한 무기를 잃은 셈이었지. 어느 날 아침 내가 좋아하는 유클리드 시대의 동전에서 뭔가 낯선 촉감을 발견했어. 내 손가락은 당연하게도 천사 같은 헬렌의 얼굴 같은 건 알 리가 없잖나. 그리고 눈에 띄는 건 아무것도 없었지만, 내 특별한 후각을 통해 최근 동전 위에 왁스를 바른 적이 있다는 것을 알게 되었지. 나는 신중하게 조사를 시작했고 조사를 진행하는 동안 내 장식장은 안전을 위해 지역 은행으로 보냈어. 그런 와중에 앤지어스에서 헬렌에게 전보가 왔는데, 나이 드신 어머니의 임종을 지키기 위해 고향으로 오라는 내용이었네. 나이 드신 어머니가 쓰러지셔서 아버지가 고통을 받고 있으니 딸로서 아버지의 곁을 지켜야 한다나. 틀림없이 여기 터렛이 그 사기 조직의 작전에서 악성 부채로 인식되었던 거야."

"아주 재미있는데."

칼라일이 인정했다. 그의 자세는 미묘하게 잘못을 깨닫는 자세로 바뀌어갔다.

"하지만 내가 머리가 나쁘게 보일지도 모른다는 위험을 감수하고,

나는 니나 브룬과 이 특별한 위조품 사이의 필연적인 상관관계를 추적하는 데 실패했다고 말해야겠네. 그게 위조품이라고 가정한다면 말이야."

"그거라면 안심해도 돼, 루이스."

캐러도스가 대답했다.

"그건 위조품이 맞아. 그리고 그건 오로지 피에트로 스텔리만이 만들 수 있는 위조품이야. 그게 가장 핵심적인 상관관계지. 물론, 부수적인 것도 있어. 어느 사설탐정이 급하게 나를 만나야 한다며 찾아와서는, 주머니에서 그 유명한 테트라드라쿰을 꺼내더니 그게 놀라운 사기 사건의 단서가 될지도 모른다고 말하지 않았나. 그러니까 루이스, 이 모든 것을 꿰뚫어보기 위해 꼭 맹인이 될 필요는 없겠지."

"그럼 시스토크 경은? 니나 브룬이 그 집으로 간 걸 알아냈던 건가?"

"아니. 그건 알아냈다고 말할 수는 없어. 아니면 그 사실을 알았을 때 그에게 그 일당들에 대해 즉시 경고했을 거야. 사실, 시스토크 경에 관한 가장 최근의 정보는 어제 일자 모닝포스트 지의 기사에서 본 것뿐이야. 그 사람이 아직도 카이로에 있다는 내용이었지. 그런데 이런 동전들 중 대부분은──."

그는 동전 뒷면의 생생한 전차 경주 장식을 손가락으로 사랑스러운 듯 쓰다듬었다. 그리고 불쑥 말했다.

"이건 잘 간직하게, 루이스. 언젠가는 이것이 자네에게 유용하게 쓰일 날이 올 거야."

"그래야 할 것 같은데."

칼라일이 진중하게 대답했다.

"원본의 가격은 250파운드 정도 될 거야."

"너무 저렴하군. 요즘 뉴욕에서는 500파운드 정도는 될 텐데. 내가 말하듯이, 대부분은 글자 그대로 유일무이해. 키몬이 제작한 이 보물은——, 여기 그의 서명이 있어. 보이지? 피에트로는 글자 조각에 특히 유능하거든. 그리고 내가 2년 전에 진품 테트라드라쿰을 만져본 적이 있었어. 그때 시스토크 경은 앨버말 스트리트의 우리 사교회 모임에서 이것을 전시했었지. 그러니 자네의 수수께끼를 풀 수 있었던 건 전혀 놀랍거나 한 일은 아닌 셈이야. 사실, 오히려 이렇게 간단해서 자네에게 사과해야 할 것 같은데."

"내 생각엔."

칼라일이 왼쪽 부츠의 실밥을 노려보며 말했다.

"그런 사과라면 내가 하는 게 옳을 것 같네."

II

나이트크로스 신호등 문제
The Knight's Cross Signal Problem

"루이스."

캐러도스가 외쳤다. 칼라일은 쾌활한 그 목소리가 맹인의 이미지와는 잘 어울리지 않는다고 생각했다.

"뭔가 또 수수께끼를 가지고 왔군! 자네 발소리를 들으니 알겠어."

위조된 디오니시우스 동전 사건을 통해 두 사람이 만난 지 어느덧 한 달이 지나, 12월이 되었다. 캐러도스의 내면의 눈이 칼라일의 발소리를 통해 무엇을 보았는지는 몰라도, 아무 상관없는 사람이 듣기에는 사무적이고 긴장된 태도의 냉정한 실무가의 발소리일 뿐이었다. 실제로 이전 사건에서 칼라일이 느꼈던 비관과 자책감은 그에게서 더 이상 찾아볼 수 없었다.

"이건 그냥 시시한 사건이야. 자네로선 자업자득인 셈이지. 내가 그런 경솔한 약속만 하지 않았어도——."

칼라일이 대꾸했다.

"다음에 자네를 괴롭히는 사건이 생기면 나에게도 기회를 준다는 것이었지. 그게 무슨 사건이든."

"그래. 덕분에 자네 같은 아마추어에게는 특별할 것도 없는 시시한 사건을 가지고 왔어. 좀 성가신 사건이긴 하지만 그건 다만——."

"성가시다고?"

"그래, 맥스. 자네 농담이 현실이 됐어. 성가시다고는 해도 끝까지 해결이 불가능할 정도는 아니야. 자네도 몇 주 전 나이트크로스 역에서 있었던 중앙 교외선의 끔찍한 충돌 사고를 기억하고 있겠지?"

"응."

캐러도스는 흥미를 보였다.

"그 안타까운 사고에 대해서는 당시 신문에서 전부 읽었네."

"읽었다고?"

칼라일이 의심스러운 듯 말했다.

"여전히 익숙한 표현을 쓰는 것뿐이야."

캐러도스가 미소를 지으며 설명했다.

"사실은 내 비서가 나에게 읽어주지. 조간신문에서 내가 듣고 싶은 부분에 미리 표시를 해두면 비서가 10시에 와서 읽어주는 거야."

"어디에 표시해야 할지는 어떻게 알고?"

칼라일이 영악하게 물었다.

그때까지 테이블 위에 무심히 놓여 있던 캐러도스의 오른손이 신문 가까이로 다가갔다. 그는 손가락으로 칼럼의 제목 위를 더듬었다. 그의 눈은 여전히 칼라일을 향한 채였다.

"금융. 2페이지 계속. 영국 국철."

"놀랍군."

칼라일이 중얼거렸다.

"딱히 그렇진 않아."

캐러도스가 말했다.

"지팡이로 당밀을 찍어 대리석 판 위에 크게 '쥐'라고 쓴다면 눈가리개를 하고서도 읽을 수 있지 않겠나."

"아마 그렇겠지. 그건 굳이 실험해볼 필요는 없겠지만."

"자네가 대리석 판에 두드러진 당밀 글씨를 보는 것과 내가 신문지에 두드러진 인쇄 잉크를 보는 건 별반 차이가 없어. 하지만 활자 크기보다 작은 건 나도 쉽게 읽을 수가 없지. 그리고 작은 활자보다 더 작은 건 아예 못 읽고. 그래서 비서에게 부탁하는 거야. 자, 이제 사고 이야기를 해주게, 루이스."

"사고라. 신문을 읽었다면 자세한 내용은 기억하고 있겠군. 나이트크로스 역에서 무정차 통과하는 중앙 교외선 여객열차가 신호에 따라 운행하다가, 승객을 가득 태우고 막 출발하려는 전차와 충돌한 사고야. 마치 손전등을 줄지어 세워놓고 그 위로 정원용 롤러를 굴린 것과 같았어. 전차 객차 두 대가 완전히 납작해졌고, 그 뒤에 붙은 객차 둘은 심하게 파손되었지. 영국 철도 역사상 무거운 증기 엔진과 가벼운 객차가 제대로 충돌한 건 이번이 처음이야. 처참한 사고였지."

"사망자 스물일곱, 부상자 사십여 명. 그중에 여덟 명이 추가로 사망했고."

캐러도스가 말했다.

"회사 차원에서도 날벼락을 맞은 셈이야."

칼라일이 말했다.

"지금까지 밝혀진 사실은 간단해. 증기기관차 쪽이 잘못한 거야. 하지만 그게 기관사의 책임일까? 기관사는 사건 발생 당시부터 한 치도 물러서지 않고 계속 자신은 '통과' 신호를 받았다고 강력히 주장하고 있어. 초록색 신호를 봤다는 거야. 마찬가지로 신호원도 자기는 절대 '정지' 신호를 바꾼 적이 없다며 주장을 굽히지 않고 있어. 사고가 일어난 순간 신호는 '정지' 상태였고, 사고 발생 5분 전부터 계속 그 상태였다는 거야. 두 사람 말이 동시에 옳을 수는 없겠지."

"왜?"

캐러도스가 무심히 물었다.

"신호야 위 아니면 아래였을 테니까. 빨간색 아니면 초록색."

"그레이트노던 철도의 신호를 본 적 있나?"

"특별히 눈여겨본 적은 없는데. 왜?"

"자네와 내가 태어난 이듬해 어느 겨울날, 스코틀랜드 익스프레스의 기관사가 헌팅던 역 근처 애보츠립튼 지역에서 '통과' 신호를 받았어. 기차는 계속 달리다가 화물열차와 충돌하고 교외선 여객열차를 탈선시켰지. 열세 명이 사망했고 꽤 많은 사람들이 다쳤네. 기관사는 신호가 '통과' 신호였다고 했고, 신호원도 '정지' 신호를 바꾼 적이 없다고 주장했어. 결과적으로는 두 사람 말이 다 맞았던 거였지. 신호는 정상적으로 동작했던 거였고. 아까도 말했다시피 그때는 겨울이었어. 그 무렵 폭설이 내리고 있었는데, 내린 눈이 신호기의 손잡이에 쌓이면서 얼어붙은 거야. 그래서 눈의 무게로 손잡이가 내려간 거지. 이건 지어낸 이야기가 아니라 실제로 있었던 일이야. 그 덕분에 지금은 그레이트노던 선 모든 신호기의 회전축은 손잡이의 끝 부분이 아닌 중간 부분에 달려 있네. 그때의 눈 폭풍에서 교훈을 얻은 거지."

"그 이야기는 진상 조사 과정에서 나온 거겠지?"

칼라일이 말했다.

"이번 사건은 상무부에서 조사 중이고 심리도 한 차례 열렸는데 아무것도 설명된 것이 없어. 모든 게 완벽하게 순서대로 움직였거든. 남은 건 신호원과 기관사의 말이 다르다는 것뿐이야. 직접 증거는 양쪽 다 전혀 없고. 어느 쪽이 맞는 걸까?"

"자네가 알아내야 하는 게 그건가?"

캐러도스가 물었다.

"그러라고 돈을 받고 있지."

칼라일이 솔직하게 털어놓았다.

"하지만 심리가 끝난 이후로 지금까지 전혀 진전이 없네. 솔직히 우리끼리니까 하는 얘긴데, 지금으로서는 도무지 한 치 앞도 보이질 않아."

"그거야 나도 그런 걸."

캐러도스가 씁쓸한 미소를 지으며 말했다.

"내 말은 신경 쓰지 말게. 기관사가 자네 고객인 거겠지?"

"맞아."

칼라일이 고개를 끄덕였다.

"그런데 그건 어떻게 알았나?"

"자네 말을 듣다 보니 자네가 그 사람한테 심정적으로 기울어져 있다는 게 느껴져. 배심원들 입장은 신호원의 무죄를 인정하는 쪽이고. 그렇지? 회사에서는 자네 고객에게 어떤 조치를 취했나?"

"두 사람 모두 직위 해제 상태야. 기관사의 이름은 허친스인데, 그가 맡았던 노선 중 어느 역에서 화장실 관리를 맡게 될 거라더군. 허친스는 나이는 좀 지긋한 편이고 점잖고 허세도 좀 부리는 과묵한 남자야. 자기 일에 헌신적이고. 지금 만나면 최악의 상태일 거야. 억울한 마음에 의심까지 가득 들어차 있거든. 화장실 바닥을 걸레질하고 하루 종일 앉아서 화장실 사용료를 받아야 할 걸 생각하니 사람이 망가지고 있는 거지."

"그야 당연하겠지. 자, 그럼 우리에겐 정직한 허친스 씨가 있는 거군. 무뚝뚝하고, 아마도 조금은 예민한 성격이겠고, 회사에서 일하다가 머리가 허옇게 센 기관사. 자신의 소중한 538호에 시종일관 헌신했다고 불도그처럼 고집스럽게 주장하고 있겠지."

"그게 그 사람의 기관차 번호이긴 한데──. 그건 어떻게 알았나?"

칼라일이 매섭게 물었다.

"심리에서 두어 번 언급된 적이 있었거든."

캐러도스의 목소리는 부드러웠다.

"그걸 기억한다는 건가? 아무 이유도 없이?"

"맹인의 기억력은 대체로 믿어도 돼. 특히 기억력을 개발하려고 계속 노력하는 맹인이라면."

"그럼 허친스 씨가 심리에서 썩 좋은 인상을 남기지 못했다는 것도 기억하겠군. 그는 심리가 진행되는 동안 내내 무례한 태도로 짜증을 부렸거든. 아무튼, 자네도 모든 측면에서 사건을 봐야 하니까 말이야."

"허친스 씨가 심리 법정 건너편에 있던 신호원 미드 씨에게 '어린 개자식에 거짓말쟁이'라고 욕을 한 것도 기억하고 있지. 자, 이제 미드 씨 이야기로 넘어가 볼까? 그 사람은 어때? 당연히 만나봤겠지?"

"응. 내가 봤을 땐 썩 호의적인 인상은 아니었어. 언변이 좋고 사람들 비위를 잘 맞추는 데다 누가 봐도 '교활한' 사람이었거든. 그는 사람들 입에서 질문이 나오기도 전에 거의 모든 대답을 준비해놓고 있었지. 대답을 전부 미리 생각해두고 있었던 거야."

"자, 이제 나에게 뭔가 진짜로 이야기해줄 게 있는 거지, 루이스?"

캐러도스가 부추기듯 말하자, 칼라일은 자신도 모르게 깜짝 놀란 것을 감추기 위해 살짝 웃었다.

"심리에서 언급되지 않은 의미심장한 이야기가 있어."

칼라일이 말했다.

"허친스 씨는 평생 저축을 해왔네. 월급도 꽤 많은 편이었고. 주위 사람들은 다들 그가 부자라고 알고 있었지. 아마 은행에 예금한 돈이 못해도 500파운드는 될 거야. 그는 사별했고 딸이 하나 있는데, 스무 살 정도 되는 품행이 아주 바른 아가씨야. 미드와 그 아가씨는 연인 사이지. 비공식적으로 결혼을 약속한 지 한참 되었다더군. 그러나 허친스 씨는 그런 사실을 인정하지 않고 있어. 그는 미드를 처음부터 좋아하지 않았던 것 같아. 최근에는 미드를 자기 집에 오지 못하게 하고 딸에게도 그와 이야기하지 말라고 명령했다네."

"훌륭해, 루이스."

캐러도스가 기뻐하며 외쳤다.

"그렇다면 자네 고객은 빨강과 초록불의 화염에서 벗어날 수 있겠 군. 그리고 그 언변 좋고 '교활한' 신호원은 자기 신호기에 목을 매달 게 될 거고."

"그게 그렇게 중요한 사실인가?"

"대단히 중요하지."

"아마 미드 쪽에서 실수를 했거나 뭔가를 깜빡했을 거야. 그것을 깨달았을 땐 이미 너무 늦었던 거고. 사고가 난 후엔 자기 잘못을 인정하자니 너무 겁이 난 데다가 자신이 위험해질 게 뻔했기 때문에 실수를 감춘 거지. 그렇게 된 거겠지만, 내 생각엔 그게 전적으로 사고도 아니고 완전히 고의로 그런 것도 아닌 것 같아. 미드는 자신의 앞길을 가로막고 있는 남자, 자신을 진심으로 미워하는 한 남자의 인생이 자기 손안에 놓여 있다는 사실을 뿌듯하게 여겼을 거야. 그 생각을 거듭할수록 한 가지 아이디어에 점점 집착하게 되었겠지. 신호기의 손잡이를 잡을 때마다 순간적으로 자신의 의무를 저버리는 그 순간을 몇 번이고 상상해보지 않았을까. 그러다가 어느 날 순전히 허세에 차서 신호를 한번 꺼보는 거지. 그러고는 곧바로 다시 '정지' 신호로 바꾸고. 그런 짓은 딱 한 번 해봤거나 아니면 위험한 상황이 발생하지 않는다는 전제하에 여러 번 해보았을 거야. 기관사가 죽을 확률은 거의 반반이지. 죽지 않는다 해도 불명예는 기관사 쪽으로 향했을 거고. 자기가 무슨 짓을 하는지도 모른 채 신호를 바꿨다는 이야기보다는, 잠시 방심해서 위험 신호를 못 보고 지나쳤다는 이야기가 훨씬 그럴듯하지 않나."

"기관사의 조수는 사망했어. 자네 가설에는 기관사의 조수가 사망하는 경우도 포함돼 있는 건가?"

"아니."

칼라일이 말했다.

"기관사의 조수는 따로 설명하기가 좀 어려워. 하지만 미드 입장에서 보면, 그게 실수였든 아니면 범죄였든 간에, 이렇게 정리 되는 거지. 첫째, 운 좋게 기관사의 조수가 사망할 수도 있다. 둘째, 조수가 죽지 않는다고 해도 신호 이상을 눈치채지 못할 가능성도 있다. 셋째, 어차피 조수는 기관사의 편에 서서 진술할 테니 배심원들은 신경 쓰지 않을 것이다."

캐러도스는 생각에 잠긴 채 담배를 피웠다. 뜨인 채이지만, 아무것도 보이지 않는 그의 눈은 흔들림 없이 방의 맞은편 벽에 고정되어 있었다.

"아주 불가능한 설명은 아니군."

캐러도스가 말했다.

"백 명 중 아흔아홉은 사람이 그런 짓을 할 리가 없다고 말할 거야. 하지만 자네와 나는 각기 다른 경로로 범죄학을 공부해왔기 때문에 사람이 가끔 그런 짓을 한다는 것을 잘 알고 있지. 그렇지 않다면 흥미로운 범죄라는 건 아예 존재하지 않았을 테니까. 그럼 그런 가설을 바탕으로 자네는 그동안 무슨 일을 했나?"

눈이 보이는 사람이었다면 칼라일의 표정에서 그 답을 읽을 수 있었을 것이다.

"아직도 이해가 안 가는 모양인데, 지금 이 상황에서 내가 뭘 할 수 있었겠나? 돈을 받으려면 뭘 하긴 해야 하는데 말이야. 그래도 사람들 틈에 껴서 은밀하게 수사를 해보긴 했네. 그중에는 일반에게 공개된 사실보다 많은 것을 아는 사람들도 있어서 나한테 이것저것 귀띔을 해주기도 하더군. 아마도 우정이나 증오나, 아니면 질투 때문이겠지. 그렇지만 아무것도 나온 게 없었어. 물론 희박하긴 하지만 목격자가 존재할 가능성도 있지. 누군가 신호를 보기는 했는데 그냥 대수롭지 않게 넘겼을 가능성 말이야. 아니면 신호를 보고 그 신호를 시간과 연관시킬 수 있는 사람이 있을 수도 있고. 그래서 그 철로에 직접 가봤네. 철로의 한쪽은 높은 벽으로 가로막혀 있고, 그 반대쪽엔 주택들이 있는데, 신호기의 높이가 집의 1층 부엌 정도 높이라 주택 건너편 쪽 도로에서는 어느 방향에서도 신호기가 보이질 않더군."

"가엾은 친구! 능력의 한계에 도달한 건가?"

캐러도스가 다정하게 놀려댔다.

"그런 셈이야. 그러니 이제 자네도 이런 일에 자네의 시간을 낭비하고 싶은 생각이 없어졌겠지."

칼라일이 말했다.

"그러면 불공평하잖아. 안 그래?"

캐러도스는 차분하게 말했다.

"아니, 루이스. 난 정직한 늙은 기관사와 뻔질대는 젊은 신호원과 어디에서도 보이지 않는 그 위험한 신호기 사건을 자네에게서 넘겨받고 말겠어."

"그렇다면 이건 꼭 기억하게, 맥스. 그 신호기가 철도의 신호 초소에서는 보이지 않는 위치에 있다고 해도, 기계적으로 뭔가 오류가 일어났거나 누군가 손잡이를 조작해 초록 신호가 켜졌다면, 자동 표시 장치가 작동돼 미드가 즉시 알게 되었을 거야. 아, 내가 너무 기술적인 내용으로 깊이 들어갔나."

"나도 알고 있어야 하는 얘기인걸."

캐러도스가 진지하게 말했다.

"그럼, 뭔가 알고 싶은 게 있다면 내가 뭐든 말해주겠네. 그러면 시간을 아낄 수 있을 거야."

"그 말이 맞아."

캐러도스가 고개를 끄덕였다.

"그 철로 주변의 주택에 거주하는 사람들 중 11월 26일에 성년이 되었거나 결혼식을 올린 사람이 있는지 알아야겠어."

칼라일은 맞은편의 캐러도스를 호기심 어린 눈으로 바라보았다.

"그런 거야 알 수 없지."

칼라일이 사무적이고 정확한 태도로 대답했다.

"도대체 그게 이 사건과 무슨 상관이 있는 건지 물어봐도 되겠나?"

"1875년에 발생한 생렝 선개교 사고는 해상 조난신호가 작은 시골 집의 창문에 반사되었기 때문에 일어난 사고였지."

칼라일은 드러나지 않게 슬쩍 미소를 지었다.

"이보게, 친구. 잘 알려지지도 않은 사건들을 들먹이면서 그 놀라운 기억력을 자랑하고 싶은 건가."

그는 차분하게 대꾸했다.

"사건의 열 중 아홉은 명백한 설명으로 해결될 수 있어, 맥스. 이번 사건이 어려운 건 그 명백한 설명을 증명하기가 어렵기 때문이야. 자네도 이 사건과 관련된 사람들을 만나보고 싶겠지?"

"그랬으면 해. 어쨌든 허친스 씨를 먼저 만나도록 하지."

"둘 다 홀로웨이에 살고 있는데. 허친스 씨에게 이리로 오라고 부탁할까? 내일쯤? 아무튼 요즘 그 사람은 일이 없으니 말이야."

"아니. 내일은 중개인들이 오기로 되어 있어서 시간이 안 나."

"그렇군. 이 사건 때문에 자네 볼일을 무시해선 안 되지."

"그것도 그거고, 나는 허친스 씨의 집에 가서 그를 만나고 싶어. 자, 루이스. 정직하고 늙은 기관사에게 할애하는 시간은 하룻밤이면 충분해. 자네에게 보여주고 싶은 에우메네스(Eumenes)의 멋진 조각상이 있거든. 오늘이——, 화요일이지. 일요일 저녁에 식사하러 오게. 그때 성공을 갈구하는 내 욕망의 잔에 자네의 조롱을 가득 들이붓는 거야."

"그런 식으로 말하다니 다정하기도 하군."

칼라일이 대답했다.

"알겠네. 그럼 그러지."

두 시간 후 캐러도스는 다시 서재로 돌아와 있었다. 놀랍게도 그는 빈둥거리고 있었다. 가끔은 혼자 미소를 짓기도 하고 한두 번은 조금

웃기도 했지만, 대체로 평온하고 무표정한 그의 얼굴에는 아무런 감정도 드러나 있지 않았다. 보이지 않는 그의 눈은 보이지 않는 먼 곳을 향하고 있었다. 십여 개의 전구가 뿜어내는 빛의 향연 아래 대낮처럼 환한 방 안에 앉아 자신의 보이지 않는 눈을 스스로 조롱하는 것은 확실히 그만의 기이한 취미였다. 그렇게 한참을 있다가 그는 일어서서 종을 울렸다.

"그레이터렉스는 아직 도착하지 않은 건가, 파킨슨?"

그레이터렉스는 그의 비서였다.

"그런 것 같습니다, 주인님. 확인해보겠습니다."

"아니, 괜찮아. 그 사람 방에 가서 파일에 철한 〈타임〉지를 두 권 가지고 오게."

파킨슨이 돌아오자 캐러도스가 말했다.

"자, 그중에서 가장 오래된 것을 펼쳐보게. 날짜는?"

"11월 2일입니다."

"그러면 됐어. '금융' 코너를 찾아주게. 부록에 있을 거야. 거기서 영국 국철을 찾아봐 주게."

"찾았습니다."

"중앙 교외선. 종가와 지수 변동 폭을 읽어보게."

"중앙 교외선 일반, 66.5에서 67.5, 0.125 포인트 하락. 우선 보통주, 81에서 81.5, 변동 없음. 후배주[6], 27.5에서 27.75. 0.25 하락. 여기까지입니다."

"이제 일주일 후로 넘어가지. 후배주만 읽어주게."

---

6) 보통주에 비하여 이익이나 이자의 배당 또는 잔여 재산의 분배 따위의 재산적 이익에 관하여 불리한 지위에 있는 주식. 대주주, 발기인, 경영자 등이 취득한다.

"27에서 27.25. 변동 없음."

"그다음 주."

"29.5에서 30, 0.625 상승."

"그다음."

"31.5에서 32.5, 1 상승."

"아주 좋아. 그럼 이제 11월 27일 수요일 것으로."

"31.875에서 32.75, 0.5 상승."

"좋아. 다음 날."

"24.5에서 23.5, 9포인트 하락."

"그렇군, 파킨슨. 그날이 사고가 난 날이야. 자네도 알지."[7]

"네, 주인님. 아주 비극적인 사고였지요. 제인이 아는 어떤 사람의 여동생의 남자친구의 사촌이 그 차에 타고 있다가 사고로 팔이 빠졌다고 하더군요. 이제는 괜찮아진 것 같다고 들었습니다만."

"이제 다 끝났어. 아, 잠깐만. 방금 그 잡지에서 첫 번째 주식 관련 뉴스를 봐주게. 그리고 중앙 교외선과 관련된 기사가 있는지 찾아보고."

"알겠습니다. '중앙 교외선, 버스 서비스의 확장 예정으로 인해 최근 주가가 하락했다가 해당 계획 철회가 발표되면서 꾸준히 상승 중이었다. 철도청에서 우수한 성과를 기록한 철도운수보고서를 발표한 가운데 지난 목요일 열차 충돌 사고가 발생하여 현재 주가가 곤두박질치고 있다. 특히 후배주는 한때 11포인트까지 하락하면서 여러 가지 소문이 나돌았지만, 현재는 가능한 배당금이 바닥에 가까울 것

---

7) 뒤 기사 내용과 허친스와의 대화에서는 사고가 목요일에 일어났다고 돼 있다. 원문의 내용상 오류인 듯하다.

으로 관측되고 있다'라고 나와 있습니다."

"그래, 거기까지. 이제 그 잡지들은 가져가도 좋아. 그리고 충고를 한마디 하자면, 영국 국철의 투기성 후배주에는 절대 투자하지 말게."

"네, 주인님. 감사합니다. 기억하도록 하겠습니다."

파킨슨은 잠시 서서 서류철을 정리했다.

"사실 저는 액튼의 작은 주택을 염두에 두고 있습니다만, 지금으로서는 아무리 작은 주택이라도 정부의 합법적인 약탈로부터 안전한 것 같지가 않습니다."

다음 날 캐러도스는 중개인들에게 시내에서 만나자고 요청했고, 예상했던 것보다 볼일을 일찍 마쳤다. 그는 오스틴 프라이어를 출발해서 홀로웨이로 향했고, 그곳에서 허친스의 집을 찾았다. 부엌 창문을 통해 울적한 얼굴로 불을 쬐며 앉아 있는 허친스가 보였다. 으리으리한 자동차가 동네 주민들의 시선을 끌 것을 염려해, 캐러도스는 차를 허친스의 집에서 조금 떨어진 곳에 세우고 나머지 거리는 파킨슨의 은근한 안내를 받으며 걸어갔다.

"아버지, 어느 신사분이 아버지를 만나러 오셨어요."

문을 열어 나온 허친스의 딸이 외쳤다. 그녀는 두 남자를 잠깐 보고 그들이 높은 신분의 신사임을 대번에 눈치챘다.

"그럼 거실로 모시면 될 거 아니냐?"

전직 기관사가 투덜거렸다. 평소 같았으면 고된 노동으로 다져진 그의 얼굴에는 건전한 정신이 깃들어 있었겠지만, 그 순간만큼은 목소리와 태도를 통해 그가 아침 일찍부터 술을 마시고 있었음을 조심스럽게 추측할 수 있었다.

"손님 입장에서 보면 거실이나 부엌이나 별반 차이 없을 거예요.

그리고 사실 부엌이 더 따뜻하잖아요."

딸이 차분하게 말했다.

"우리 집 거실이 뭐가 어때서?"

그녀의 아버지가 불쾌한 듯 따져 물었다.

"네 엄마랑 지낼 때는 충분히 아늑했었어. 너한테도 마찬가지고."

"네, 네, 우리 집 거실엔 아무 문제도 없죠. 부엌도 그렇고요."

허친스의 딸은 좁은 복도를 뒤따라온 두 남자를 향해 무표정하게 고개를 돌렸다.

"들어가시겠어요?"

"손님 따위는 이제 보기도 싫다! 하지만――, 혹시라도 회사에서 오신 분이라면 이야기가 다르겠지만요. 그게――."

갑자기 돌변한 그의 태도가 연민을 불러일으켰다.

"아니, 저는 칼라일 씨가 보내서 왔습니다."

캐러도스는 일종의 본능에 따라 의자를 향해 걸어갔다.

허친스는 짜증 섞인 웃음을 지었다.

"칼라일 씨라고! 칼라일 씨라니! 그 하등의 쓸모없는 놈. 그 인간은 돈은 잔뜩 받아 처먹으면서 도대체 지금 뭘 하고 있는 거요?"

"뭔가 하고 있기는 하지요."

캐러도스는 침착하면서도 유쾌한 목소리로 대답했다.

"저를 보냈으니까요. 이제 몇 가지 질문을 하고 싶습니다."

"몇 가지 질문!"

허친스는 격분해서 외쳤다.

"이런 제길, 다 집어치워요. 지난 한 달 동안 한 거라곤 사람들 질문에 대답한 것밖에 없소. 난 나한테 질문을 하라고 칼라일에게 돈을 주는 게 아니란 말이오. 이젠 질문엔 질렸어. 그 하고 싶다는 몇 가지 질문은 거짓말쟁이 허버트 미드에게 가서 물어보지 그래요? 그럼 뭘 좀 알아낼 수 있을 텐데."

문이 조금 움직이는 것을 느낀 캐러도스는 소녀가 조용히 방을 나갔다는 것을 눈치챘다.

"당신도 봤소?"

허친스의 태도가 조금 달라졌다. 그의 목소리에는 씁쓸함이 묻어 있었다.

"저 아이를 봤지요? 내 딸이오. 내가 인생을 바쳐 죽도록 일을 한 게 바로 저 아이 때문이에요."

"아니오. 못 봤습니다."

"방금 나간 아이 말이오. 그 아이가 내 딸이라니까."

"압니다. 하지만 따님을 보지는 못했습니다. 저는 앞이 보이지 않습니다. 맹인이거든요."

"맹인!"

허친스가 놀라 감탄하며 바른 자세로 앉았다.

"지금 진담입니까? 걸을 때도 똑바로 걷고 지금도 나를 보고 있는 것 같은데. 지금 농담하는 거요?"

"아니, 정말입니다."

캐러도스가 미소를 지었다.

"이것 참 웃기는 일이구먼. 눈 달린 사람들도 못 찾는 걸 맹인이 찾겠다고 덤비고 있다니."

허친스는 조용히 생각에 잠겼다.

"눈으로는 보지 못하는 것이 있습니다, 허친스 씨."

"그 말씀이 맞는 것도 같군요. 그래서 나한테 알고 싶은 게 뭡니까?"

"먼저 시가부터 한 대 피우시지요."

캐러도스는 시가 케이스를 꺼내 권했다. 그는 잡다한 소리를 통해 허친스가 시가에 불을 붙이는 것을 확인할 때까지 기다렸다.

"사고 당시 선생님이 운전하던 기차는 노트클리프발 6207호였습니다. 그 기차는 램버스브리지 역에 도착할 때까지 모든 역에서 다 정차했습니다. 램버스브리지 역은 운행 노선 중에서 런던 시내에 위치한 주요 역이지요. 그곳에서 기차는 급행으로 전환되었고, 7시 11분에 램버스브리지 역을 출발했습니다. 기차는 무정차로 운행되다가 17 킬로미터 떨어져 있는 템스 강가의 스완스테드에 7시 34분에 들어갔습니다. 그리고 나서 스완스테드를 출발해 노선의 종점인 잉거필드까지 여러 역에 정차도 하고 통과하기도 하면서 운행되었고요. 도착 시간은 8시 5분이었지요."

허친스는 고개를 끄덕이고, 잠시 기억을 더듬은 후 말했다.

"맞습니다."

"노트클리프와 잉거필드 사이를 운행하는 게 하루 업무지요?"

"그렇소. 주로 3회 왕복을 합니다."

"상행 때와 하행 때 정차하는 역들이 동일합니까?"

"아니오. 그 7시 11분 차는 램버스브리지에서 스완스테드까지 무정차로 가는 차입니다. 아시다시피 그 무렵이 저녁 러시아워 무렵이잖아요. 스완스테드에 사시는 신사분들 중에 퇴근이 늦는 분들이 꽤 많은데, 그분들이 보통 그 7시 11분 차로 퇴근을 합니다. 다른 때는 램버스브리지까지 모든 역에서 정차하고, 그다음에는 정차하는 역도 있고 통과하는 역도 있고 하지요."

"그렇군요. 다른 기차들도 정확히 그와 같은 방식으로 운행합니까?"

"네, 그렇습니다. 여섯 대 정도가 그렇지요."

"그럼 다른 노선의 기차 중에서, 이를테면 그 러시아워에 운행되는 기차 중에 램버스브리지에서 스완스테드까지 무정차로 운행하는 차가 있습니까?"

허친스는 잠시 기억을 더듬었다. 남자의 표정에서 짜증과 분노가 눈 녹듯 사라졌다. 그는 다시금 느리지만 유능하고 독립적인 훌륭한 기관사로 돌아와 있었다.

"그건 확실히 말씀드릴 수가 없겠는데요. 단거리를 운행하는 기차들 중에 무정차 통과하는 차는 거의 없습니다만, 일부는 그렇게 하기도 해요. 열차 시간표를 보면 금방 알 수 있겠지만, 지금은 가지고 있질 않아서."

"괜찮습니다. 심리에서 진술하실 때 선생님은 나이트크로스 역의 동쪽에서 '정지' 신호를 보고 멈추는 게 특별한 일은 아니라고 말씀하셨습니다. 그 7시 11분 차의 경우 그런 일이 얼마나 자주 있습니까?"

"아마 일주일에 세 번 정도요. 어쩌면 두 번일 수도 있고."

"사고는 목요일에 일어났지요. 그날은 다른 날보다 더 자주 멈추고 있는 것 같다는 생각은 안 드셨습니까?"

질문을 들은 기관사의 얼굴에 미소가 번졌다.

"선생님은 스완스테드 주민이 아니신가 보군요?"

그는 질문으로 답했다.

"네. 그렇습니다만?"

"그게 말입니다. 우리는 목요일에는 '항상' 그렇게 정차를 해요. 거의 매번이라고 말해야겠군요. 통근열차를 이용하는 사람들 사이에서는 상당히 자주 나오는 이야기입니다. 그 사람들은 이미 익숙해져 있거든요."

캐러도스의 보이지 않는 눈은 놀라울 정도로 감정을 잘 숨길 수 있었다.

"아."

그는 부드럽게 말했다.

"항상. 그리고 승객들 사이에서 그런 말이 늘 나오고 있다고요. 그렇군요. 그렇다면, 왜 항상 목요일에는 자주 정차를 합니까?"

"그건 조기 운행 종료와 관계가 있다고 들었어요. 교외 교통은 조금 다르거든요. 목요일은 2분 지연이 되는데, 아마 윗선에서는 굳이 시간표를 바꿀 필요까지는 없다고 생각하는 것 같아요. 그래서 대부분은 항상 터널 밖에서 잠깐 기다리면서 서쪽 방향으로 가는 전차를 보내고 가는 거지요."

"그럼 그날도 그렇게 기다리고 있었습니까?"

"네, 그랬습니다."

기억을 되살리던 허친스의 얼굴이 붉어졌다.

"그리고 그 문제를 배심원 중 한 사람이 굉장히 깊게 파고들었어요. 하지만 아마도 석 달에 한 번인가, 목요일에도 통과하는 경우가 있단 말입니다. 그러니 그게 맞다 틀리다 하는 건 나한테 물어볼 문제가 아니란 말이지요. 그건 내 소관이 아니니까요. 나는 그냥 신호를 따르는 사람입니다, 캐러도스 씨. 정지! 주행! 그게 내가 따라야 하는 지시인 거예요. 전쟁터에서처럼요. 그렇지 않으면 어떻게 되겠습니까!

나더러 신중하게 주행했어야 한다고 하는 건 말이 안 됩니다. 그 사람들이 심판해야 하는 사람은 애초에 '간격 유지'와 '정지' 신호의 차이점도 제대로 모르면서 이 일을 시작한 그 인간이란 말입니다. 내가 받은 신호는 '정속 주행하고 운행 시간을 준수하라'였다고요!"

캐러도스는 그 말이 맞는다는 듯 고개를 끄덕였다.

"이제 할 이야기는 다한 것 같군요."

"다했다고요!"

허친스가 놀라 소리쳤다.

"뭘 다해요? 아직 파악도 제대로 다 못 했을 텐데."

"충분히 파악했습니다. 그리고 허친스 씨도 똑같은 이야기를 계속 반복하는 게 썩 즐겁지는 않을 거라는 것도 잘 알고요."

허친스는 의자에 앉은 채 어색하게 몸을 움직이다가 희끗희끗한 수염을 신경질적으로 잡아당겼다.

"방금 제가 한 말은 신경 쓰지 마세요. 선생님 때문에 꼭 무슨 일이 일어날 것만 같은 느낌이 드는군요. 하지만 한동안 사람들에게 계속 시달리고 비난을 듣고 조사를 받고 하다 보니 어쩐지 모든 게 억울한 기분이 들어서요. 그러더니만 이제는 저를 화장실로 보낸다는 겁니다. 제가 이 회사에서 일한 것만도 45년이고 기관차 운전만 32년이에요. 그런 제가 위험 신호를 무시하고 달렸다고 의심을 받다니요."

"힘든 시간을 보내셨겠지요, 허친스 씨. 인내심을 조금만 더 발휘하셔야 할 겁니다."

캐러도스가 연민 어린 목소리로 말했다.

"무슨 일이 생길 거라고 생각하시는 거지요? 제 무죄를 밝혀주실 수 있다고 생각하시는 거지요? 제 말을 믿어주세요. 제가 이 상황을 견딜 수 있게 뭐든 간단히 언질만 주셔도——."

그는 일어서서 슬픈 듯 고개를 저으며 덧붙였다.

"전 지금 거의 끝장이거든요."

캐러도스는 잠시 생각하더니 결심한 듯 말했다.

"오늘이 수요일이지요. 아마도 다음 주 중반쯤에는 회사 관리자로부터 소식을 들을 수 있을 겁니다."

"오, 하느님! 정말입니까?"

"그때까지는 이성적으로 행동하면서 당신이 분별력 있는 사람이라는 것을 보여주는 겁니다. 예의 바르게 행동하시고 말씀은 많이 하지마세요. 무엇보다도——."

캐러도스는 두 사람 사이의 테이블에 놓인 술병을 향해 고개를 끄덕였다. 훗날 이 단순한 기관사는 그때의 일을 회상하면서 한없이 궁금해하게 되었다.

"무엇보다도, 술은 그만 드십시오."

허친스는 술병을 낚아채 벽난로 바닥으로 던져버렸다. 술병은 깨졌고, 그의 표정에는 단호한 결의가 엿보였다.

"이젠 끝났습니다, 선생님. 제가 술을 마신 건 억울해서였어요. 절망적이기도 했고. 이젠 술이 없어도 괜찮습니다."

황급히 문을 열고 뛰어든 허친스의 딸이 아버지와 손님을 걱정스러운 표정으로 바라보았다.

"무슨 일이에요? 뭐 깨지는 소리가 무척 크게 들리던데요."

"여기 이 신사분께서 내 누명을 벗겨주실 거야, 멕. 내 딸아."

허친스가 참지 못하고 불쑥 말했다.

"그리고 나는 술을 영원히 끊었다."

"허친스 씨!"

캐러도스가 경고하듯 말했다.

"이 아이는 제 딸입니다, 선생님. 딸에게도 말하지 말라는 말씀인가요?"

허친스가 다소 풀이 죽은 듯 애원했다.

"소문이 나거나 하지는 않을 겁니다."

캐러도스는 조용히 혼자 웃었다. 놀란 마거릿 허친스가 캐묻는 듯한 눈빛으로 그의 생각을 읽으려고 하는 것을 느꼈기 때문이었다. 그러나 그는 아무 말 없이 기관사와 악수를 하고 좀 전과 마찬가지로 파킨슨의 안내를 받으며 평범한 작은 거리로 걸어 나갔다.

"상복 차림을 하고 있다니, 허친스 양은 대단히 경우 바른 아가씨인 것 같아."

그는 파킨슨과 함께 걸으며 말했다.

"사려 깊고, 그러면서도 지나치게 호사스럽지 않아."

"네, 주인님."

파킨슨이 말했다. 그는 주인의 의견에 호기심을 품는 일 같은 건 그만둔 지 오래였다.

"로마인들 사이에는 '금은 냄새를 풍기지 않는다'라는 뜻의 속담이 있어. 생각해보면 참 안된 일이란 말이지. 허친스 양은 무슨 장신구를 걸쳤나?"

"몇 개 없었습니다. 단순한 금 브로치였는데, 소원을 비는 위시본[8] 모양이었습니다. 크기가 작으니 참새의 위시본이라고 하는 게 맞겠

---

8) 닭이나 오리의 목과 가슴 사이에 있는 V 자 모양의 뼈. 양 끝을 두 사람이 잡고 서로 잡아당겨 긴 쪽을 갖게 된 사람의 소원이 이루어진다고 해서 위시본이라는 이름이 붙음.

군요. 그것 말고는 뒷면을 매끄럽게 다듬은 포금(gun-metal)[9] 시계뿐이었는데, 같은 재질의 리본이 달려 있었습니다."

"눈에 띄거나 비싼 건 없었나?"

"없었습니다. 그 정도 지위의 젊은 여성에게는 적당한 수준이었습니다."

"예상했던 대로군."

캐러도스는 걸음을 늦췄다.

"우리가 지금 공사장 울타리 앞을 지나고 있나?"

"맞습니다."

"여기서 잠시 멈춰야겠군. 이 앞에 있는 포스터의 글자들을 읽어주게."

"이 '옥소' 포스터 말씀입니까?"

"그래."

"옥소."

캐러도스는 터져 나오는 웃음을 억누르느라 몸이 부들부들 떨릴 지경이었다. 파킨슨은 흐트러짐 없는 태도로 근엄하게 서서 주인의 터무니없는 지시에도 의연한 태도를 유지했다.

"내 짐작이 틀렸나 보군, 파킨슨. 다른 걸 시도해봐야겠는데."

간신히 웃음이 진정되자 캐러도스가 말했다.

그 후 몇 분 동안, 읽는 이의 꼼꼼함과 성실성 그리고 듣는 이의 집중력과 깊은 관심이 어우러지면서, 캐러도스는 목재 및 건축자재의 경매에 관한 상세한 내용을 파악할 수 있었다.

"그만하면 됐어."

---

9) 구리, 주석, 아연의 합금.

캐러도스가 모든 내용을 마지막까지 다 들은 후 말했다.

"107호 집에서 우리가 아직도 보이겠지?"

"네, 주인님."

"누군가 그쪽에서 우리에게 다가오는 사람은 없고?"

"없습니다."

캐러도스는 다시 신중한 태도로 길을 걸었다. 그들은 홀로웨이 로드에서 대기하고 있던 자동차에 다다랐다.

"램버스브리지 역으로 가지."

캐러도스는 운전사에게 지시했다

기차역에 도착하자 캐러도스는 자동차를 집으로 보내고, 파킨슨에게는 스태포드 로드에서 환승하는 리치먼드행 1등석 표 두 장을 구입하라는 지시를 내렸다. '퇴근 무렵의 러시아워'는 아직 시작되지 않아, 기차가 들어왔을 때는 빈 객차를 어렵지 않게 찾을 수 있었다.

기차가 달리는 동안 파킨슨은 램버스브리지 역과 나이트크로스 역 사이에 보이는 것을 다양한 관점으로 설명하느라 바빴다. 불과 500미터를 가는 동안에도 특별한 관찰력과 기억력을 요구하는 캐러도스의 광범위한 질문은 쉴 틈 없이 이어졌다. 그러다가 그의 질문이 멎었다. 나이트크로스 역 동쪽에 있는 '정지' 신호를 지나쳤던 것이다.

그 후 그들은 나이트크로스 역을 출발해 램버스브리지로 되돌아왔다. 그러나 캐러도스는 돌아오는 길에서는 주위 환경에 그다지 관심을 보이지 않았다.

"방을 하나 알아볼 거야."

캐러도스는 파킨슨에게 그렇게 알려주었고, 파킨슨이 할 수 있는 최상의 대답은 역시 흔들림 없는 '네, 주인님'이었다.

역을 나선 후 그들은 곧장 방향을 틀어 철로와 나란히 뻗은 거리를 따라 걸었다. 별다른 특징 없는 길이었고, 옆으로 나란히 서 있는 크고 견고한 주택들은 꽤 낡아 있었다. 모퉁이에 서 있는 집들은 상점으로 사용하고 있어 간판이 걸려 있었지만, 대부분은 세를 놓고 있는 임대용 주택이었다.

"저기 깃대가 서 있는 세 번째 집이야."

캐러도스가 말했다.

파킨슨이 종을 울리자 젊은 하녀가 나왔다. 그녀는 아직 시간이 일러 준비가 되지 않았다고 다짜고짜 말했다. 집주인이 안에 있느냐는 캐러도스의 질문에 처브 양이 집에 있다고 대답했고, 하녀는 두 사람을 음침한 작은 거실로 안내하고는 처브 양을 데려오겠다며 나갔다.

"여기라면 눈이 먼 게 크게 장애가 되지 않겠군, 파킨슨. 구조가 뻔해서 따로 설명이 필요 없겠어."

캐러도스가 방을 걸어 다니며 말했다.

"다행입니다, 주인님."

파킨슨이 대답했다.

집주인에게도 너무 이른 시간이었는지, 처브는 5분이 지나서야 거실로 나왔다. 처브를 만나자 캐러도스는 런던의 안과의사에게 진료를 받을 기간 동안 단기로 그와 그의 동행이 묵을 방을 구하고 있다고 했다.

"아, 그런데 제 침실은 북향이어야 합니다."

캐러도스가 조건을 달았다.

"일조량이 제 눈 상태에 영향을 미치거든요."

처브는 충분히 이해한다고 말했다. 그러면서 어떤 신사들은 이런 걸 요구하고 또 다른 사람들은 다른 걸 원한다며, 자신은 고객들 모두를 만족시키기 위해 노력하고 있다고 했다. 마침 임대하려고 내놓은 방 중 맨 먼저 보여주려던 방이 북향이라고도 했다. 조금 전까지는 몰랐는데, 생각해보니 희한하게도 지난번의 어느 신사도 캐러도스와 똑같은 요구를 했다고 했다.

"저 같은 고통을 겪는 사람이었습니까?"

캐러도스가 붙임성 있게 물었다.

처브는 그런 것 같지는 않았다고 대답했다. 그 신사의 경우는 단순히 취향의 문제였던 것 같다고 했다. 그는 방이 북향이 아니면 잠을 이룰 수가 없다고 말했다는 것이다. 처브는 할 수 없이 자신이 쓰던 방을 내줄 수밖에 없었다고 했다. 그러나 그런 경우의 일은 아파트 임대업자로서는 기꺼이 받아들여야 하는 일이었다.

"게다가 구시 씨는 특별한 요구가 있었던 만큼 씀씀이가 대단히 후한 사람이었어요."

"구시? 인도 사람이었던 모양이지요?"

캐러도스가 물었다.

처브는 아마도 구시가 인도인이었던 것 같다고 했다. 맨 처음에는 '흑인'을 집에 들인다는 게 조금 꺼려지기도 했다고 고백했다. 그러나 처브는 구시가 '진짜 신사'였다고 거듭해서 강조했다. 캐러도스는 상냥한 태도로 대화를 이끌어가며 구시가 입주한 날짜와 떠난 날짜, 혼자 고독하게 지냈던 생활과 일상적인 습관에 이르기까지 모든 것을 세세하게 알아냈다.

"이 방이 아마 이 집에서 가장 좋은 침실일 거예요."

처브가 말했다.

2층에 있는 상당히 큰 방이었다. 창문은 별채의 지붕을 바라보고 있었다. 그 너머로 바닥에 낮게 깔린 철로가 보였다. 그 반대편에는 칼라일이 말했던 막다른 벽이 서 있었다.

캐러도스는 그를 아는 사람들을 가끔 당혹스럽게 하는 그 날카로운 시선으로 방을 둘러보았다.

"저는 매일 조금씩 운동을 해야 합니다."

캐러도스는 창가로 걸어가 손으로 창틀의 나뭇결을 쓸었다.

"제가 여기에 운동기구를 고정시켜도 개의치 않으시겠지요, 처브양? 여기에 작은 나사를 조금 박으면 좋겠는데요."

처브는 처음엔 괜찮다고 하다가 잘 모르겠다고 했다. 그러다 결국에는 손님의 요구를 수용하지 않으려 하는 자신의 태도를 부끄럽게 여기며 그렇게 해도 상관없다고 말했다.

"폭만 충분하다면 괜찮을 텐데."

캐러도스가 골똘히 생각하며 창틀의 높이를 신중하게 가늠해보았다.

"혹시 접이식 줄자가 있을까요?"

"그럼요!"

처브는 서랍을 뒤지다가 캐러도스가 원하는 물건을 찾아냈다.

"구시 씨가 이 방에서 이사를 나갈 때 이것을 남겨놓고 갔거든요. 별로 필요 없다고 생각했던 모양이에요. 이거면 될까요?"

"아, 네. 제가 필요했던 게 바로 그겁니다."

캐러도스가 자를 받아들며 말했다. 그것은 나무로 만든 평범한 새 줄자였으며, 작은 문구점에서 1페니만 주면 살 수 있는 것이었다.

그는 대충 높이를 재고, 손가락으로 숫자를 읽었다. 그리고 손가락 끝으로 자의 가장자리를 아래위로 계속해서 찬찬히 훑었다.

"1.25미터."

캐러도스가 속으로 묵묵히 새긴 결론이었다.

"이제 볼일은 다 끝나셨겠지요."

"네, 아주 좋습니다."

캐러도스가 대답했다.

"하지만 아직 부탁드릴 게 조금 더 남아 있습니다, 처브 양."

"아직도요?"

그녀가 말했다. 그녀는 이런 훌륭한 품성의 신사를 도와주는 것이 즐거운 일이라고 생각하고 있었다.

"또 뭐가 필요하신가요?"

"제가 앞을 거의 볼 수 없긴 하지만, 방에 불을 좀 켰으면 좋겠습니다. 하지만 일반적인 조명은 안 되고, 또 가스등은 제가 좀 불편합니다. 혹시 석유램프를 가져다주실 수 있을까요?"

"갖다 드리고말고요. 전에 특별히 구시 씨를 위해 준비해 두었던 굉장히 멋진 청동 램프가 있어요. 그분은 밤에 독서를 엄청나게 많이 해서 석유램프가 더 좋다고 하더라고요."

"그것참 편리하군요. 밤새도록 불을 밝힐 수 있을 만큼 충분한 크기겠지요?"

"네, 그럼요. 구시 씨는 특이하게도 램프에 기름을 매일 채우더라고요."

"기름이 없는 램프는 쓸모가 없으니까요."

캐러도스는 미소를 지으며 다른 방으로 향하는 그녀를 따라 방을 나섰다. 그러면서 들고 있던 줄자를 아무렇지도 않게 주머니에 집어넣었다.

파킨슨은 별 볼 일 없는 동네의 2급 아파트를 임대하는 것에 대해 무슨 생각을 하고 있는지는 몰라도, 자존심 있는 '남자'로서 자신의 개인적인 감정을 주인에 대한 헌신으로 극복하고 있는 것 같았다. 아무튼, 두 사람이 기차역으로 가는 동안 파킨슨은 아무런 감정도 내보이지 않았고, 예정된 이사를 준비하며 무언가 자신에게 지시할 것이 있는지를 물었다.

"아니, 파킨슨."

캐러도스가 대답했다.

"지금 살고 있는 집에 만족해야지."

"죄송합니다만, 주인님."

파킨슨이 약간은 거북하게 말했다.

"저는 주인님께서 일주일 동안 그 방을 빌리시는 것으로 이해하고 있었습니다."

"처브 양도 같은 생각일까 봐 걱정이군. 하지만 예기치 못한 일 때문에 못 가게 되었거든. 그레이터렉스에게 내일 사과 편지를 쓰라고 전해주게. 그리고 유감의 표시로 수표를 동봉하도록 하고. 아, 그리고 어쩌다 보니 이 줄자를 들고 오게 되었는데, 그 비용으로 1페니도 같이 보내게. 뭐 대충 그 정도 가격이겠지."

파킨슨은 현재 상황을 굳이 이해하려 하지 않았다.

"저기 기차가 오고 있습니다, 주인님."

"저건 보내고 다음 차를 기다리지. 플랫폼 양 끝 중 한 곳에 신호기가 있나?"

"네, 주인님. 저 끝에 있습니다."

"그럼 거기까지 걸어 가보세. 이 근처에 짐꾼이나 역무원이 있나?"

"아뇨, 아무도 없습니다."

"이 줄자를 받게. 이제 자네가 계단을 올라갔으면 좋겠어. 신호등까지 올라가는 계단이 있겠지?"

"네, 주인님."

"그럼 계단에 올라가서 신호등의 유리 덮개 크기를 재주게. 필요 이상으로 높이 올라가진 말고. 혹시 팔을 뻗어야 한다면, 손톱으로 표면에 표시를 하고 싶은 마음이 들더라도 그렇게 하지 않도록 주의하게. 이미 누군가가 표시를 남겨놓았을 거야."

파킨슨은 매서운 시선으로 주위를 둘러보았다. 다행히 신호기가 있는 곳은 어두웠고 사람들도 접근하지 않는 곳이었다. 승객들은 플랫폼의 반대편 끝에 있는 출구 쪽을 향해 움직이고 있었다. 게다가 다행히 신호기도 그렇게 높지 않았다.

"최대한 가까이 다가가서 쟀을 때, 유리 덮개의 가로 직경은 1.25미터입니다."

파킨슨이 보고했다.

"고맙네."

캐러도스는 줄자를 주머니에 다시 넣으며 대답했다.

"1.25미터면 충분히 근접한 값이야. 이제 돌아가서 다음 기차를 타지."

일요일 저녁, 약속한 시각에 칼라일이 터렛에 도착했다. 그는 만일의 사태에 대비하여 잔뜩 긴장하고 있었고 눈빛은 날카로웠다. 그러나 시간이 계속 흘러도 속을 알 수 없는 캐러도스가 사건에 관한 이야기를 한마디도 꺼내지 않자, 칼라일은 익살스러운 위로의 말을 준비해야 할 것 같다는 생각이 들기 시작했다. 식사 자리에서 그는 말을 많이 하지 않았는데, 어차피 중요한 이야기가 나왔다고 해도 사무적이고 또렷한 목소리를 사용할 일은 별로 없었을 것이다.

저녁 식사를 마치고 서재로 돌아오자 칼라일은 캐러도스의 행동을 통해 무언가 특별한 사건이 예정되어 있다는 사실을 눈치챌 수 있었다. 앞으로 다가올 일에 대비해, 캐러도스가 첫 번째로 한 일은 밖에서 열지 못하도록 문밖에 꽂혀 있던 열쇠를 문 안쪽 열쇠 구멍으로 옮긴 것이었다.

"지금 뭐 하는 건가, 맥스?"

칼라일이 물었다. 지금까지 무심한 태도를 가장하고 있었지만, 결국엔 호기심을 억누를 수 없었다.

"저녁 식사는 괜찮았나?"

그의 친구가 대답했다.

"파킨슨이 곧 도착할 거야. 이제 준비를 해야지. 리볼버는 가지고 왔나?"

"자네와 식사를 하러 오는데 리볼버를 가져올 리가 있겠나?"

칼라일이 최대한 태연함을 유지하며 대답했다.

캐러도스는 칼라일에게 우정 어린 미소를 지으며 옆에 있던 골동품 책상 서랍 안의 비밀 스프링을 건드렸다. 숨어 있던 작은 공간이 부드럽게 튀어나오고 탁한 파란색의 권총 한 쌍이 나왔다.

"오늘 밤엔 아무튼 조심하는 게 좋아."

캐러도스는 권총 한 정을 칼라일에게 건네고 나머지 하나는 자신의 주머니에 넣었다.

"그 남자가 곧 도착할 거야. 그자의 기분이 지금 어떤지 우리로서는 알 수 없으니 말이야."

"그 남자!"

흥분한 칼라일이 목을 앞으로 빼며 외쳤다.

"맥스! 자네 미드에게 자백을 시킨 건가?"

"아무도 자백하지 않았어. 그리고 그 사람은 미드도 아니고."

"미드가 아니라고──, 그럼 허친스 씨란 말인가?"

"미드도 허친스 씨도 아니야. 아무튼, 허친스 씨의 말이 옳았어. 사고 당시 신호는 초록불이었거든. 신호기를 건드린 남자는 벵골 출신의 젊은 인도인이야. 이름은 드리슈나라고 하고 스완스테드에 살고 있지."

칼라일은 깜짝 놀라 믿을 수 없다는 듯 넋이 나간 표정으로 친구를 바라보았다.

"캐러도스, 지금 진담인가?"

"내 유머에 대한 평판이 이렇게 심각하다니!"

캐러도스가 미소를 지었다.

"내가 틀렸다면 잠시 후에 알게 되겠지."

"하지만 왜──, 왜──, 도대체 왜? 그런 거대한 악행을, 비할 데 없는 무모한 짓을!"

칼라일은 극도의 불신에 넋을 잃고 그저 맥스를 바라볼 뿐이었다.

"주된 이유는 투기로 인한 곤경에서 벗어나기 위함이었어. 다른 동기가 있다면──, 아니면 적어도 계기라 할 만한 게 있었다면, 따로 좀 의심 가는 점이 있긴 한데, 틀림없이 그 이야기도 듣게 되겠지."

"그래도, 맥스. 지금 이 상황은 내겐 상당히 불공평한 것 같은데."

칼라일이 항변했다. 이제 그는 처음에 느꼈던 놀라움을 극복하고 상처를 느끼는 단계로 넘어가고 있었다.

"지금 이 자리에 있으면서도 나는 사건에 대해서는 전혀, 아무것도 모르지 않나."

"농담에 대해서는 우리 둘 다 제대로 알고 있지."

캐러도스의 태도는 상냥했다.

"하지만 자네 말이 맞아. 자네에게 속죄할 시간이 조금은 있을 것 같군."

캐러도스는 최대한 간단하게 그간의 조사 과정을 설명했다.

"이제 자네도 드리슈나를 이곳에 부르기까지 그간의 알려진 사실은 모두 알게 되었어."

"하지만 과연 올까? 그자도 의심을 할 텐데."

칼라일이 의심스럽다는 듯 물었다.

"응, 그러겠지."

"그럼 안 오지 않을까?"

"그 반대로, 루이스. 그는 올 거야. 내 편지 때문에 의심이 생겼거든. 그는 지금 오고 있어. 그렇지 않았다면 파킨슨이 즉시 나에게 전화를 했을 거고, 우리는 아마 다른 방법을 취해야 했을 테지."

"편지에는 뭐라고 썼는데?"

호기심이 발동한 칼라일이 물었다.

"인도-스키타이어로 쓰인 고대 문서가 하나 있는데 그와 토론을 하고 싶다고 했지. 그 문제에 관해 나를 도와주면 고맙겠다고, 내 차를 보내겠다고 했어."

"그런데 그자가 인도-스키타이어 문서에 관심이 있나?"

"그거야 나도 모르지."

캐러도스가 말했다. 밖에서 자갈이 깔린 도로 위를 부드럽게 구르는 자동차 소리가 들리자, 칼라일은 벌떡 일어나 절망적인 태도로 두 손을 들었다.

"아, 이런 제길. 자네가 옳았어, 맥스! 차 안에 남자가 있는데."

그가 커튼 틈으로 엿보며 외쳤다.

파킨슨이 잠시 후 손님을 안내했다.

"드리슈나 씨입니다."

손님은 여유롭고 침착한 태도로 들어왔다. 그 태도는 아마 진짜였거나 아니면 절박한 위장이었을 것이다. 그는 왜소한 체구의 젊은 남자로 나이는 스물다섯 살 정도 되어 보였고, 머리카락과 눈은 검은색이었다. 빈약한 콧수염은 섬세하게 다듬었으며 피부는 짙은 올리브색이었다. 인상은 그다지 나쁘지 않았지만, 표정에는 냉혹하고 거만한 기색이 서려 있었다. 그는 티 없이 깔끔하고 말쑥한 복장을 하고 있었다.

"캐러도스 씨?"

그는 미심쩍은 듯 물었다.

일어서 있던 캐러도스는 악수를 청하지 않고 가볍게 고개를 숙여 인사를 했다.

"이쪽은 칼라일 씨입니다. 저명한 사설탐정이지요."

캐러도스가 칼라일을 가리키며 말했다.

인도 남자는 날카로운 눈빛으로 칼라일을 한번 쳐다보고는 자리에 앉았다.

"캐러도스 씨, 저에게 편지를 쓰셨지요."

그가 말했다. 외국인 특유의 억양이 거의 없는 완벽한 영어였다.

"다소 특이한 편지였습니다. 선생님은 저에게 고대 문서에 관해 물어볼 것이 있다고 하셨지요. 저는 골동품에 대해서는 아는 게 없습니다. 하지만 선생님이 편지를 보내셨으니, 이렇게 직접 와서 설명을 드리는 편이 더 정중할 거라고 생각했습니다."

"그게 편지를 보낸 목적이었습니다."

캐러도스가 대답했다.

"절 만나고 싶으셨던 건가요?"

드리슈나가 말을 마치자, 견디기 힘든 침묵이 깔렸다.

"처브 양의 아파트에서 나오시면서 줄자를 하나 남겨두셨더군요."

캐러도스는 책상 위에 놓여 있던 줄자를 집어 들었다.

"지금 무슨 말씀을 하시는 건지 모르겠습니다. 뭔가 실수가 있었던 모양입니다만."

드리슈나가 조심스럽게 말했다.

"줄자 위 1.25 미터 되는 지점에 표시가 되어 있었습니다. 마침 철로 위 신호등 유리 덮개의 직경도 1.25미터지요."

드리슈나는 놀라움을 억누를 수 없는 듯 순식간에 창백해졌다. 그러더니, 그는 불쑥 한 발 앞으로 나서며 캐러도스의 손에 들려있던 자를 낚아챘다.

"이게 내 거라면 나에게 이럴 권리도 있겠지요."

그는 자를 두 동강 내고는 타오르는 난롯불에 던져버렸다.

"이건 아무것도 아닙니다."

"죄송합니다. 지금 당신이 충동적으로 부러뜨린 자는 당신 것이 아니었다는 얘기를 깜빡했군요. 그건 제 것이었습니다. 당신의 줄자는 ──, 다른 곳에 두었지요."

"어디 있든 간에 그게 내 것이라면 당신에게는 이럴 권리가 없습니다."

드리슈나는 치밀어 오르는 분노로 숨을 헐떡이며 말했다.

"당신은 도둑입니다, 캐러도스 씨. 난 이제 가겠어요."

그는 벌떡 일어나 문으로 향했다. 칼라일이 앞으로 한 발 나섰지만, 굳이 그럴 필요는 없었다.

"잠깐만요, 드리슈나 씨."

캐러도스가 평온한 음성으로 입을 열었다.

"여기까지 오셨는데 샤프츠버리 에버뉴에서의 제 수사 내용도 듣지 않고 지금 이렇게 가신다면 안타까운 일이지요."

드리슈나는 다시 자리에 앉았다.

"맘대로 해요. 어차피 난 흥미 없으니까."

그가 중얼거렸다.

"나는 특정한 모양의 램프를 찾고 있었습니다."

캐러도스가 말을 이었다.

"자동차용 램프를 찾는다고 말하는 것이 가장 쉽겠지요. 그래서 롱에이커로 가서 그곳의 첫 번째 상점에 들어가 이렇게 말했습니다. '제 인도인 친구가 최근에 크기가 13센티미터 정도 되는 초록색 유리 램프 덮개를 샀다던데, 혹시 거기가 여기인가요?' 그 집은 아니었습니다. 하지만 만들어줄 수는 있다고 했지요. 바로 그 옆 상점에서도 마찬가지였고요. 세 번째 집, 네 번째 집, 모두 그런 식이었습니다. 마침내 나의 끈기는 보상을 받았습니다. 그 램프 덮개를 제작한 곳을 찾아냈으니까요. 상점 점원의 말로는, 인도 어느 지역에서는 녹색이 위험을 상징하는 색깔이라 자동차의 미등이 초록색이어야 한다는 겁니다. 거기 사람들도 그런 이야기는 처음 들어봤다고 하더군요. 그래서 그 주문을 기억했고, 램프 덮개를 사 간 손님도 정확히 확인해 줄 수 있다고 했지요. 그 남자는 대금을 선불로 지급하고 주소는 남기지 않았다고 하더군요. 게다가 특이한 외모 탓에 영국인 천 명을 모아 놓고 그 안에 숨어도 찾을 수 있다고 했습니다. 어때요, 이 정도면 흥미롭습니까, 드리슈나 씨?"

"당신은?"

드리슈나는 나른하게 하품을 하며 말했다.

"당신이 보기에 지금 내가 흥미로워하는 것 같습니까?"

"제가 앞을 보지 못하는 불행을 겪고 있다는 걸 이해해주셨으면 좋겠군요."

캐러도스는 정색하고 아무렇지도 않게 말했다.

"앞을 못 본다고!"

충격을 받은 드리슈나는 지금껏 무관심한 척하던 태도를 버렸다.

"지금 그 말은──, 정말로 맹인이라는──, 그러니까 날 못 본단 말입니까?"

"안타깝게도 그렇습니다."

드리슈나는 그동안 외투 주머니에 넣어두었던 오른손을 꺼내며 비장한 태도로 묵직한 리볼버를 두 사람 사이에 놓인 테이블에 던졌다.

"그동안 계속 당신을 겨누고 있었습니다, 캐러도스 씨. 내가 이 방에서 나가려고 할 때 당신이나 당신 친구가 날 막으려고 손만 들었어도, 당신 목숨은 위험했을 겁니다."

그는 서글픈 승리감에 젖어 있었다.

"하지만 운명을 거스르는 게 무슨 소용이며, 정해진 운명을 피할 수 있는 자가 누가 있겠습니까? 한 달 전 나는 미래를 알기 위해 동포 예언자를 만나러 간 적이 있었어요. 그녀는 나에게 '사람의 눈을 두려워할 필요가 없다'는 메시지를 주었습니다. 그러면서 한마디 덧붙이더군요. '그러나 보지 못하는 사람이 보이지 않는 것을 보면, 당신은 지옥의 염마왕과 화해를 해야 합니다.' 그때 나는 그 이야기가 위대한 사후 세계에 관한 거라고 생각했었어요!"

"그 이야기는 결국 스스로의 죄를 인정한다는 건가."

칼라일이 외치다시피 말했다.

"운명의 섭리에 따르는 것입니다."

드리슈나가 대답했다.

"그리고 맹인이 매개체로 작용할 것이라는 예언의 보편적 역설에도 들어맞고요. 칼라일 씨는 멀쩡한 두 눈으로 이 같은 결과를 이끌어 낼 수 있었을까요? 저는 상상할 수가 없군요."

그는 심술궂게 덧붙였다.

"맙소사! 이 냉혈한 건달 같으니라고! 당신이 아무 죄도 없는 스무 명의 죽음에 책임이 있다는 건 알고 있는 건가?"

칼라일이 쏘아붙였다.

"당신은요, 칼라일 씨? 당신은 당신의 정부와 군대가 내 나라의 죄 없는 수천 명의 죽음에 책임이 있다는 걸 알고 있습니까? 만일 영국이 독일에 의해 점령당한다면, 그래서 영국에 들이닥친 독일 군인과 정부 관리와 그 가족들을 먹여 살리기 위해 온 나라가 기근에 시달리고, 새로 임명된 관리들의 주머니를 채워주기 위해 수천 명의 사람들이 사형 선고를 받은 것처럼 비참하게 살아야 한다면 어떨 것 같습니까? 그런 상황에서 당신이 베를린에 가서 기차를 파괴한다면 당신은 애국자로 칭송받겠지요. 보아디케아(Boadicea)[10]가 무슨 일을 했는지 알고 있습니까? 삼손(Samson)[11]은? 나도 그들과 같은 일을 한 겁니다. 그들이 영웅이라면 나도 영웅인 겁니다."

"뭐가 어째!"

분개한 칼라일이 외쳤다.

"나 원 어이가 없어서! 보아디케아는——, 그러니까 그 사람은, 반은 전설적인 인물이잖소. 현실과 동떨어져서 존경할 수 있는 그런 인물 말이오. 지금 내가 무슨 의견을 주장하려는 건 아니오. 하지만 삼손은, 혹시 모를까 봐 알려주는 건데, 성경에 나오는 인물이란 말이오. 삼손은 적으로부터 조롱을 받은 거잖아요. 당신은 이곳에서 친구로서 환대를 받았을 거 아니오."

"내가 이곳에서 지내는 동안 거만하고 잘난 체하고 머리는 텅 빈 당신의 민족들에게 조롱과 모욕과 비웃음을 당하지 않았을 거 같습니까?"

과거를 떠올리는 드리슈나의 눈빛에는 악의가 깃들었고 목소리는 갑작스러운 분노로 떨렸다.

"아! 내가 거리에서 스쳐 지나가는 그들을 얼마나 증오했는지 아십니까? 나를 열등한 흑인이라고 깔보는 사람들의 거만한 시선과 그 말 없는 멸시를 얼마나 수없이 느껴왔는지 아느냐 말입니다. 나는 칼리굴라(Caligula)[12]와 함께 이 나라의 목을 단칼에 베어버릴 수 있기

---

10) 로마제국에 맞서 싸운 이케니족의 여왕.
11) 구약성경에 나오는 이스라엘의 장사(壯士).
12) 로마의 제3대 황제(12~41). 독재자로서 방탕한 생활을 하다 암살되었다.

를 간절히 바랐습니다. 칼라일 씨, 당신은 현실에 안주하는 위선자입니다. 나는 그런 당신을 혐오합니다. 당신은 이해조차 할 수 없는 천상의 고귀함을 통해 당신을 경멸하고 증오하고 있습니다."

"지금 이야기가 다소 요점을 벗어나는 것 같습니다, 드리슈나 씨."

캐러도스가 법관처럼 공정한 태도로 입을 열었다.

"내가 듣기로는, 당신이 이곳에서 만난 사람들이 모두 당신의 증오 대상이 될 정도로 불친절했던 건 아니었던 것 같습니다만."

"아, 그건 맞습니다."

드리슈나는 순진한 태도로 솔직하게 인정했다.

"나는 당신네 남자들을 증오한 것만큼이나 당신네 여자들을 사랑합니다. 어떻게 이 나라는 이렇게 둘로 나뉠 수 있을까요? 남자들은 그렇게 둔해 터지고 무례한데 여자들은 그토록 영리하고 인정 많고 사려 깊다니."

"하지만 가끔은 돈이 좀 많이 들기도 하지요?"

드리슈나는 무겁게 한숨을 쉬었다.

"그래요. 놀라울 정도였습니다. 그들은 천성이 너그러운 만큼 씀씀이도 컸지요. 내가 가진 돈은, 아마 대부분의 사람들은 상당히 큰 액수라고 말하겠지만, 곧 바닥이 나고 말았습니다. 어쩔 수 없이 돈을 빌려야 했고 이자는 점점 감당할 수 없게 되었습니다. 파산할 수는 없었어요. 그랬다간 나의 조국에 소환되었을 테니까요. 영국을 싫어하는 것만큼이나 이곳을 떠날 수 없는 특별한 이유가 있었습니다."

"그 이유라는 것은 아카디 극장과 관련 있는 것입니까?"

"알고 계셨습니까? 글쎄요, 그 여인의 이름은 밝히지 않기로 합시다. 아무튼, 재산을 회복하기 위해 나는 증권에 투자했습니다. 내

신용은 내 아버지의 신분과 내가 다니는 회사의 좋은 평판으로 인해 상당히 우수한 편이었지요. 그러던 중에 믿을 만한 소식통으로부터 중앙 교외선의 주가가, 그중에서도 특히 후배주가, 버스회사와의 합병으로 인해 확실히 폭락할 거라는 이야기를 들었습니다. 그 당시에는 합병 건이 기밀 사항이었지요. 나는 공매도[13]를 하기 위해 매매 계정을 열고 대량으로 매도했습니다. 주가는 떨어졌지만 아주 조금뿐이었어요. 저는 기다렸습니다. 그러고 나서 불행히도, 주가는 상승하기 시작했습니다. 반대 세력이 활동에 들어가면서 소문이 퍼졌던 거지요. 결국에는 버틸 수 없는 상황에까지 이르자, 계정을 유지하기 위해 실질적으로 내 것도 아닌 주식을 일시 담보로 잡아야 할 처지까지 몰리게 된 겁니다."

"그건 횡령이잖아요."

칼라일이 냉정하게 말했다.

"횡령을 대형 살상 사고로 덮었단 말입니까?"

"횡령이라고 할 수도 있겠지요. 하지만 내 경우는 한시적인 것이었습니다. 불행히도 주가는 계속 올랐고요. 그렇게 절망적인 상황으로 치닫던 중에, 어느 날 저녁 평소보다 일찍 스완스테드로 돌아오고 있었는데, 기차가 신호에 걸려 멈추더니 다른 기차를 먼저 보내는 것이었습니다. 객차 안에 있던 사람들의 대화를 들으며 자세한 상황을 알 수 있었지요. 그때 누군가가, 이런 식으로 계속 가다간 언젠가 분명히 사고가 날 거라고 말하더군요. 그 말을 듣고 갑자기 번개처럼 생각이 스쳤습니다. 영감이 떠올랐다고나 할까요. 그 순간 나는 이 상황을 어떻게 활용하면 좋을지 생각해냈습니다. 열차 사고가 나면

---

13) 주가 하락 시 차액을 노려 주식이나 채권을 보유하지 않은 상태에서 매도하는 일.

중앙 교외선의 주가는 분명 떨어질 것이고 내 상태도 원상 복구될 수 있을 테니까요. 그 뒤의 일에 대해서는 캐러도스 씨가 알아냈다고 생각합니다만."

"맥스."

칼라일이 분노가 섞인 목소리로 말했다.

"경찰에 알리면 이 자백만으로도 이 괴물을 체포할 수 있을 테데, 그러지 않는 특별한 이유라도 있는 건가?"

"제발 그렇게 해주시지요, 캐러도스 씨."

드리슈나가 말했다.

"아마 저는 교수형을 당할 겁니다. 그러나 나의 연설은 인도 전역의 구석구석까지 울려 퍼질 것입니다. 사람들은 나를 순교자로 여기며 숭배할 것입니다. 그리고 나의 희생으로 인해 내 조국의 해방은 더 앞당겨질 것입니다."

"다른 말로 하자면."

캐러도스가 말했다.

"인도 여러 지역에서 소요가 일어날 것이고, 운 나쁜 경찰관들이 죽도록 얻어맞게 되겠지요. 그리고 분명 그보다 더 최악의 일이 일어날 수도 있겠고요. 하지만 우리는 그런 일은 원치 않습니다, 드리슈나 씨."

"그럼 그런 일이 일어나지 않도록 하기 위해 당신은 나에게 뭘 제안하시겠습니까?"

드리슈나가 확신에 찬 목소리로 냉정하게 물었다.

"이렇게 추운 겨울날 아침에 교수대의 올가미에 목을 거는 건 대단히 불쾌한 일일 겁니다. 아주 차갑고, 고독하고, 비인간적이지요. 끝

없는 재판에, 고독과 감금, 사형 집행 전까지의 길고 긴 불면의 밤과 사형 집행관, 포승줄과 교수대의 올가미. 그런 것들이 계속 머릿속에 떠오르겠지요. 교수형을 수월하게 받아들일 수 있는 사람이 있다면 그건 아주 멍청한 사람들뿐일 겁니다."

"그럼 제가 어떻게 하기를 원하십니까, 캐러도스 씨?"

드리슈나가 약삭빠르게 물었다.

캐러도스는 말없이 테이블 위로 손을 뻗어, 아직도 그 자리에 놓여 있던 리볼버를 드리슈나 쪽으로 천천히 밀었다.

"알겠습니다."

드리슈나가 말했다. 그는 눈을 빛내며 짧게 웃었다.

"자살을 하고 입을 다무는 것이 당신의 목적에 부합하겠군요. 재판에서 나의 메시지가 노출되지 않도록 함구시키고, 자유를 향한 폭동의 횃불에 불꽃을 당기지 않도록 하려는 당신의 목적에."

"또한."

캐러도스가 부드러운 목소리로 말했다.

"당신의 소중한 국민들이 수치심을 느끼지 않도록 구해주는 것이기도 하지요. 그리고 그 이름 없는 여인도 당신이 그녀에게 준 집과 돈을 마지못해 내놓아야 하는 불쾌한 절차로부터 구해주고요. 그런 일을 해야 한다면 그 여인은 분명 당신의 추억을 소중하게 간직하지는 않을 겁니다."

"무슨 말입니까?"

"당신이 했던 거래는 중죄에 해당하는 것이며 성립될 수 없는 것입니다. 당신과 거래했던 회사는 법정으로 가게 될 것이고, 거래 자금은 추적되는 대로 지체 없이 몰수되겠지요."

"맥스!"

칼라일이 외쳤다.

"지금 이 악당이 교수형을 모면하게 하려는 건가?"

"교수형은 피하는 게 최선이야, 루이스."

캐러도스가 대답했다.

"지금으로부터 백 년이 지난 후 후세 사람들이 우리를 어떻게 생각할지 생각해본 적 있나?"

"아, 물론 나도 교수형을 좋아하진 않아."

칼라일이 인정했다.

"좋아하는 사람은 아무도 없지. 하지만 우리는 교수형을 집행하고 있어. 드리슈나는 위험한 짐승이야. 평화로운 다른 짐승들을 위해서라도 존재해서는 안 되는 인물이지. 그의 잔인한 공적은 그와 함께 무의식 속에 묻도록 하세. 진상을 널리 알린다고 해도 그 치명적인 단점이 장점을 압도하고도 남아."

"생각해봤습니다."

드리슈나가 말했다.

"바라시는 대로 하겠습니다."

"좋습니다."

캐러도스가 말했다.

"여기 종이가 있습니다. 누군가에게 편지 형식으로 당신이 겪고 있는 경제적 어려움 때문에 더는 삶을 지탱할 수 없다고 쓰는 게 좋겠습니다."

"하지만 경제적인 어려움은 없습니다, 지금은."

"그건 상관없습니다. 그런 식으로 쓰면 당신의 심리 상태를 반영하는 것으로 이해하게 될 겁니다."

"하지만 이놈이 달아나지 않는다는 보장이 어디 있나?"

칼라일이 속삭였다.

"달아날 수 없어. 신원이 너무 확실하니까."

캐러도스가 평온하게 말했다.

"달아날 생각은 없습니다."

드리슈나는 편지를 쓰면서 말했다.

"내가 자살을 한 번도 생각해보지 않았을 것 같습니까?"

"아무래도 상관없어."

전직 변호사가 중얼거렸다.

"지금 내 뒤에 배심원단이 있었으면 좋겠군. 그거야말로 도덕적으로 범죄자를 처형하는 방법이니까. 지금은 글자 그대로 좀 엉뚱한 방법이니."

"이제 다 됐습니까?"

드리슈나가 다 쓴 편지를 내밀며 물었다.

캐러도스는 자신의 통찰력에 대한 드리슈나의 헌사를 미소로 받아들였다.

"대단히 훌륭합니다."

그는 예의를 갖춰 대답했다.

"9시 40분 기차가 있습니다. 그거면 적당하겠지요?"

드리슈나는 고개를 끄덕이며 일어섰다. 칼라일은 뭐든 해야 한다고 생각했지만 그게 뭔지 정확히 알 수 없기에 마음 한구석이 대단히 불편했다.

칼라일은 복도를 걸으며 자신의 친구가 인도–스키타이어 고문서 문제에 도움을 주어서 진심으로 감사하다고 인사하는 소리를 들었다. 그리고 문이 닫혔다.

"맥스에겐 가끔 묘한 구석이 있단 말이야."

혼란에 빠진 칼라일은 혼잣말을 중얼거렸다.

III

브룩벤드 장의 비극

The Tragedy at Brookbend Cottage

"맥스."

파킨슨이 문을 닫고 나가자 칼라일이 말했다.

"여기 이분은 홀리어 중위일세. 오늘 뵙기로 한 분이지."

"'듣기로' 한 분이시겠지."

캐러도스가 칼라일의 말을 바로잡았다. 그는 앞에 서 있는 다소 당황한 표정의 건장한 손님을 향해 미소를 지어 보였다.

"홀리어 씨는 제 장애를 알고 계십니까?"

"칼라일 씨에게서 들었습니다. 하지만 사실 그전부터 이미 소문은 듣고 있었습니다, 캐러도스 씨. 제 부하에게서요. 이반 사라토프(Ivan Saratov) 호의 침몰과 관련된 일 말입니다."

라고 젊은 남자는 말했다.

캐러도스는 기분 좋은 듯 고개를 저었다.

"비밀을 지켜주겠다고 약속했는데! 하지만 아무래도 불가피한 일이었겠지요. 이번에도 그와 비슷한 사건인가요, 홀리어 씨?"

"아니오. 이건 대단히 사적인 일입니다."

홀리어 중위가 대답했다.

"제 여동생은 크리크라고 하는데 —— 하지만 칼라일 씨가 저보다 더 잘 설명할 겁니다. 칼라일 씨도 전부 다 알고 있으니까요."

"아니, 아닙니다. 칼라일은 전문가예요. 저는 가공되지 않은 이야기를 듣고 싶습니다. 아시겠지만 제 귀는 제 눈이나 마찬가지입니다."

"그러시다면, 알겠습니다. 이야기야 얼마든지 할 수 있습니다. 전부 다요. 하지만 이야기를 마치고 나면 다른 사람에게는 굉장히 하찮게 들릴 것 같아서요. 저에게는 아주 중대한 일이지만요."

"우리도 간혹 하찮은 일에서 중대한 의미를 발견하곤 합니다. 미리 단정 짓지 않아도 됩니다."

캐러도스는 용기를 북돋워 주었다.

홀리어 중위는 다음과 같은 이야기를 들려주었다.

"저에게는 밀리센트라는 여동생이 있습니다. 그 아이는 크리크라는 남자와 결혼했어요. 동생은 올해 나이가 스물여덟인데 크리크는 그보다 열다섯 살이 많습니다. 어머니나 저나 크리크를 별로 좋아하지는 않았어요. 어머니는 지금은 돌아가셨습니다만. 아무튼 특별히 싫어한 건 아니었지만, 동생과 나이 차이가 좀 심하게 나는 것도 그렇고, 딱히 공통점 같은 것도 별로 없어서요. 매제는 어두운 성격에 말수가 적은 사람이고, 대화를 나누다 입을 다물면 분위기가 싸늘하게 식어버리곤 했습니다. 그러다 보니 서로 거의 만나지 않고 지내게 되었지요."

"지금 이 이야기는 4, 5년 전 이야기야, 맥스."

칼라일이 부질없이 끼어들었다.

캐러도스는 입을 꾹 다물고 대꾸하지 않았다. 칼라일은 괜스레 코를 풀며 기분이 상했음을 은근슬쩍 드러내 보였다. 홀리어 중위는 이야기를 계속했다.

"밀리센트는 약혼을 하자마자 곧 크리크와 결혼을 했습니다. 정말 끔찍할 정도로 우울한 결혼식이었지요. 오히려 장례식 같다는 생각이 들 정도였습니다. 크리크는 친척이 전혀 없다고 했고 친구나 사업상 아는 사람도 별로 없는 것 같았습니다. 홀본에 있는 사무실에서 무슨 중개인으로 일하고 있다고 하더군요. 거기서 버는 돈이 주 수입인 듯한데, 사실 매제의 사생활에 대해서는 거의 아는 게 없어요. 하지만 사업이 기울고 있는 것 같다는 생각은 들었습니다. 지난 몇 년간은 밀리센트 앞으로 나오는 보잘것없는 수입에 전적으로 의존해서 생활했던 게 아닐까 하고 의심될 정도였지요. 밀리센트의 수입내용을 자세히 알고 싶으십니까?"

"말씀해주십시오."

"아버지가 7년 전에 돌아가실 때 3천 파운드를 남기셨습니다. 그돈은 캐나다 주식에 투자해서 일 년에 100파운드 정도의 수익이 납니다. 아버지의 유언에 따라 어머니가 평생 그 수익금을 받고, 어머니가 돌아가시면 그 조건 그대로 밀리센트에게 물려주게 되어 있었습니다. 저에게는 일시금으로 500파운드가 지급되고요. 하지만 아버지가 따로 저에게 제안하셨지요. 밀리센트의 사정이 어려울 테니 특별히 당장 그 돈을 쓸데가 없으면 필요해질 때까지 그 돈을 밀리센트에게 맡겨두면 어떻겠느냐는 것이었습니다. 캐러도스 씨도 아시겠지만, 그간 저의 교육이나 진급을 위해 동생보다는 저에게 쓴 돈이 월등히 많았습니다. 저는 월급도 받게 될 것이고, 당연한 이야기지만 아무래도 여자보다는 생활하기가 수월할 테니까요."

"물론 그렇겠지요."

캐러도스도 동의했다.

"그래서 저는 유산에 대해서는 관여하지 않았습니다. 3년 전 제 임기가 끝났지만, 동생 부부를 자주 만나지는 않았습니다. 그 둘은 하숙집에서 지내고 있었거든요. 그래서 동생이 결혼한 후부터 지난주까지 두 사람을 만난 건 딱 한 번뿐이었습니다. 그 사이에 어머니가 돌아가셨고 밀리센트는 어머니의 유산을 받고 있었지요. 그 아이는 당시에 내게 편지를 몇 통 썼습니다. 그 외에는 별로 이야기를 나눌 일이 없었는데, 1년쯤 전에 그 아이가 저에게 새 주소를 보내주었습니다. 뮬링 커먼의 브룩벤드 장(Brookbend Cottage)이라고 했습니다. 그 집을 샀다고 하더군요. 그래서 두 달 휴가를 받았을 때 저는 당연히 그 집을 찾아갔었습니다. 갈 때는 동생 부부와 꽤 오래 지낼 생각으로 갔는데, 일주일이 지나고는 적당히 핑계를 대고 그 집에서 나와버리고 말았습니다. 집안 분위기가 너무 음침해서 견딜 수가 없었거든요. 뭐라 설명할 수 없을 정도로 음울했어요."

홀리어는 본능적인 경계심으로 주위를 둘러보았다. 그는 몸을 앞으로 숙이고 목소리를 낮췄다.

"캐러도스 씨. 저는 확신하고 있습니다. 크리크가 밀리센트를 살해할 기회를 노리고 있다는 것을요."

"브룩벤드 장에서 우울하게 일주일을 지내신 것만 가지고 그런 확신을 갖지는 않으셨을 테지요, 홀리어 씨. 계속하십시오."

캐러도스가 조용히 말했다.

"확실하진 않지만요."

홀리어가 애매하게 말했다.

"뭐랄까, 그 분위기 안에 녹아 있는 의심과 말 없는 증오가 꽤 오래 이어져 왔다는 것을 느꼈습니다. 심지어 제가 있는 자리에서도 말입니다. 제가 그 집에 도착한 다음 날 밀리센트가 그런 이야기를 하더군요. 몇 달 전 크리크가 자기에게 고의로 제초제를 먹여 독살하려 했던 것 같다고요. 무척이나 어렵게 그 이야기를 해주었는데, 그 이후엔 다시는 그 말을 꺼내지 않았습니다. 제가 재차 캐물었을 때는 슬며시 부인하기까지 했어요. 사실 동생은 크리크나 크리크의 사업 이야기를 어지간해서는 하지 않으려 하더군요. 아무튼, 동생의 이야기는 그랬습니다. 자기가 혼자 저녁 식사를 하면서 마시려던 흑맥주 병을 크리크가 건드린 것 같다는 겁니다. 제초제는 따로 라벨을 붙인 맥주병에 담아 선반에 보관하는데요. 맥주와 같은 선반에 두지만, 맥주보다는 조금 높은 칸에 보관한답니다. 동생이 그 흑맥주를 마시지 않은 걸 알고 크리크는 병에 든 내용물을 쏟아 버리고 병을 물에 씻은 후 다른 병들 사이에 다시 갖다 놓아두었답니다. 만일 집에 돌아와서 밀리센트가 죽어 있거나 죽어가는 걸 발견했다면, 그자는 분명 동생이 어두워서 실수로 독을 마신 것으로 위장하려 했을 겁니다."

"그렇군요. 열린 방법이 오히려 안전하겠지요."

캐러도스가 말했다.

"캐러도스 씨, 동생 부부는 형편에 맞게 소박하게 살고 있습니다. 밀리센트는 그 남자의 손아귀에 잡혀 있는 거나 마찬가지예요. 하녀를 한 명 고용하긴 했는데 매일 몇 시간 정도만 와서 일하고는 돌아갑니다. 집도 외딴곳에 고립되어 있고요. 크리크는 가끔 며칠씩 집을 비우곤 하는데, 밀리센트는 자존심 때문인지 아니면 대인 관계에 무관심한 건지 옛 친구들과의 교우를 모두 끊었고 새 친구도 사귀지 않아요. 그런 상황이라면 크리크가 그 아이를 독살해서 시체를 정원에 묻어버리고, 그 아이가 사라진 것을 누가 눈치채기도 전에 멀찌감

치 수백 킬로미터는 달아날 수 있을 겁니다. 이런 상황에서 제가 뭘 할 수 있을까요?"

"현재로서는 또다시 독살을 시도할 것 같진 않습니다."

캐러도스가 심사숙고한 끝에 말했다.

"한 번 실패했으니, 이젠 동생분께서 항상 경계를 늦추지 않으실 테지요. 크리크도 이젠 다른 사람이 알고 있거나 아니면 적어도 의심할지도 모른다고 생각할 겁니다. 그래요——. 일반적인 상식선에서 생각한다면 동생분께서 남편을 떠나는 게 가장 바람직한 예방책일 겁니다. 집을 나오지는 않겠답니까?"

"네."

홀리어가 말했다.

"떠나지 않겠답니다. 제가 그렇게 설득을 했는데도요."

홀리어는 잠시 주저하는 듯하다가 불쑥 입을 열었다.

"사실은 말입니다, 캐러도스 씨. 저는 밀리센트를 이해할 수가 없습니다. 그 아이는 예전의 제 동생 같지가 않아요. 그 아이는 남편을 미워하고 말없이 경멸하고 있어요. 그런 그 아이의 태도 때문에 둘의 생활은 점점 부식되어가고 있어요. 그런데도 밀리센트는 끔찍이도 질투가 심해서, 죽음이 그들을 갈라놓지 않는 한 남편과 헤어지지 않겠다는 겁니다. 두 사람의 생활은 정말이지 끔찍합니다. 저는 고작 일주일 정도 겪었을 뿐입니다. 제가 매제를 싫어하긴 합니다만, 그도 자기 나름대로는 참고 견디고 있다는 건 인정합니다. 그 사람도 남자인데, 어느 날 분노가 폭발해서 동생을 죽인다고 해도 전혀 이해가 안 가는 건 아니에요."

"그건 우리와는 상관없는 일입니다."

캐러도스가 말했다.

"이런 유의 게임에 참여할 때는 입장을 정해야 합니다. 그리고 우리는 입장을 정했고요. 이제 남은 일은 우리 편이 이길지 지켜보는 것입니다. 방금 질투라고 하셨지요, 홀리어 씨. 크리크 부인이 그렇게 질투할 만한 무슨 근거가 있는 건지, 아시는 내용이라도 있습니까?"

"말씀을 드렸어야 했는데."

홀리어 중위가 대답했다.

"어쩌다 보니 크리크의 사무실과 같은 블록에서 일하는 신문기자와 친하게 되었습니다. 제가 크리크 이야기를 하자 그가 웃더군요. '크리크라고? 아, 그 로맨틱한 타이피스트와 일하는 남자 말이지?' 그래서 제가 그랬지요. '음, 그 남자가 내 매제야. 타이피스트라니, 그건 무슨 소리인가?' 그러자 그 친구가 입을 굳게 다물더군요. '아니, 아니야. 그 사람이 결혼한 줄은 몰랐어. 이런 일에는 말려들고 싶지 않네. 난 그냥 그 사람이 타이피스트를 고용했다고 말한 거야. 그게 어때서? 우리 사무실에도 타이피스트가 있는데. 누구나 타이피스트를 고용하잖아.' 그 친구에게서 더 이상은 알아낼 수가 없었습니다. 하지만 그 말투나 웃음은 의미심장했어요. 왜 그런 거 있잖습니까."

캐러도스는 그의 친구에게 고개를 돌렸다.

"루이스, 자넨 이 타이피스트에 대해 전부 알고 있었던 것 같은데?"

"유능한 감시자를 붙여놓았지."

칼라일이 진지하게 말했다.

"타이피스트는 미혼인가?"

"응. 알려진 바로는 그래."

"지금으로서는 중요한 내용은 다 나온 것 같군. 홀리어 씨로부터 왜 이 남자가 자신의 아내를 없애고 싶어 하는지 중요한 세 가지 이유를 들었네. 우리가 가진 근거라고는 지금으로서는 질투심 많은 아내의 의심뿐이지만, 그 독살의 암시를 기정사실로 받아들인다면 그가 단순히 아내를 없애고 싶어 할 뿐만 아니라 결심을 했다는 사실도 덧붙일 수 있어. 음, 이것을 근거로 조금 더 앞으로 나가보지. 크리크 씨의 사진을 가지고 오셨습니까?"

홀리어 중위는 수첩을 꺼냈다.

"칼라일 씨가 부탁해서요. 이게 제가 가진 것 중에 제일 잘 나온 사진입니다."

캐러도스가 종을 울렸다.

파킨슨이 나타나자 캐러도스가 말했다.

"파킨슨, 이건——, 크리크의 이름은 뭡니까?"

"오스틴입니다."

홀리어가 대답했다. 그는 소년처럼 조금 흥분되고 신기한 마음으로 눈앞에서 벌어지는 상황을 지켜보고 있었다.

"이건 오스틴 크리크 씨의 사진이야. 이 사람을 잘 기억해두길 바라네."

파킨슨은 사진을 흘깃 보고 그것을 캐러도스의 손에 돌려주었다.

"이게 그분의 최근 사진입니까, 주인님?"

"약 6년 전 사진입니다."

홀리어는 이 드라마에 새로 등장한 인물에게 호기심을 느끼며 대답했다.

"하지만 별로 변하지 않았어요."

"감사합니다. 크리크 씨를 기억하도록 노력하겠습니다, 주인님."

파킨슨이 방을 나가자 홀리어 중위는 자리에서 일어섰다. 대화는 마무리 단계로 접어들고 있었다.

"아, 한 가지 더 있습니다."

홀리어가 말했다.

"제가 브룩벤드 장에 있을 때 경솔한 말을 한 것 같습니다. 밀리센트의 돈이 조만간 크리크에게 전부 넘어갈 것 같아서, 나중에 그 아이를 도울 때 돕더라도 일단은 제 500파운드를 돌려받는 게 낫겠다는 생각이 들었지요. 그래서 투자할 곳이 있으니 그 돈을 지금 돌려받아야겠다고 했습니다."

"그래서요?"

"그 때문에 크리크가 압박을 느껴 계획을 좀 더 일찍 실행에 옮길지도 모르겠습니다. 어쩌면 크리크가 원금을 가지고 있는데, 당장 돈을 돌려주기 곤란한 상황인지도 모르잖습니까?"

"지금으로서는 그게 더 낫습니다. 만일 크리크 부인이 살해될 예정이라면 그게 다음 주가 될 수도 있고 내년이 될 수도 있겠지요. 제 말이 잔인하다면 용서하십시오. 하지만 저에겐 단순히 하나의 사건일 뿐이고 전략적으로 접근하고 있는 겁니다. 칼라일의 부하들이 크리크를 몇 주 정도는 감시할 수 있겠지만 그런 식으로 여동생분을 영원히 보호할 수는 없습니다. 그러니까 말하자면 당장의 위기를 증가시킴으로써 영구적인 위기를 없애자는 것이지요."

"알겠습니다."

홀리어는 고개를 끄덕였다.

"마음은 상당히 불편하지만 지금으로서는 캐러도스 씨에게 전적으로 맡기겠습니다."

"그러면 크리크에게 가능한 유인책과 기회를 모두 동원하기로 하지요. 지금 어디에 묵고 계십니까?"

"세인트앨번스에 있는 친구 집에서 지냅니다."

"거긴 너무 멀군요."

헤아리기 어려운 캐러도스의 눈은 여전히 고요했지만, 목소리는 새로운 흥밋거리로 인해 들뜬 기색이 역력했다. 지금까지 근엄하게 무게를 잡고 있던 칼라일은 이를 눈치채고는 친구를 신기해하는 눈빛으로 쳐다보았다.

"잠시만 시간을 주십시오. 담배는 뒤쪽에 있습니다, 홀리어 씨."

캐러도스는 창가로 걸어가 사이프러스 나무의 그림자가 드리운 잔디밭을 내려다보는 것 같았다. 중위는 담배에 불을 붙였고 칼라일은 〈펀치〉지를 집어 들었다. 캐러도스가 다시 돌아섰다.

"혹시 혼자서 숙소를 잡으실 수 있습니까?"

캐러도스가 물었다.

"물론이지요."

"좋습니다. 그러면 지금 바로, 이곳에서 나가시는 대로 즉시, 브룩벤드 장으로 가주시기 바랍니다. 가셔서 동생분에게 휴가가 예상보다 짧아져서 내일 배로 출발해야 한다고 말씀하세요."

"마르티안 호로요?"

"아니, 마르티안 호는 항해를 하지 않습니다. 그곳으로 가시는 동안 선박의 항해 일정표를 살펴보시고 적당한 배를 하나 고르세요. 다른 곳으로 발령을 받았다고 하시고요. 그리고 이번에 떠나면 두어

달 정도 나갈 예정이고 돌아오는 대로 500파운드를 돌려받기를 원한 다고 꼭 말씀하십시오. 그 집에서는 오래 머물지 마시고요."

"알겠습니다."

"세인트앨번스는 너무 멀어요. 친구에게 적당한 핑계를 대시고 오늘 당장 나오십시오. 시내에 숙소를 정하세요. 전화가 가능한 곳으로. 숙소를 정하시면 칼라일과 저에게 주소를 알려주십시오. 크리크의 동선에서는 벗어난 곳으로 가셔야 합니다. 중위님을 집에 묶어두고 싶지는 않지만, 저희를 도와주시려면 그렇게 하셔야 합니다. 무슨 일이든 처음으로 징후가 보이면 알려드리겠습니다. 아무 일도 없으면 놓아드리고요."

"그건 상관없습니다. 지금으로서는 제가 더 할 수 있는 일은 없겠습니까?"

"없습니다. 칼라일을 찾아가신 일이 이미 최선의 결정이었습니다. 그 덕에 크리크 부인은 런던에서 가장 유능한 탐정의 보호를 받을 수 있게 되었습니다."

예상치 못한 찬사를 받자 칼라일은 다소 혼란스러워졌다.

"저기, 맥스?"

홀리어가 떠나고 나자 칼라일이 망설이며 말했다.

"왜?"

"물론 홀리어 앞에서 할 만한 말은 아니었지만, 사실 사람들은 다른 사람의 목숨을 위태롭게 하는 실수를 곧잘 저지르지 않나."

"크리크가 실수를 한 건 아니었다고 판단되는데."

캐러도스가 말했다.

"그건 그렇지."

"그리고 동시에 결과를 처리하는 데도 신중하지 못했고."

"물론이야."

"이 두 가지는 꽤 중요한 필요조건이네. 크리크는 분명 그 둘 모두에 다 해당이 돼. 그를 만나본 적 있나?"

"아니. 아까 말한 대로 사람을 하나 붙여서 마을에서의 행동을 보고하도록 했지. 그러던 중 이틀 전에, 사건이 좀 흥미로워질 것 같아서 뮬링 커먼에 직접 가봤네. 그는 분명 타이피스트와 깊이 연관돼 있고, 언제라도 놀랄 만한 사건으로 터질 가능성도 있으니까. 그래서 가보기로 한 거지. 그 집은 외진 곳에 있긴 해도 바로 앞에 전차가 다니고 있었어. 런던에서 한 20킬로미터 정도 벗어난 교외인데, 그런 곳의 분위기가 어떤지는 자네도 잘 알겠지. 길가 벽돌 좌판 위에 양배추를 쌓아두고 파는 그런 곳 말이야. 그런 동네이니만큼 크리크를 조사하기는 정말 쉬웠어. 그는 동네 사람들과는 전혀 어울리지 않았고, 나오는 시간이 들쭉날쭉하긴 하지만 거의 매일 마을로 나왔네. 그리고 돈은 지독하게도 안 쓴다는 거야. 그러다가 낮에 브룩벤드 장에서 정원 일을 종종 봐주곤 했다는 노인을 만나 대화를 나누게 됐지. 그 사람은 자기 집 정원에 온실을 설치하고 농사를 짓는 양반이었어. 그 때문에 토마토 500그램 값을 투자했다네."

"그래서, 투자 수익은 좀 남겼나?"

"토마토는 맛이 좋더군. 필요한 정보는, 전혀. 우리 관점에서 볼 때 그 노인은 불평불만에 가득 차 있다는 치명적인 단점을 가지고 있었어. 몇 주 전 크리크가 그 노인에게 더 이상 일하러 오지 않아도 된다고, 앞으로는 자신이 직접 정원 일을 할 거라고 했다더군."

"그건 좀 의미심장한데, 루이스."

맹인탐정
96 맥스 캐러도스

"아내를 독살해서 매장할 계획이라면 그렇겠지. 집을 폭파시키고 나서 석탄을 살 때 다이너마이트가 딸려 온 모양이라고 둘러댈 게 아니라면."

"그래, 맞아. 그래도——."

"하지만 그 수다스러운 노인은 크리크의 행동을 단순하게 해석하더군. 크리크는 미쳤다는 거야. 언제쯤인가 크리크가 정원에서 연을 날리는 것을 본 적도 있다더군. 연은 금세 나무 사이에 걸려버렸지만. '열 살 난 꼬마도 그거보단 잘할 거요'라고 노인은 그렇게 말했어. 연은 지금도 그 나무 사이에 걸려 있었어. 길 건너에서도 잘 보이더군. 하지만 그 노인의 머리에는 정상적인 남자도 '장난감을 가지고 놀며' 시간을 보낼 수 있다는 생각 같은 건 아예 없었던 것 같아."

"최근에는 많은 사람들이 다양한 종류의 연을 날리고 있지. 크리크가 항공학에 관심이 있나?"

캐러도스가 말했다.

"그런 거 같아. 그는 과학 이론 같은 것을 어느 정도는 잘 알고 있는 것 같던데. 자, 이제 내가 뭘 했으면 좋겠나, 맥스?"

"해줄 건가?"

"물론이지. 늘 붙는 조건하에."

"사람을 붙여서 크리크를 계속 감시하고, 보고서를 받으면 나에게도 보여주게. 이제 여기서 나와 점심이나 함께하지. 사무실에 전화해서 일이 생겨 여기서 움직일 수 없게 되었다고 말하고. 그리고 나서 오후엔 우리의 훌륭한 파킨슨에게 휴가를 주고 우리는 자동차로 뮬링 커먼을 돌아보는 거야. 시간이 남으면 브라이튼에도 갈 수 있겠지. 거기 쉽(Ship) 식당에서 식사를 하고 저녁 무렵에 돌아오자고."

"멋진 계획이군. 오늘은 운수가 아주 좋은데."

칼라일은 한숨을 쉬며 방을 둘러보았다.

그러나 그날의 일정에서 브라이튼은 우선순위에서 밀리게 되었다. 애초에 캐러도스의 의도는 주위 환경에 대한 칼라일의 설명을 들으며 고도로 발달된 그의 능력을 발휘해 브룩벤드 장 부근을 탐사해보겠다는 것이었다. 브룩벤드 장을 약 100미터 정도 앞두고 캐러도스는 운전기사에게 속도를 최대한 낮추라고 지시했다. 그들은 느릿느릿 집 앞을 지나갔다. 그러다 칼라일이 놀랄 만한 것을 발견하는 바람에 그들은 계획을 수정해야 했다.

"오, 저런!"

칼라일이 갑자기 외쳤다.

"저기 팻말이 붙어 있는데. 집을 내놓았군."

캐러도스는 운전기사에게 지시를 내리기 위해 다시 송화용 관을 집어 들었다. 몇 마디 지시를 내리자 차가 담장에서 스무 걸음 정도 떨어진 곳에 멈춰 섰다. 칼라일은 노트를 꺼내 팻말에 적힌 부동산의 주소를 적었다.

"해리스, 차 보닛을 열고 엔진을 좀 살펴보는 게 좋겠어. 여기서 몇 분 정도 시간을 보냈으면 해서."

캐러도스가 말했다.

"이건 좀 느닷없는데. 홀리어 씨는 이사 이야기 같은 건 전혀 모르고 있던데 말이야."

"집을 내놓은 지 3개월이 안 됐나 보지. 상관없어. 이제 부동산에 가서 우리가 어떤 패를 들었는지 살펴보자고. 그리고 그 패를 오늘 써먹을 수 있는지도."

여름이라 잎이 무성한 산울타리가 정원과 길 사이를 막아 외부에서는 집이 잘 보이지 않았다. 울타리 위로는 관목이 듬성듬성 보였다. 차를 세워둔 길모퉁이에는 밤나무가 우거져 있었다. 한때는 흰색이었을 나무 대문은 지금은 때가 묻고 금방이라도 부서질 듯한 모양새였다. 집 앞의 수수한 시골길 위로는 전차 철로가 깔려 있었다. 이런 상세한 설명을 들은 캐러도스는 더 확인할 것이 없는 듯했다. 해리스에게 이제 출발하라는 지시를 내리려던 순간 그의 귀에 희미한 소리가 들렸다.

"루이스, 누군가가 집에서 나오고 있네. 홀리어 씨일까? 이미 집에서 나왔을 시간인데."

캐러도스가 그의 친구에게 경고했다.

"난 아무 소리도 안 들리는데."

칼라일이 말했다. 하지만 그 말이 떨어지기가 무섭게 문에서 쾅 소리가 들렸다. 칼라일은 잽싸게 옆자리로 옮겨 앉아 〈글로브〉지로 얼굴을 가렸다.

"크리크야."

그는 캐러도스에게 속삭였다. 남자가 문에서 나오는 것이 보였다.

"홀리어 씨 말이 맞았군. 정말 모습이 별로 변하지 않았어. 전차를 기다리는 모양인데."

곧 전차 한 대가 두 사람을 지나쳐 크리크가 서 있는 곳을 향해 달려갔다. 그러나 크리크는 전차에는 크게 신경을 쓰지 않았다. 그는 1, 2분 정도 더 그 자리에 서서 무언가를 기다리는 것처럼 길 쪽을 계속 쳐다보고 있었다. 그러더니 천천히 발걸음을 돌려 집으로 향하는 진입로를 걸어갔다.

"5분이나 10분 정도 기다려보지. 해리스가 자연스럽게 행동해줄 거야."

캐러도스가 말했다.

그러나 끝까지 기다리기 전에 그들의 주의를 끌 만한 일이 생겼다. 전보 배달 소년이 느긋하게 자전거를 타고 다가오더니, 자전거를 문 옆에 세워두고 집으로 들어갔다. 전보의 답장이 없었는지, 소년은 채 1분도 되지 않아 다시 자전거를 타고 느릿느릿 두 사람을 지나쳐갔다. 그 후 전차가 모퉁이를 돌아 요란스럽게 경적을 울리며 다가오자, 그 소리를 듣고 크리크가 다시 서둘러 나타났다. 이번에는 손에 작은 여행 가방을 들고 있었다. 그는 연신 뒤를 돌아보며 허둥지둥 다음 정류장을 향해 달려갔고, 전차가 속도를 늦추자 차에 올라탔다. 그는 두 사람의 시선에서 멀어졌다.

"참 편리한 때 집을 비워주시는군."

캐러도스가 만족스럽게 말했다.

"그가 없으니 이제 부동산의 허락을 받아 집을 보러 가자고. 전보의 내용도 한번 살펴보면 쓸모가 있겠지."

"그야 그럴 테지, 맥스."

칼라일이 다소 무덤덤하게 말했다.

"하지만 그 전보는 크리크의 주머니 안에 있을 텐데, 무슨 수로 살펴볼 생각인가?"

"우체국에 가서."

"아, 그래. 자네 혹시 다른 사람 앞으로 온 전보의 사본을 보려고 해본 적 있나?"

"아직 그럴 기회는 없었는데. 자네는?"

"한 번인가 두 번, 내가 보조였던 시절에 해봤네. 절차가 엄청나게 복잡하거나 돈이 엄청나게 많이 들거나 둘 중 하나야."

"그렇다면 홀리어 씨를 위해서 전자이길 바라야겠군."

캐러도스의 말에 칼라일은 짓궂은 미소를 지으며, 속으로는 이 잘난 친구가 곤란한 상황에 부닥치기를 원하고 있음을 묵묵히 인정했다.

잠시 후, 두 남자는 차를 하이 스트리트 입구에 세워두고 마을 우체국에 들렀다. 그전에 이미 그들은 부동산을 방문해 브룩벤드 장을 방문할 수 있는 허가서를 받았고, 부동산 직원이 동행하겠다고 집요하게 고집을 부리는 것을 간신히 거절했다.

"사실, 지금 그 집에 사는 세입자는 퇴거 명령을 받은 상태거든요."

부동산 직원이 속사정을 설명해주었다.

"그런데 명령을 이행하지 않습니까?"

캐러도스가 물었다.

"진짜 이상한 사람들이에요."

직원은 친구를 대하듯 두 사람에게 이야기했다.

"15개월이나 살면서 집세를 한 푼도 내지 않는 거예요. 그래서 두 분만 가시게 하는 게 좀——."

"그 점은 우리가 참고하겠습니다."

캐러도스가 대답했다.

우체국은 문구점 옆에 있었다. 사실 칼라일은 이 모험에 뛰어들면서 내심 두려운 마음도 없지 않았다. 반면 캐러도스는 내내 태연하고 무심한 태도를 유지하고 있었다.

"방금 브룩벤드 장으로 전보가 왔는데요."

캐러도스는 놋쇠 창살 뒤에 앉은 젊은 여직원에게 말했다.

"전보 내용이 부정확한 것 같아서 다시 받아야겠습니다. 요금이 얼마지요?"

캐러도스는 지갑을 꺼내 들었다.

"아, 잠시만요."

이런 요청을 하는 사람이 많지는 않은 모양이었다. 여직원은 망설이면서 책상 아래 전보 사본 더미를 쳐다보더니 머뭇거리는 손으로 첫 장을 들췄다.

"괜찮아 보이는데요. 재수신을 원하시나요?"

놀란 여직원이 의심하는 듯 보이자 캐러도스는 더욱 정중하게 말했다.

"네, 부탁합니다."

"4펜스입니다. 저희 쪽 오류였다면 요금은 돌려드릴 거예요."

캐러도스는 동전을 주고 잔돈을 거슬러 받았다.

"오래 걸리나요?"

그는 장갑을 끼며 태평하게 물었다.

"아마 15분 정도 걸릴 거예요."

여직원이 대답했다.

두 사람이 차로 돌아오는 길에 칼라일이 말했다.

"결국 해냈군. 전보 달라는 말은 어떻게 한 거야?"

"그냥 달라고 했지."

핵심을 설명하는 말이었다.

정말로, 그는 전보를 달라고 해서 전해 받은 것이었다. 길모퉁이의 적당한 위치에 차를 세우고 대기하던 운전기사가 전보 배달 소년이

다가오자 캐러도스에게 신호를 보냈다. 그러자 캐러도스는 대문에 편안히 손을 올린 채 서 있고, 칼라일은 친구 집을 막 나서는 자세를 취했다. 소년이 다가왔을 때 대문 앞에서는 그렇게 자연스러운 장면이 연출되었다.

"브룩벤드 장의 크리크에게 온 전보인가?"

캐러도스가 손을 내밀며 물었다. 소년은 별생각 없이 봉투를 캐러도스에게 건넨 뒤 답신이 없음을 확인하고 다시 떠났다.

칼라일은 울타리에 가려 보이지 않는 집을 신경질적인 표정으로 노려보며 말했다.

"언젠가 그 기발한 재주가 자네를 궁지로 몰아넣을 때가 올 거야."

"그럼 나의 기발한 재주가 또 나를 구해주겠지. 이제 같이 집을 보러 가세. 전보야 나중에 봐도 되니까."

단정치 못한 차림의 가정부가 문을 열어주고는 두 사람을 문 앞에 세워두고 안으로 들어갔다. 곧 크리크 부인이 나타났다.

"집을 보고 싶으시다고요?"

그녀는 아무 흥미도 보이지 않았다. 그러더니 대답을 기다리지도 않고 가장 가까운 방으로 다가가 문을 열었다.

"여기는 응접실이에요."

그녀가 옆에 서서 말했다.

응접실은 가구가 별로 없고, 공기는 축축하고 냄새가 났다. 두 사람이 방을 보는 척하자 크리크 부인은 말없이 냉랭한 태도로 옆에 서서 기다리고 있었다.

"여기는 식당이고요."

좁은 복도 건너편의 다른 방문을 열며 그녀가 말했다.

칼라일은 상냥하게 말을 건네며 대화를 시도하려 했지만, 부인은 대꾸하지 않았다. 그때 캐러도스가 매트에 발이 걸려 넘어질 뻔하면서 분위기가 바뀌었는데, 캐러도스를 잘 아는 칼라일은 캐러도스가 그런 실수를 저지를 리 없다는 것을 알기에 깜짝 놀랐다. 그 실수가 아니었다면 그들은 집을 모두 둘러볼 때까지 여주인의 냉랭한 안내를 받아야 했을 것이다.

"제 실수를 용서하십시오."

캐러도스가 크리크 부인에게 말했다.

"저는 불행히도 앞이 보이지 않습니다. 하지만 맹인이라도 살 집은 있어야 하니까요."

캐리도스는 실수를 만회하려는 듯 미소를 지어 보였다.

칼라일은 크리크 부인의 얼굴에 붉은빛이 번진 것을 보고 깜짝 놀랐다.

"맹인이라고요! 어머, 정말 죄송해요. 왜 진작 말씀하지 않으셨어요? 넘어질 뻔하셨네요."

"보통은 별문제 없이 잘 움직입니다. 하지만 낯선 집에서는——."

그녀는 캐러도스의 팔에 가볍게 손을 올렸다.

"제가 안내를 해드릴게요."

집은 그렇게 크지 않았지만, 사방이 통로로 이어지고 모퉁이가 많아 불편했다. 캐러도스는 가끔 질문을 던졌고, 일단 감정의 벽이 허물어지고 나니 크리크 부인은 매우 상냥한 사람이 되었다. 칼라일은 두 사람을 따라 방들을 돌아보며 뭔가 유용한 것을 찾아내기를 바랐지만 크게 기대할 건 없겠다는 생각을 했다.

"여기가 마지막이에요. 가장 큰 침실이죠."

크리크 부인이 말했다. 이층에 있는 방 중 가구가 있는 방은 두 개뿐이었고, 칼라일과 캐러도스는 그 방이 크리크 부부가 사용하는 침실이라는 것을 눈치챘다.

"전망이 아주 좋군요."

칼라일이 말했다.

"아, 그럴 거예요."

부인이 무심히 말했다. 그 방은 나무가 울창한 정원과 그 너머의 도로를 내려다보고 있었다. 발코니로 나가는 문은 프랑스식 창문이었다. 빛의 기이한 이끌림에 따라 캐러도스는 문 쪽으로 걸어갔다.

"여기는 수리를 좀 해야 할 것 같은데요?"

잠시 발코니 앞에 서 있던 캐러도스가 말했다.

"그래야 할 거예요."

부인이 솔직히 인정했다.

"여기 바닥에 금속판이 대어져 있어서 여쭤본 겁니다. 게다가 저처럼 다른 감각이 발달한 사람들은 이런 건조한 썩은 냄새를 쉽게 맡거든요."

"제 남편이 거기 판자가 비 때문에 썩어가고 있다고 그랬어요. 창문 아래로 비가 조금 들이치거든요. 이 금속판은 남편이 최근에 댔나 봐요. 저는 전혀 몰랐네요."

그녀가 대답했다.

크리크 부인이 남편을 언급한 것은 처음이었다. 칼라일은 귀를 기울였다.

"아, 이건 크게 중요하지 않습니다."

캐러도스가 말했다.

"제가 발코니에 나가봐도 괜찮을까요?"

"아, 그럼요. 원하신다면."

캐러도스가 손잡이를 더듬어 찾자 부인이 말했다.

"제가 열어드릴게요."

그러나 창문은 이미 열린 채였다. 캐러도스는 사방으로 고개를 돌리면서 주위를 살폈다.

"해도 잘 들고, 비바람도 들이치지는 않겠군요. 접의자를 놓고 책을 읽기에 딱 좋겠습니다."

그녀는 조금은 우스운 듯 어깨를 으쓱했다.

"아마 그렇겠죠. 전 그런 적이 없어서."

캐러도스가 부드럽고 고집스럽게 말했다.

"언젠가는 분명히, 이곳이 제가 좋아하는 은신처가 될 겁니다. 하지만——."

"여기 나와 본 적이 없다고 말씀드렸지만, 아주 정확한 말은 아니네요. 여기에 나올 때는 두 가지 경우예요. 두 경우 다 참 로맨틱한 이유 때문이지요. 가끔 여기에서 먼지떨이의 먼지를 털고요. 또 남편이 현관문 열쇠 없이 외출했다가 밤늦게 돌아오면 저를 깨워요. 그럼 제가 여기 나와서 열쇠를 던져주죠."

크리크의 습관에 대한 이야기를 더 듣고 싶었지만, 계단 아래쪽에서 기침 소리가 들리는 바람에 대화가 중단되었다. 칼라일은 짜증이 났다.

곧이어 대문으로 들어오는 차 소리가 나더니 배달부가 문을 노크했고, 문 쪽으로 향하는 가정부의 묵직한 발소리가 들렸다.

"잠시만 실례할게요."

크리크 부인이 방을 나서며 말했다.

"루이스."

단둘이 남게 되자 캐러도스가 날카롭게 속삭였다.

"문 앞에 버티고 서 있게."

칼라일은 당연하다는 듯 캐러도스의 명령을 받아들였다. 그는 단 몇 센티미터도 열릴 수 없도록 문 앞에 단단히 버티고 섰다. 그 자리에서서 칼라일은 자신의 공범이 침실 바닥에 무릎을 꿇고 무언가 수상 쩍은 작업을 하는 것을 지켜보았다. 캐러도스는 아까부터 관심을 갖고 있던 그 금속판에 꼬박 1분 동안이나 귀를 대고 있었다. 그러더니일어서서 고개를 끄덕이고는 바지의 먼지를 털었다. 칼라일은 다소 모호한 태도로 비켜섰다.

크리크 부인이 방으로 돌아오자 캐러도스가 말했다.

"부인 댁 발코니에서 자라는 장미 나무는 정말로 아름답군요. 원예를 아주 좋아하시나 봅니다."

"아뇨, 싫어해요."

그녀가 대답했다.

"하지만 이 글로리 장미는 세심하게 손질된 것 같은데──."

"그래요? 제 남편이 최근에 거기에다가 못을 박는 것 같았는데요. 정원 보는 걸 좋아하시나 봐요?"

캐러도스가 별생각 없이 던진 말 때문에 그 자리에 없는 크리크가 다시 화제에 등장하게 되었다.

넓은 정원은 방치되어 있었다. 집 뒤쪽은 대부분 과수원이었다. 집 앞쪽의 정원은 대충 훑어보면 잘 정돈된 모습을 유지하고 있었다. 발코니에서 보면 잔디밭과 관목, 그가 걸어 들어온 진입로가 보였다.

캐러도스는 두 가지에 특히 관심을 보였다. 하나는 발코니 아래쪽 흙이었는데, 캐러도스는 흙을 살피더니 장미에 특히 적합한 흙이라고 말했다. 그리고 길모퉁이에 서 있는 멋진 밤나무도 주의 깊게 살펴보았다.

칼라일은 차로 돌아가는 길에 크리크에 대해 별로 알아낸 게 없다며 탄식을 했다.

"아마 전보에 뭔가 중요한 게 있겠지. 루이스, 읽어주게."

칼라일은 봉투를 열고 내용물을 슬쩍 훑어보았다. 그는 실망스러운 마음에도 불구하고 웃음을 참을 수가 없었다.

"가엾은 맥스. 별것도 아닌 것 때문에 그렇게 기발한 재주를 부렸군. 크리크는 며칠간 휴가를 보낼 계획인 것 같아. 그래서 떠나기 전에 기상청의 일기예보를 받아 본 거야. 들어보게. '런던의 단기 일기예보. 따뜻하고 안정된 기후 예상. 추후 기온 저하 가능성. 상태는 양호' 자, 어떤가. 나는 4펜스를 내고 토마토 500그램이라도 얻었는데 말이야."

"그 점에선 자네가 분명 득점을 올렸지."

캐러도스가 쾌활하게 인정했다. 그러다 곧 신중하게 덧붙였다.

"하지만 크리크가 런던에서 주말 휴가를 보내는 특이한 취향을 가지고 있다는 건 좀 희한하군."

"응?"

칼라일은 전보의 내용을 다시 보며 외쳤다.

"정말! 그건 좀 이상한데. 보통 휴가는 웨스턴 슈퍼 메어[14] 같은 곳으로 가지 않나. 도대체 왜 런던 날씨가 궁금했던 거지?"

---

14) Weston-super-Mare. 잉글랜드 남서부의 휴양지.

"난 대충 상상이 가는데. 하지만 내 예상에 만족하기 전에 이곳에 한 번 더 와야 할 거 같군. 그 연을 한 번 더 잘 살펴봐 주게, 루이스. 연 끝에 몇 미터 정도 되는 실이 늘어져 있지 않나?"

"응, 맞아."

"좀 두꺼운 실이지? 보통 연날리기에 사용하는 실보다는?"

"맞아. 어떻게 알았나?"

차로 집에 돌아오는 길에 캐러도스가 칼라일에게 설명했다. 칼라일은 경악하며 믿을 수 없다는 듯 말했다.

"오, 세상에! 맥스, 그게 가능해?"

한 시간 뒤 칼라일은 모든 사실을 이해했다. 그는 사무실에 전화를 걸어 무언가를 지시했고, 사무실 직원은 곧 '그들'이 4시 30분 기차로 패딩턴을 떠나 웨스턴으로 향했다는 정보를 전화로 알려주었다.

홀리어 중위가 캐러도스를 만난 지 일주일쯤 지나서, 홀리어는 다시 터렛으로 호출을 받았다. 칼라일은 이미 도착해서 캐러도스와 함께 그가 오기를 기다리고 있었다.

"오늘 아침에 전화를 받고 계속 집에서 기다리고 있었습니다, 캐러도스 씨. 그래서 두 번째 메시지가 왔을 때는 이곳에 시간 맞춰 올 준비가 되어 있었지요. 잘 되어가고 있습니까?"

홀리어가 악수를 하며 말했다.

"아주 좋습니다."

캐러도스가 대답했다.

"일을 시작하기 전에 미리 이야기를 좀 해두는 게 좋겠습니다. 아마도 꽤 길고 흥미진진한 밤이 될 겁니다."

"그리고 좀 젖기도 하겠지요. 오는 길에 보니 뮬링 커먼 쪽에 천둥이 치고 있더군요."

중위가 말했다.

"그래서 우리가 여기 모인 겁니다."

캐러도스가 말했다.

"지금은 어떤 메시지를 기다리고 있어요. 그러는 동안 중위님도 우리가 지금 무슨 일을 하려고 하는지 아시는 게 좋을 것 같습니다. 이미 보신 대로 폭풍이 다가오고 있습니다. 오늘 아침 기상청의 일기 예보에서는 런던 전역에 폭풍과 폭우가 올 거라고 예측했어요. 그래서 중위님께 이리로 오시라고 한 겁니다. 한 시간 안으로 폭우가 쏟아질 겁니다. 여기저기 나무나 건물이 손상을 입겠지요. 사람들이 벼락에 맞아 죽기도 할 겁니다."

"맞습니다."

"크리크의 목표는 크리크 부인이 벼락의 희생자 명단에 포함되도록 하는 것입니다."

"무슨 말씀인지 잘 모르겠는데요."

홀리어가 두 사람을 번갈아 쳐다보며 말했다.

"만일 그런 사고가 일어난다면 크리크가 대단히 좋아할 거라는 건 인정합니다만, 그럴 가능성은 말도 안 되게 희박하지 않습니까?"

"하지만 우리가 개입하지 않으면 검시 재판의 배심원들은 그렇게 결론을 내리게 될 겁니다. 크리크가 전기에 대한 전문적인 지식을 가졌는지 혹시 아십니까, 홀리어 씨?"

"글쎄요, 뭐라 말씀을 드릴 수가 없군요. 그는 상당히 내성적인 사람인 데다 저도 그 사람에 대해서는 아는 게 거의 없고——."

"1896년에 오스틴 크리크는 미국의 과학 저널인 〈사이언티픽 월드〉에 '교류전류'에 관한 논문을 게재한 적이 있습니다. 그것을 보면 상당한 지식을 갖추고 있음을 알 수 있지요."

"하지만 그렇다면, 그자가 벼락의 방향을 바꿀 수 있다는 말씀입니까?"

"검시의와 검시관이 벼락을 떠올리게 하려는 것입니다. 그가 지난 몇 주 동안 기다려왔던 이 폭풍은 단순히 그의 행위를 가려주는 장막에 불과합니다. 그가 사용하려는 무기는 벼락보다는 힘이 약하지만, 훨씬 더 다루기 쉽겠지요. 그건 바로 그의 집 대문 앞을 지나는 전차선에 흐르는 고압 전류입니다."

"오오!"

그 순간 진상을 파악한 홀리어 중위가 외쳤다.

"크리크 부인은 11시에 잠자리에 들고, 전차 운행은 새벽 1시 30분까지입니다. 오늘 밤 그사이에, 크리크는 발코니 창문으로 돌멩이를 던질 겁니다. 대부분은 이미 한참 전에 모두 준비를 해놓았습니다. 남은 건 창문의 손잡이에 매어놓은 짧은 도선과 전류가 흐르는 전차선에 이어져 있는 좀 더 긴 도선을 연결하는 것뿐입니다. 그 작업이 끝나면, 그는 방금 말한 방법으로 부인을 깨울 겁니다. 잠에서 깬 부인은 창문의 손잡이를 잡겠지요. 손잡이의 표면은 완전한 접촉이 이루어지도록 크리크가 미리 줄로 갈아놓았고요. 부인은 손잡이를 잡자마자 싱싱 교도소의 전기의자에 앉은 것처럼 완벽하게 감전될 것입니다."

"그런데 지금 우리는 여기서 뭘 하고 있는 겁니까?"

창백해진 홀리어가 겁에 질려 벌떡 일어섰다.

"지금 벌써 10시가 넘었잖아요? 무슨 일이 일어나고 있는지도 몰라요!"

"걱정하시는 건 당연합니다만, 괜찮습니다."

캐러도스가 안심시키듯 말했다.

"사람들이 크리크와 브룩벤드 장을 감시하고 있고, 중위님의 여동생도 오늘 밤 윈저 성에서 주무시는 것만큼이나 안전합니다. 무슨 일이 있든 간에 크리크의 계획은 성공할 수 없습니다. 하지만 지금으로써는 극한 상황까지 몰고 가 그자가 자신의 계획을 스스로 밝히도록 하는 것이 바람직합니다. 홀리어 씨, 당신의 매제는 일을 꾸미는데 있어서는 특별한 능력을 지닌 자입니다."

"그 녀석은 저주받을 냉혈한이에요!"

젊은 군인은 분노에 떨며 외쳤다.

"5년 전의 밀리센트를 생각하면——."

"그 점에 관해서라면, 계몽주의 국가에서는 전기 처형이라는 가장 인도적인 방법으로 불필요한 국민을 제거하기로 결정했으니까요."

캐러도스가 부드럽게 말했다.

"분명히 크리크는 특이한 영혼을 소유한 신사입니다. 그런 영리한 두뇌를 가지고도 칼라일과 맞서야 하는 운명을 맞게 된 건 그의 불운이지요——."

"아니, 아니야! 정말로, 맥스!"

당황한 칼라일이 외쳤다.

"나무에 걸린 연의 중요성에 최초로 관심을 가진 사람은 칼라일이었습니다. 그것을 아신다면 홀리어 씨도 아마 칼라일의 능력을 판단하실 수 있을 겁니다."

캐러도스의 태도는 단호했다.

"그러자, 그 목적이 분명하게 보이기 시작했습니다. 누구라도 알수 있었을 겁니다. 전차가 지나가는 10분 정도의 시간 동안 전차선에 전기가 통하면, 그 선에서부터 밤나무까지 이어놓은 도선으로 전류가 흐르게 될 겁니다. 이를 위해 크리크는 모든 걸 다 완벽하게 준비해 놓았습니다. 하지만 평소에 전차를 운행하는 운전기사가 전차선에 덧붙은 도선을 이상하게 여길 가능성도 있지요. 그래서 어떻게 했을까요? 줄을 길게 늘어뜨린 연을 나무에 걸리게 하고는 일주일 동안이나 운전기사가 보도록 한 것입니다. 크리크는 정말이지 치밀한 사람이에요. 그다음에는 어떤 계획을 세웠는지 아시면 대단히 흥미로우실 겁니다. 저는 크리크가 그 밖에도 대여섯 가지 정도의 예술적인 터치들을 가미했을 것으로 추측하고 있습니다. 그저 아내의 머리카락을 그을리게 하고, 시뻘겋게 달군 철판으로 발을 달구고, 프랑스식 창문의 유리를 흔드는 정도만으로 물러설 수도 있었겠지요. 하지만 벼락이라는 것은 아시겠지만, 그 결과가 다양하게 나타나서 그가 무엇을 했는지, 하지 않았는지는 크게 상관이 없습니다. 어차피 그는 난공불락의 위치에 있습니다. 시체는 벼락에 맞았을 때 나타나는 모든 증상을 보일 것입니다. 벼락 외에는 그런 증상을 만들 수 있는 게 없으니까요. 확장된 동공, 수축된 심장, 혈액이 전혀 없는 정상 크기의 3분의 1로 줄어든 폐 등. 해놓은 작업의 외부 흔적 몇 가지만 제거하고 크리크는 죽은 아내를 안전하게 '발견'한 이후 가장 가까운 의사에게 달려가겠지요. 아니면 확실한 알리바이를 갖는 쪽을 선택할 수도 있습니다. 어딘가 먼 곳에 있으면서 다른 사람이 시체를 발견하게 하는 것이지요. 어느 쪽일지는 우리로서는 알 수 없습니다. 그가 자백하지 않는 이상은요."

"무사히 마무리되었으면 좋겠습니다. 특별히 조마조마하진 않습니다만, 이야기를 들으니 오싹해지는군요."

홀리어가 말했다.

"최악의 경우라도 앞으로 3시간입니다, 중위님."

캐러도스가 기운차게 말했다.

"아하, 소식이 들어왔나 보군요."

작전 지역 중 한 곳에서 전화가 왔다. 캐러도스는 전화 통화를 마친 후 다시 어디론가 전화를 걸어 누군가와 몇 분 동안 이야기를 주고받았다.

"모든 게 순조롭게 진행되고 있습니다."

그는 통화 중간에 어깨 너머로 말했다.

"동생분이 잠자리에 드셨다는군요, 홀리어 씨."

그러더니 그는 전화로 지시를 내렸다.

"자, 이제 출발해야겠습니다."

그들이 준비를 마쳤을 때 밖에는 대형 자동차가 대기하고 있었다. 홀리어 중위는 비옷을 단단히 챙겨 입었다. 운전기사 옆에 앉아 있는 사람이 파킨슨인 것 같다고 생각했지만, 그런 생각을 계속할 여유가 없었다. 거센 빗줄기가 길 위로 쏟아져 내리면서 집 앞 진입로는 이미 질척한 진창이 되어 있었다. 저 멀리에서부터 번쩍이는 번개의 불빛을 이어받아 사방에서 번개가 정신없이 하늘을 갈라놓았고 그러는 동안에도 천둥은 끊임없이 울려댔다. 잠깐 천둥이 멈출 때마저도 소름 끼치는 지지직 소리가 요란스럽게 들렸다.

"내가 시력을 잃어서 아쉬운 몇 안 되는 것 중 하나입니다. 하지만 그 다양한 색깔을 들고 있지요."

캐러도스가 조용히 말했다.

차는 진창을 헤치며 대문을 빠져나갔고, 도로의 팬 곳을 지나며 조금 휘청대다가, 반듯한 도로로 올라서서 다시 안정적으로 인적이 끊긴 도로를 달리며 만족스러운 콧노래를 흥얼거리기 시작했다.

"곧장 가는 게 아닙니까?"

약 10킬로미터 정도를 달리고 난 후 갑자기 홀리어가 물었다. 날씨는 점점 더 험해져 잘 보이지 않았지만, 그는 선원으로서의 위치감각을 가지고 있었다.

"네, 헌스코트 그린을 지나 들길을 통해 뒤쪽의 과수원으로 갑니다. 해리스, 이 근처에서 랜턴을 들고 있는 남자를 주의 깊게 살펴보게."

캐러도스가 송화용 관을 통해 말했다.

"앞에서 뭐가 번쩍거립니다, 주인님."

운전석 쪽에서 답변이 왔다. 차는 속도를 서서히 늦추다가 멈춰섰다.

캐러도스는 창문을 내렸다. 빗물에 젖어 번들거리는 방수 가운을 입은 남자가 지붕 달린 문 아래에서 비를 피하다가 자동차 쪽으로 한 발 다가왔다.

"비델 경감입니다."

낯선 남자가 차 안을 들여다보며 말했다.

"안녕하세요, 경감님. 자, 타시지요."

캐러도스가 말했다.

"동료가 있는데요."

"그분 자리도 마련할 수 있습니다."

"게다가 몹시 젖었고요."

"저희도 곧 젖을 텐데요."

중위가 자리를 조금 옮겨 공간을 마련하자 건장한 두 남자가 나란히 차에 올라탔다. 5분이 채 되지 않아 차는 다시 멈췄다. 이번에는 풀이 무성하게 자란 시골길이었다.

"이젠 부딪쳐야 할 때군요. 경감님이 길을 알려주십시오."

캐러도스가 말했다.

일행이 차에서 내리고 난 후 차는 모퉁이를 돌아 어둠 속으로 사라졌다. 사람들은 비넬의 안내를 따라 산울타리의 입구를 지나 밭을 두어 개 가로질러 브룩벤드 장 담장에 도착했다. 검은 나뭇잎 사이로 어떤 사람이 나와 경감과 몇 마디를 주고받더니, 과수원의 그늘을 따라 그들을 집 뒷문으로 안내했다.

"부엌 창문 손잡이 옆에 깨진 판유리가 있을 겁니다."

캐러도스가 말했다.

"맞습니다."

경감이 대답했다.

"여기 찾았어요. 이제 누가 들어갈 겁니까?"

"홀리어 씨가 우리를 위해 문을 열어주실 겁니다. 중위님, 신발과 젖은 옷들은 전부 벗어야 할 것 같습니다. 안에 조금이라도 흔적을 남기는 위험을 감수할 수는 없어요."

그들은 뒷문이 열릴 때까지 기다렸다. 문이 열리자 한 사람씩 비슷한 자세로 젖은 신발과 겉옷을 벗고 부엌을 통해 들어갔다. 부엌에는 아직 잔불이 타고 있었다. 과수원에서 나타났던 남자는 벗어 놓은 옷가지들을 주워 모은 후 다시 사라졌다.

캐러도스가 중위를 향해 돌아섰다.

"이제부터 다소 까다로운 일을 하셔야 합니다, 홀리어 씨. 지금 침실로 가셔서 동생분을 깨우시고, 최대한 조용히 다른 방으로 데리고 가세요. 동생분에게는 적절하다고 생각되는 선까지만 설명해주시고, 혼자 있을 때 절대로 소리를 내지 말아야만 목숨을 유지할 수 있다는 사실을 주지시키세요. 지나치게 서두르지는 마시고요. 하지만 불은 절대 켜시면 안 됩니다."

찬장 선반 위의 낡은 자명종 시계로 10분이 지나기 전에 중위가 돌아왔다.

"시간이 더 있었으면 좋았을 텐데요. 하지만 이제는 괜찮을 겁니다. 동생은 다른 방에 있어요."

중위가 긴장한 미소를 지었다.

"그럼 모두 자리를 잡도록 하지요. 중위님과 파킨슨은 나를 따라 침실로 갑시다. 경감님, 경감님은 부하들을 배치시키세요. 칼라일이 경감님과 함께 갈 겁니다."

그들은 말없이 집 안 곳곳으로 흩어졌다. 홀리어는 동생이 있는 방 앞을 지나며 걱정스러운 얼굴로 문을 한 번 흘깃 쳐다보았다. 그러나 방 안은 무덤처럼 조용했다. 침실은 복도 맨 끝에 있었다.

그들이 방 안에 들어가 문을 닫자 캐러도스가 지시했다.

"홀리어 씨, 침대 안에 자리를 잡으시는 게 좋겠습니다. 이불을 머리까지 잘 덮고 계세요. 크리크는 발코니로 기어 올라올 겁니다. 그리고 창문으로 안을 엿보겠지요. 하지만 그 이상 들어오지는 않을 겁니다. 그러다가 그가 돌멩이를 던지기 시작하면 여기 이 동생분의 잠옷 가운을 걸치세요. 그다음에 어떻게 할지는 이후 말씀드리겠습니다."

이후 한 시간은 중위가 지금껏 경험한 시간 중 가장 긴 시간이었다. 가끔가다 창문 커튼 뒤에 서 있는 두 남자의 서로 속삭이는 듯한 소리가 들렸지만 무슨 내용인지는 알 수 없었다. 그러다가 캐러도스가 한마디 했다.

"지금 정원으로 들어왔어요."

무언가가 외벽을 가볍게 긁었다. 그러나 밤은 알 수 없는 거친 소리들로 가득했고, 굴뚝 사이를 지나는 바람의 울부짖음과 천둥소리 그리고 쏟아지는 빗소리에 섞여 집 안의 가구와 바닥의 마룻널들도 삐걱대며 소리를 보태고 있었다. 벽을 긁는 소리의 리듬이 빨라졌고, 그러다가 결정적인 순간이 오자, 조약돌 하나가 갑자기 요란한 소리를 내며 유리창에 부딪쳤다. 지금까지 기다리는 동안 쌓였던 긴장이 증폭되면서, 홀리어는 순간적으로 침대에서 벌떡 일어났다.

"진정하세요."

흥분한 캐러도스가 경고했다.

"다음번 노크를 기다릴 겁니다."

캐러도스는 무언가를 홀리어에게 건넸다.

"고무장갑입니다. 도선을 미리 끊어놓았지만 그래도 끼고 계시는 게 좋겠어요. 창문 앞에 잠깐만 서 계시다가, 창문이 조금만 열리도록 손잡이를 잡아당긴 후 즉시 놓으세요. 지금."

돌멩이가 하나 더 유리창에 부딪혀 소리가 났다. 홀리어가 자기 역할을 수행한 것은 단순히 몇 초 정도였다. 홀리어는 쓰러진 척 바닥에 눕고, 캐러도스는 홀리어의 잠옷 가운을 잘 펼치고 몇 번 매만져

변장이 훨씬 더 효과적으로 보이게 했다. 그런데 예상을 벗어나, 상황이 끝난 후에도 잠시 더 정적이 흘렀고, 크리크는 다른 이들은 절대 알 수 없는 자신만의 계획에 맞춰 자갈을 계속해서 창문으로 던져댔다. 냉정한 파킨슨마저도 몸을 떨 정도였다.

"마지막 행동입니다."

돌멩이 투척이 잠시 멈춘 순간 캐러도스가 속삭였다.

"그자가 지금 집 뒤쪽으로 돌아가고 있습니다. 지금 그 자리에 가만히 계세요. 우리는 이제 숨습니다."

홀리어는 잠옷 가운 아래 몸을 낮췄다. 공허한 느낌과 적막함이 다시 한 번 외딴집 전체를 지배한 것 같았다.

은신처에 숨은 세 사람의 귀 여섯 개가 최초의 신호를 포착하기 위해 잔뜩 긴장하고 있었다. 크리크는 매우 은밀하게 움직였다. 감당하기 두려운 비극에 약간의 가책을 느낀 듯, 그는 침실 문 앞에서 잠시 움직임을 멈췄다. 그러더니 문이 아주 조용히 열렸다. 펄럭이는 촛불의 빛을 통해 그의 얼굴에 언뜻 희망이 떠오르는 것을 엿볼 수 있었다.

"드디어!"

안도감에 휩싸인 크리크의 속삭임이 들렸다.

"드디어!"

그가 한 걸음을 내딛자 두 개의 그림자가 그의 뒤 양옆에서 그를 덮쳤다. 원초적인 본능에 따라 공포와 놀람의 비명이 그에게서 터져나왔고 포위를 풀기 위한 절박한 몸부림이 이어졌다. 잠깐이었지만 그의 손이 주머니에서 간신히 나오는 듯했다. 그러나 곧 그의 손목에는 수갑이 채워졌다.

"비델 경감이다."

크리크의 오른쪽에 있던 남자가 말했다.

"당신을 밀리센트 크리크 부인의 살인 미수 혐의로 체포한다."

"당신 미친 거 아니오. 아내는 벼락을 맞은 거요."

절망에 빠진 비참한 남자가 고요한 목소리로 말했다.

"아니, 이 불한당 같은 놈아. 그렇지 않아."

홀리어가 격분하여 벌떡 일어서며 외쳤다.

"밀리센트를 만나보고 싶어?"

"미리 경고할 게 있는데, 지금부터 말하는 모든 내용은 당신에게 불리한 증거로 적용될 수 있어."

경감이 무덤덤하게 말했다.

비명 소리가 복도의 반대편 끝에서 들렸다. 사람들의 고개가 자동적으로 돌아갔다.

"캐러도스 씨. 아, 어서 와보세요."

홀리어가 외쳤다.

복도 끝 침실의 열린 문 옆에 중위가 서 있었다. 그의 눈은 여전히 방 안의 어딘가로 향해 있었고, 손에는 빈 작은 병이 쥐어져 있었다.

"죽었어요!"

그는 비참하게 흐느끼며 외쳤다.

"이게 그 아이 옆에 있었습니다. 그 짐승 같은 놈의 손아귀에서 해방되기 직전에 죽었어요."

캐러도스는 방을 가로질러 걸어가며 방 안 공기의 냄새를 맡고는, 뛰지 않는 여인의 심장 위에 부드럽게 손을 올렸다.

"그렇군요."

캐러도스가 말했다.

"이상한 이야기지만, 부인은 자유로워지는 것에는 그다지 흥미가 없었던 것 같습니다."

맹인탐정
맥스 캐러도스

IV

영리한 스트레이드웨이트 부인
The Clever Mrs. Straithwaite

칼라일은 최상의 기분으로 터렛에 도착했다. 티 없이 깔끔한 흰색 각반과 단춧구멍에 꽂은 치자꽃, 현관문 앞에서 보여준 결의에 찬 냉정한 태도와 서재 문 앞에 서 있는 파킨슨을 무시하는 거만한 자세에 이르기까지, 그를 둘러싼 모든 것이 드높은 자존심과 자기애를 과시하고 있었다.

"자, 마음의 준비를 하라고, 맥스!"

칼라일이 외쳤다.

"내가 들고 온 이 미묘한 사건 이야기를 듣는다면 자네도 분명 그 로맨틱한 가능성에 흥미를 느끼게 될 테니 말이야."

"꽤 불안해지는걸. 십중팔구 보석 미스터리일 텐데 말이지."

의기양양한 칼라일이 깜짝 선물을 꺼내려고 막 호흡을 가다듬는 순간, 캐러도스가 그 틈을 타 한마디 던졌다.

"이야기를 좀 더 해주었다면, 그 사건이 값을 매길 수 없는 진주 목걸이와 관련된 사교계 스캔들일 거라고 결론 내렸을 테고."

칼라일이 고개를 떨구며 실망스러운 기색으로 말했다.

"그럼 결국 신문에 난 거군."

"뭐가 신문에 났다는 건가, 루이스?"

"스트레이드웨이트 부인의 진주 목걸이 보험사기에 대한 기사 말이야."

"그럴지도. 하지만 난 아직 신문을 못 봤어."

칼라일은 친구를 노려보다가 손으로 테이블을 내리쳤다.

"그럼 도대체 지금 무슨 말을 하는 건가? 스트레이드웨이트 사건을 전혀 모른다면, 뭔가 또 다른 진주 목걸이 사건에 연루된 건가?"

캐러도스는 슬며시 자신의 장애를 사과할 때 취하는 겸손한 자세를 보이며 조심스럽게 입을 열었다.

"어느 철학자가 그런 말을 한 적이 있는데 ——."

"그게 스트레이드웨이트 부인의 진주 목걸이와 상관이 있는 건가? 없다면, 내가 미리 경고하겠는데, 맥스. 나도 가끔은 밀과 스펜서를 읽는다고."

"밀도 스펜서도 아니야. 그 철학자는 독일인이니 굳이 이름을 말하지는 않겠네. 아무튼, 그 사람이 발견한 사실이 하나 있어. 물론 일단 듣고 나면 당연하게 들리는 이야기겠지만. 아무튼 그가 발견한 건, 어떤 상황에서 누가 뭘 할지를 정확히 파악하려면 그 사람의 행동이 지니는 단 하나의 특성만 연구하면 된다는 것이었지."

"절대적으로 실현 불가능한 일이군."

칼라일이 말했다.

"이에 근거해 자네가 나에게 예외적으로 흥미로운 사건을 가져왔다고 말했을 때, 실은 그 사건이 '자네'에게 예외적으로 흥미로운 사건이라는 것을 알았지."

칼라일은 갑작스러운 침묵에 빠졌다. 캐러도스의 말이 일리가 있음을 내심 인정하는 듯했다.

"거기에 동일한 규칙을 적용함으로써, 자네의 로맨틱한 상상력을 가장 강하게 자극할 만한 사건이라면 값비싼 진주 목걸이와 젊고 아름다운 사교계 여성이 관련된 미스터리일 거라고 결론을 내린 거야."

"로맨틱! 내가, 로맨틱하다고? 서른다섯 먹은 사설탐정인 내가! 자네는——좋게 표현해서 너무 열의가 넘쳐."

"자네는 치료 불가능한 로맨틱한 남자잖아. 아니, 지금쯤은 치료가 됐으려나? 사실은 그게 더 나쁜 건데."

"맥스, 이건 정말 흥미롭고 중요한 사건이야. 이제 진지하게 이야기를 좀 해보는 게 어때?"

"보석 사건이 흥미롭거나 중요한 경우는 드물지. 진주 목걸이 미스터리라면 열 중 아홉은 흥미와는 거리가 먼 가식적인 사교계의 경쟁적인 분위기가 원인일 테고, 관련된 사람들도 전혀 중요하지 않아. 그런 사건에서 유일하게 관심을 끄는 건 사건의 이름뿐이지. 독창성이라고는 찾아볼 수도 없어. 범죄학자 중에서도 식물분류학자 린네 같은 사람만이 그 세세한 차이점을 꼼꼼히 살펴서 분류하는 게 가능할 거야. 한번 이렇게 말해볼까? 마음만 먹으면 앞으로 21년 동안 발생할 진주 목걸이 사건의 모든 해결책을 가능한 한 도표로 정리할 수도 있을 거야."

"자네가 원한다면 그런 것쯤은 다해주겠네, 맥스. 파킨슨에게 내가 먹을 두통약 좀 가져다 달라고 하고, 그런 다음 내가 얼굴 붉히는 일 없이 다이렉트 보험회사 사람을 만나게 해줄 수만 있다면."

잠시 동안 캐러도스는 정확한 발걸음으로 조용히 가구 사이를 오갔다. 그러나 결심이 서지 않은 듯 망설이는 표정이었다. 그의 손이 두 번 정도 책상 위에 놓인 책으로 향했고, 그때마다 그것을 건드리지 않고 손을 거두었다.

"먹이 주는 시간에 사자 우리에 가본 적 있나, 루이스?"

그가 불쑥 물었다.

"굉장히 예전에, 아마도 있었겠지."

칼라일이 조심스럽게 말했다.

"그 시간이 다가오면 생고기 외에는 다른 것으로 사자의 관심을 끄는 건 불가능해. 자네가 하루 늦게 온 거야, 루이스."

그는 책을 집어 능숙한 손길로 칼라일에게 건넸다.

"나는 이미 피 냄새를 맡았네. 그리고 여기에 집착하는 다른 동물들의 살을 갈기갈기 찢는 즐거운 상상을 맛보기도 했지."

"그리스 로마 동전 카탈로그."

칼라일이 책자를 읽었다.

"파리 드루에 호텔 8호실에서 경매로 판매될 예정. 4월 24일, 25일. 흠."

그는 두꺼운 그라비어 사진 책자를 덮었다.

"경매가 있군."

"3년에 한 번 정도 이런 큰 행사가 있지."

캐러도스가 대답했다.

"나는 소규모 경매에는 거의 참석하지 않아. 아껴두었다가 이런 큰 곳에서 일주일 동안 흥청망청하는 거지."

"그래서 언제 가는데?"

"오늘. 오후에 출발하는 포크스턴 호로. 이미 매스콧에 숙소도 잡아놓았네. 미안하지만 타이밍이 안 좋았어, 루이스."

칼라일은 이 난감한 상황에 신사적인 태도로 대처했다. 덕분에 자신의 말이 진심 어린 것처럼 들리는 효과도 연출할 수 있었다.

"친애하는 맥스. 자네가 이렇게 아쉬워하니 내가 그동안 자네에게 얼마나 많은 빚을 졌는지 깨닫게 되는군. 잘 다녀오게. 그리고 가장 값어치 있는 에우——에우게——음, 이렇게 말하는 게 더 나으려나. 키몬(Kimons) 시대의 동전을 자네 컬렉션에 추가하길 바라겠네."

"그런데——."

캐러도스는 생각에 잠겼다.

"이 보험사건은 수익성 좋은 다른 일로 이어질 수도 있겠지?"

"그건 사실이야. 그렇게 되기 위해 한동안 공을 좀 들였지. 하지만 더는 생각 말게, 맥스."

"지금 몇 시지?"

캐러도스가 갑자기 물었다.

"11시 25분."

"좋아. 혹시 어느 거들먹거리는 멍청이가 누굴 체포했나?"

"아니, 이건 다만——."

"그건 상관없어. 사건에 대해서는 자세히 알고 있나?"

"불행히도 아직은 별로. 나는——."

"훌륭해. 모든 것이 우리 편이군. 오후 출발은 취소하고 도버(Dover) 항에서 밤에 출항하는 배를 타겠어. 그러면 지금부터 9시간이 남아 있지."

"9시간?"

칼라일은 혼란스러워졌다. 하지만 캐러도스의 말에 담긴 앞뒤가 맞지 않는 논리를 굳이 분석하려 들지 않았다.

"정확히 9시간이야. 9시간 동안 조사를 해도 해결되지 않는 진주 목걸이 사건이라면 우리 도표에서 당당히 한 칸을 차지할 자격이 있어. 자, 루이스. 다이렉트 보험사는 어디에 있나?"

둘이 모험을 시작한 이래로 지금까지, 칼라일의 맹인 친구는 그를 설득하여 수많은 미친 짓거리에 뛰어들게 했다. 그러나 그간의 경험을 감안하더라도, 오전 11시 30분에 오후 8시 30분까지 여행 가방을 채링 크로스 역 플랫폼에 가져다 놓으라고 지시하면서 가벼운 마음으로 스트레이드웨이트 부인의 진주 목걸이 사건을 해결하겠다고 호언장담하는 정도의 미친 짓은 없었다. 시작도 하기 전에 실패가 뻔히 예정된 짓이었다.

다이렉트 인터미디어트 보험회사는 빅토리아 스트리트에 있었다. 캐러도스의 빠른 자동차 덕분에 웨스트민스터의 종이 열두 번을 칠 때쯤 회사에 도착할 수 있었다. 그러나 그 후로 20분 동안 그들은 사무실에서 기다려야 했고, 칼라일은 씩씩거리며 시계를 계속 들여다보았다. 마침내 직원의 시선이 두 사람에게로 향했다.

"칼라일 씨? 사장님이 지금 만나시겠답니다. 하지만 10분 후에 또 다른 약속이 있어서요. 가급적 일을 빨리 처리해주시면 감사하겠다고 하십니다. 이쪽으로 오세요."

칼라일은 격식을 갖춘 거만한 메시지에 입술을 깨물었지만, 이런데 항의하느라 기운을 낭비해봤자 아무 소용없다는 것을 경험상 잘 알고 있었다. 그래서 순순히 고개를 끄덕이고는 친구를 안내하며 직원의 뒤를 따라 사장실에 도착했다. 그러나 이런 굴욕적인 상황에 굴복할 수밖에 없다고는 해도, 칼라일은 강한 인상을 남기겠다고 마음먹으면 꼭 해내고야 마는 사람이었다.

"캐러도스 씨는 이런 사소한 사건에 대한 자문을 해주시기엔 대단히 훌륭한 분이십니다."

칼라일은 겸손한 자세로 존경심을 표하며 말했다. 흠잡을 데가 없는 태도였다.

"그러나 불행히도 캐러도스 씨는 중요한 사건 때문에 오늘 파리에 가셔야 하므로 시간이 별로 없다고 하십니다."

사장의 태도나 표정만 봐서는 칼라일의 말을 진지하게 받아들였는지 파악하기가 어려웠다. 그러나 캐러도스의 평판에 대해서는 일찍이 들어본 적이 있었고, 자신의 업무와는 크게 관련 없는 사람이라는 것을 알았기 때문에 사장은 조금 긴장을 풀었다. 그는 난로 앞에 편안한 자세로 서서, 그동안 보여주지 않았던 관대한 태도를 보였다.

"이야, 파리요?"

그가 투덜거렸다.

"프랑스 사람들이 우리 쪽 일을 많이 가져가게 될 것 같던데. 그 이름이 뭐더라? 비독(Vidocq)?[15] 그 사람이 등장한 이후 말입니다. 영리한 친구지 않습니까? 그 '도둑맞은 편지'를 봐도 그렇고."[16]

캐러도스는 점잖게 미소를 지었다.

"그건 꽤 멋진 사건이었지요. 하지만 파리가 런던에 배울 것도 있습니다. 그것도 당신의 전문 분야에서 말입니다. 저는 가끔 프랑스의 저명인사들이나 정부 기관의 고위 관료들을 만날 기회가 있으면 이런저런 주제로 토론을 즐기지요. 그러다 어느 정도 시간이 흐르면 저는 '무슈(monsieur)[17]. 정말 친절하신 분이로군요. 때로는 저도 우리의 편

---

15) Francois-Eugene Vidocq. 역사상 최초의 사설탐정.
16) '도둑맞은 편지'에 등장한 탐정은 오귀스트 뒤팽이다.
17) 영어의 Mr. 또는 호칭의 Sir에 해당하는 프랑스어의 경칭.

협한 방식을 유감으로 생각합니다. 하지만 그렇다고 해서 우리가 큰 일을 못 하는 것은 아니지요. 제 모국인 영국에서라면, 우리의 산업을 주도하는 철도회사의 중역이나 무역회사 사람들 또는 일류 보험회사 의 대표에게 아무리 애걸하고 유혹한다 하더라도 그들은 털끝만큼도 털어놓지 않을 겁니다. 당신들은 귀가 너무 얇아요. 아무리 볼품없는 소문이라도 쉽게 약점을 잡힐 수 있는데 말입니다' 라고, 이렇게 말합 니다."

"맞는 말씀입니다."

사장이 순순히 인정했다. 그는 책상 앞 회전의자에 앉으며 심각하 고 단호한 표정을 지었다.

"프랑스 놈들은 그냥 게으름뱅이일 뿐이에요. 자, 칼라일 씨. 어떻 게 도와드릴까요?"

"어제 보내신 편지를 가지고 왔습니다. 최대한 상세하게 관련 정보 를 알려주셨으면 합니다."

사장은 어마어마한 두께의 서류철을 힘겹게 들추고는, 그 사이에 서 고개를 내밀고 있던 서류 몇 장을 절도 있는 손놀림으로 꺼내 펼쳤 다. 그는 손가락으로 문서를 짚으며 이야기를 시작했다.

"사건이 시작된 건 1월 27일입니다. 프린스 스트리트에서 보석 상점을 운영하는 카스펠트라는 보석상이 있는데, 우리 회사의 보석 감정사로 일했던 사람이지요. 카스펠트 씨가 이날 제안서를 보내왔 는데, 스트레이드웨이트 부인이 본인의 진주 목걸이를 도난 보험에 가입하려 한다는 내용이었습니다. 제안서에서는 카스펠트 씨가 목걸 이를 직접 감정했고 5천 파운드의 가치가 있다고 기록되어 있었습니 다. 그 건은 일반적인 절차에 따라 진행되었어요. 보험료가 입금되고 보험 증권이 발행되었지요. 두 달쯤 후에 카스펠트 씨가 우리와 조금 불편한 관계가 되어 자리에서 물러나겠다는 뜻을 전해왔습니다. 사표도 제출했고요. 굳이 말하자면 우리 쪽에서는 그 사람에게 악감정이 없습니다. 하지만 회사 임원들 사이에서는 그가 이 일을 너무 쉽게 여기지 않았나, 하는 생각이 퍼져 있었지요. 예를 들면, 감정가를 비싸게 매긴다거나 자기 개인 고객에게 우리 회사를, 말하자면, 투기 목적의 사업으로 추천하거나 한다고 말입니다. 투기성 사업은 우리로서는 전혀 고려하지 않는 분야이고, 우리 회사의 전통과도 맞지 않는다고 여기고 있습니다. 하지만."

사장은 자신이 교활하게 전달한 속뜻을 애써 부인하려는 듯 뭉툭한 손을 내저었다.

"그건 우리와 카스펠트 씨가 가릴 일입니다. 그 사람이 특별히 잘못한 것은 없었고, 두 분은 그냥 그 사람이 괜찮은 사람이라고 이해하시면 됩니다."

"그러니까 카스펠트 씨가 5천 파운드짜리 목걸이를 감정했다는 것이지요?"

칼라일이 물었다.

"그렇습니다."

사장이 묵직하게 고개를 끄덕였다.

"카스펠트 씨의 사표는 4월 3일에 정식으로 수리되었습니다. 그래서 보험 처리 과정에서 약간의 예외가 발생한 것이지요. 우리로서는 한두 가지 미흡한 부분을 보완하는 좋은 기회라고 생각했습니다. 카스펠트 씨의 후임으로는 벨리처 씨가 들어왔습니다. 두 분 다 벨리처 씨에 대해서는 들어보신 적 있겠지요? 후임이 왔으니, 고객 중 해당

되는 분들에게 공식 서신을 보내 약관에 따라 전임자가 감정한 내용을 벨리처 씨가 확인할 수 있도록 허락해주십사 하고 양해를 구했습니다. 물론 그럴싸한 미사여구를 동원했지요. 서신에서는 물건의 현재 가치를 확인함으로써 이후의 번거로운 클레임 절차를 밟을 필요가 없게 된다는 점을 분명히 명시했습니다. 특히 스트레이드웨이트 부인에게 이런 사실을 자세히 설명했어요. 서신은 4월 4일에 발송했고, 이게 3일 후에 도착한 부인의 답장입니다. 답장의 내용은, 아쉽게도 그 무렵 여행을 갈 계획이라 목걸이는 은행 금고에 보관하기 위해 은행으로 보냈다는 겁니다. 게다가 보험 가입도 최근에 했는데 그런 절차가 꼭 필요한 것 같지도 않다고 했고요."

"그날이 4월 7일이었다고요?"

칼라일이 노트에 열심히 내용을 메모하며 물었다.

"4월 7일입니다."

사장은 칼라일의 성실한 몸짓을 수긍하는 듯 바라보다가, 그 옆에 가만히 앉은 캐러도스에게는 미심쩍은 듯 무심한 시선을 던졌다.

"우리로서는 당연히 의심할 수밖에 없지요. 그래서 부인에게 이 절차는 유감스럽지만 꼭 필요한 것이며, 그런 사정이라면 은행 직원에게 이런 상황을 설명해달라고 답장을 보냈습니다. 우리가 은행에 직접 가서 목걸이를 확인하면 부인을 따로 성가시게 할 일은 없을 거라고요. 부인의 답장은 4월 16일에 도착했습니다. 지난 목요일이지요. 사정이 생겨 부인의 여행 계획이 변경되었고, 예상보다 런던에 일찍 도착했다고 하더군요. 보석 상자는 은행에서 찾아왔으니, 우리 쪽 사람을, '우리 쪽 사람'이랍니다, 칼라일 씨! 토요일 아침 늦어도 12시 전에 자택으로 보내라는 것이었지요."

사장은 서류철을 덮고 손으로 책상을 한 번 쓸었다. 그러고는 몸을 앞으로 숙여 잘난 체하는 표정으로 칼라일을 쳐다보았다.

"토요일에 벨리처 씨가 룬버그 맨션으로 갔고 스트레이드웨이트 부인은 그에게 목걸이를 보여주었습니다. 그는 신중하게 감정을 하고, 5,250파운드로 가치를 매긴 후 회사에 그 내용을 보고했습니다. 그런데 벨리처 씨가 이상한 이야기를 하더군요. 그 목걸이가 전에 부인이 보험에 든 그 목걸이가 아니라는 겁니다."

"같은 목걸이가 아니라고요?"

칼라일이 되물었다.

"네. 진주의 개수나 일반적인 유사성에도 불구하고 기술적인 관점에서 보면 분명히 차이가 있다고 했습니다. 전문가들이 볼 때는 반론의 여지가 없다는군요. 스트레이드웨이트 부인은 분명 허위진술을 하고 있습니다. 아마 고의로 사기를 치려는 의도는 없겠지만요. 그 내막을 알아내기 위해 당신을 고용한 겁니다. 이게 사건의 개요입니다."

칼라일은 마지막까지 메모하고 단호하게 노트를 치웠다. 보는 이의 신뢰를 자아내는 태도였다.

"아마 내일쯤이면 뭔가 보고할 수 있을 겁니다."

"그러길 바랍니다. 그럼 안녕히 가십시오."

창가 쪽 자리에 멍하니 앉아 있던 캐러도스는 이제야 대화가 끝났다는 것을 알아챈 것 같았다.

"그런데 말이지요."

그는 의자에 앉아 있는 사장을 바라보며 친근한 태도로 입을 열었다.

"도난에 대해서는 전혀 말씀을 안 하시지 않았습니까?"

사장은 캐러도스를 잠시 멍하니 바라보다가 다시 칼라일에게로 고개를 돌렸다.

"저 사람이 지금 무슨 말을 하는 겁니까?"

그가 매섭게 물었다.

침착했던 칼라일도 이번만은 무너졌다. 그는 캐러도스가 엄청난 실수를 저질렀으며, 캐러도스의 통찰력에 대한 명성이 회복 불가능한 손상을 입었다는 것을 깨달았다. 이런 재앙 같은 상황에 당황한 칼라일의 귀가 시뻘겋게 물들기 시작했다.

어색한 침묵이 흐르는 가운데 캐러도스도 무언가 잘못되었다는 것을 느낀 것 같았다.

"동문서답을 한 것 같군요. 저는 도난당한 목걸이를 찾는 것이 조사의 핵심으로 생각했습니다만."

캐러도스가 말했다.

"제가 언제 '도난'이란 말을 한 번이라도 했습니까?"

사장이 경멸하는 말투로 물었다. 그는 더는 친절한 척하지 않았다.

"사건의 기본적인 사실도 파악하지 못한 것 같군요, 캐러도스 씨. 하긴 제 생각에도——. 아, 들어와!"

노크 소리가 들렸다. 직원이 들어와 전보를 펼쳐 보여주었다.

"롱워스 씨가 즉시 뵙고 싶어 합니다, 사장님."

"이제 그만 가는 게 좋겠네."

칼라일이 우울한 목소리로 점잖게 그의 동료에게 속삭였다.

"잠깐, 잠깐만 기다려요."

사장이 말했다. 그는 전보를 보며 엄지손톱을 깨물고 있었다.

"아니, 자네는 말고. 자네는 나가보게."

그는 직원에게 말했다. 방금 칼라일이 느꼈던 당혹스러움을 이제는 사장이 느끼고 있는 것 같았다. 그는 어색한 목소리로 말했다.

"이해가 잘 안 가는군요. 이건 벨리처 씨가 보낸 전보입니다. 이렇게 쓰여 있네요. '방금 스트레이드웨이트 부인이 진주 목걸이를 도둑맞았다는 소식을 전해 들었음. 철저한 조사를 권함'이라고요."

칼라일은 갑자기 뒤로 돌아 벽에 걸린 다채로운 색상의 석판화를 보며 마음을 진정시켰다. 캐러도스만이 부자연스러운 사장의 눈빛을 고스란히 받고 있었다.

"이렇게 되기는 했지만, 조금 전 이야기에서는 '도난'이라는 말은 한 번도 나오지 않았군요."

캐러도스는 담담하게 말했다.

"그렇지요. 그런 말은 없었지요."

사장이 고개를 끄덕였다. 숨쉬기가 약간 힘들어 보였다.

"뭐, 아무튼 내일까지는 뭔가 보고해드릴 수 있을 겁니다. 안녕히 계십시오."

사장실에서 걸어 나오면서, 칼라일은 억지로 웃음을 참느라 허리를 펴기가 힘들 지경이었다. 복도에 나와서도 눈물을 훔치기 위해 몇 번이고 걸음을 멈춰야 했다.

"맥스, 이 불경스러운 사기꾼 같으니. 그동안 내내 다 알고 있었던 건가?"

건물 밖으로 나오자 칼라일이 물었다.

"아니. 내가 말하지 않았나. 아무것도 몰랐다고. 거짓말한 게 아니야."

캐러도스가 솔직히 대답했다.

"그렇다면 이건, 불가사의하다고밖에 할 수 없겠군."

캐러도스는 동전을 꺼내 지나가는 신문팔이 소년에게 신문을 사서 칼라일에게 건네주는 것으로 대답을 대신했다.

"옛말에 '절대 눈을 떼지 말라'는 속담이 있지. 그건 내 능력 밖의 일이니까, 나는 그 말을 '절대 귀를 떼지 말라'는 말로 바꿔 지키고 있다네. 루이스, 자네가 귀로 듣는 건 빙산의 일각에 불과해. 그중에서도 얼마나 많은 걸 놓치고 있는지 알면 아마 깜짝 놀랄걸. 그 방에서 나오기 5분 전부터 거리의 신문팔이 소년들이 외치는 소리를 유심히 들었다면 자네도 알 수 있었을 거야."

"맙소사, 벌써 터진 건가!"

칼라일이 신문의 헤드라인을 가리키며 소리쳤다.

"〈진주 목걸이 사건. 사교계 귀부인의 5천 파운드짜리 장신구가 사라지다〉 일이 빠르게 진행되었군. 다음 행선지는 어딘가, 맥스?"

"지금이 12시 45분이지."

캐러도스가 시계의 바늘을 만지며 대답했다.

"이 새로운 반전을 맞아 점심 식사를 하는 게 좋겠네. 지금쯤이면 파킨슨이 여행 준비를 다 끝냈겠지. 파킨슨에게 전화해서 만일에 대비해 메릭스로 오라고 해야겠어. 루이스, 자네는 신문을 종류별로 전부 다 사 오게. 그래서 요점을 모아 분석해보자고."

신문들을 비교하며 거른 사실들은 미심쩍은 데다가 내용도 변변찮았다. 성실한 기자가 쓴 기사에는 가능성에 따라 막연히 의심 가는 사실들을 짚어놓았다. 화요일 밤(그날은 목요일이었다) 스트레이드웨이트 부인이 새로 생긴 메트로폴리탄 오페라 하우스에서 '라 퓌셀라(La Pucella)'의 공연을 보기 위해 좌석을 예약하고 파티를 마련했다는 점까지는 모든 기사가 일치했다. 그리고 그곳에서 부인은 약 5천 파운드의 가치가 있는 진주 목걸이를 도난당했다. 여기까지도 일치하는 사실이었다. 어느 신문에서는 극장에서 도둑을 맞았을 거라고 가정했다. 다른 신문은 부인이 그날 밤 마지막 순간에 목걸이를 걸지 않기로 마음을 바꾸고 집을 나선 후 집에 도둑이 들어 훔쳐갔을 거라고 주장했다. 세 번째 신문에서는 유명한 보석상인 마컴스와의 인터뷰를 애매하게 인용하면서, 보험에 가입된 목걸이이므로 이번 도난으로 보험금이 지급될 것이라 예측했다.

칼라일은 마지막 신문을 내려놓으며 짜증스럽다는 듯 어깨를 으쓱했다.

"도대체 마컴스가 갑자기 여기서 왜 나오는 거야? 마컴스가 이 일과 무슨 상관이 있는 거지? 맥스, 자넨 뭘 좀 알아냈나?"

"두 번째 진품 목걸이가 있다는 것. 벨리처 씨가 본 것 말이야. 그게 지금 다른 사람 손에 있어."

"맙소사, 그렇군. 겨우 닷새 전 일인데. 하지만 우리의 귀부인께서는 이 도난 사건을 통해 뭘 얻게 되는 거지?"

캐러도스는 멍한 시선을 담배와 커피 쪽으로 향했다.

"아마 그 부인도 지금쯤은 이 일을 어떻게든 모면했으면 하겠지. 이런 식으로 한번 눈덩이가 구르기 시작하면 감당을 못하니까――."

그는 생각에 잠긴 채 고개를 저었다.

"자네 예상보다 훨씬 더 복잡해진 건가?"

칼라일이 물었다. 그의 친구에게 발을 뺄 기회를 주기 위해서였다.

캐러도스는 그 의도를 간파하고 다정하게 미소를 지었다.

"친애하는 루이스. 미스터리의 5분의 1은 이미 해결됐네."

"5분의 1? 어떻게 그런 계산이 나오나?"

"왜냐하면, 지금은 1시 25분이고 이 일을 시작한 건 11시 30분이었으니까."

그는 저만치 떨어져 있는 웨이터를 불러 돈을 지불했다. 그러고 나서 중후한 자세로 칼라일의 안내를 받으며 자동차가 대기하고 있는 거리로 향했다. 파킨슨은 이미 도착해 있었다.

"내가 없어도 괜찮겠어?"

칼라일이 물었다. 조금 전 식당에서 캐러도스는 혼자 움직이겠다는 뜻을 밝혔다. 그러나 앞으로 닥칠 결과가 어느 모로 보나 좋지 않으리라는 예상이 되다 보니 칼라일은 친구를 혼자 보내는 데 죄책감이 들었다.

"말만 해. 그럼 같이 가줄 테니."

캐러도스는 미소를 지으며 고개를 저었다.

"지금은 오페라하우스에 갈 거야. 그런 다음에는 마컴스 씨에게 잠깐 들러 이야기를 좀 나눌까 해. 시간 여유가 있다면 스트레이트웨이트 부부의 지인을 찾아볼 수도 있고. 그 후엔 경시청에 가서 비델 경감을 만나야지. 룬버그 맨션에 들르기 전까지는 이렇게 움직일 거야. 비델 경감을 만나러 갈 때는 자네도 경시청으로 오게."

서서히 출발하는 차를 바라보며 칼라일은 혼자 중얼거렸다.

"거 참, 대단한 친구군!"

한편, 룬버그 맨션의 스트레이드웨이트 부인은 전혀 유쾌하지 못한 하루를 보내고 있었다. 아침에 잠에서 깼을 때부터 두통에 시달렸고, 간밤에 엄습한 불길한 예감이 아직도 가시질 않았다. 그 예감이 진짜 두려움으로 이어지지 않았던 것은 허영으로 가득 찬 젊은 사교계 미인의 머릿속을 가득 채운 엄청난 자만심과 무지 때문이었다. 결혼한 지 3년이 되었지만, 스테파니 스트레이드웨이트 부인은 아직도 다른 이들에게 선망의 대상인 스물둘에 불과했다.

그날은 특히 기분 나쁜 시누이가 오전에 방문하겠다고 한 터라, 시누이를 피하고자 점심시간이 지나도록 침대에서 뒤척거리고 있었다. 기자 세 명이 인터뷰를 오겠다고 하여 은근히 기대했건만, 기자들은 차례로 전화를 걸어 예정된 인터뷰를 연기해야 할 것 같다며 전화를 받은 남편에게 유감의 뜻을 표했다. 불쾌한 시누이는 결국 오후에 방문했고, 스테파니는 족히 한 시간 이상 괴로움을 겪어야 했다. 시누이가 떠나고 나서 기진맥진해진 스트레이드웨이트 부인은 브리지 모임에 나가 위로를 받아야겠다고 했지만, 남편은 의미심장하게 석간신문이 올 때까지 집에서 기다리라고 했다. 이 말에 화가 난 스트레이드웨이트 부인은 소파에 몸을 던지며 차라리 수녀가 되는 게 낫겠다고 말했다. 스트레이드웨이트 씨는 어깨를 으쓱하는 것으로 부인의 넋두리를 무시하고는, 오후에 클럽에 가기로 했다며 자신은 전혀 수도승이 될 생각이 없다고 했다. 스테파니는 매섭게 따지고 들며 문 앞까지 남편을 따라 나왔다. 이렇게 해서 스트레이드웨이트 부부는 문 앞에 서 있던 캐러도스를 만나게 되었다.

"스트레이드웨이트 부인을 만날 수 있을까 하고 다이렉트 보험회사에서 왔습니다."

노크를 하기도 전에 불쑥 문이 열리자, 캐러도스가 입을 열었다.

"제 이름은 캐러도스입니다. 맥스 캐러도스."

잠시 어색한 침묵이 흘렀다. 그러다가 남편의 얼굴에 떠오른 난처한 기색을 눈치챈 스테파니는 갑자기 즐거운 척 떠들기 시작했다.

"아, 그러세요. 들어오세요, 캐러도스 씨. 우리가 서로 완전히 모르는 사이는 아니잖아요. 피그스 부인 아시죠? 잊고 있었는데, 일전에 그 부인께 굉장히 감명을 받았었어요."

"포지스 부인이지."

옆에 있던 스트레이드웨이트가 말했다. 그는 두 사람 사이의 대화를 묵묵히, 냉담한 시선으로 바라보고 있었다.

"그나저나, 당신은 맹인이지요. 아닙니까?"

캐러도스는 미소로 대답했고 스트레이드웨이트 부인은 순간적으로 목소리를 높였다.

"테디!"

"아, 저는 괜찮습니다."

캐러도스가 말했다.

"특별히 힘들진 않았습니다. 제 하인은 차에서 대기 중이고 집의 문은 단번에 찾았으니까요."

그 말을 듣자 벨벳 같은 눈을 가진 돈에 밝은 여인은 자신 앞에 있는 남자가 상당한 부자로 이름났고, 이런 일을 하는 것은 단순히 부자의 기이한 취미에 불과하다는 소문을 들은 기억을 떠올렸다. 그래서 스트레이드웨이트 부인은 캐러도스를 응접실로 안내하는 동안 최대한 사근사근한 모습을 보이기로 했다. 테디도 덩달아 공손하게 응대했지만, 내심 불편해하는 것처럼 보였다.

"남편은 막 나가려던 참이었어요. 캐러도스 씨가 오시지 않는다면 저 혼자 정말 외로울 뻔했어요."

그녀가 대수롭지 않게 말했다.

"다만 이런 식으로 불쑥 볼일을 보러 오시는 게 아주 편하지는 않네요, 캐러도스 씨. 하지만 지금밖에 시간이 안 나신다면, 제가 이해해드려야겠지요."

스트레이드웨이트는 외출할 생각을 접은 것 같았다. 그는 모자와 지팡이를 복도에 두고 노란 장갑을 탁자 위에 던지고는 팔걸이가 있는 의자에 걸터앉아 편안한 자세를 취했다.

"그래서, 지금 어떻게 되어가고 있습니까?"

그는 천천히 물었다.

"보험회사도 정확히 그것을 궁금해하는 것 같더군요."

캐러도스가 대답했다.

"회사가 특별히 궁금해할 이유가 없지 않나요? 우리 쪽에서 분실이나 도난에 관해 보험회사에 통보한 것도 아니고, 보험금 청구 절차도 진행 안 했는데요. 아직은요. 그럼 그것으로 된 거 아닌가요?"

"보통 회사에서는 일반적인 추론에 따라 움직이지요."

캐러도스가 설명했다.

"유한책임회사는 그렇게 영리하지 않습니다, 스트레이드웨이트 부인. 5천 파운드짜리 진주 목걸이를 보험에 들고 목걸이를 도둑맞았다는 소문이 나면, 당연히 회사로서는 그 목걸이가 동일한 것이라는 결론으로 도약해버리겠지요."

"하지만 그건, 정말 재수도 없지."

여주인이 설명했다.

"그 목걸이는 제가 마컴스 씨에게 잠시 빌려달라고 부탁했던 목걸이였어요."

"지난 토요일에 벨리처 씨가 감정했던 게 그 목걸이인가요?"

"네."

스트레이드웨이트 부인이 간단하게 대답했다.

스트레이드웨이트는 캐러도스를 날카롭게 흘겨보고는 무심한 눈빛으로 아내를 바라보았다.

"여보, 스테파니. 지금 도대체 무슨 생각을 하는 거야? 당연히 그건 마컴스 씨의 진주 목걸이일 리가 없지. 캐러도스 씨는 영리한 당신이 그런 바보 같은 짓을 할 리 없다는 것을 모르니, 그렇게 말하면 당신이 보험회사에 사기를 치려 하는 거라고 오해할 수도 있잖아."

그 말이 짜증을 유발하려는 것인지 아니면 단순히 뭔가를 암시하려는 것인지는 몰라도, 스테파니는 남편을 증오에 찬 시선으로 흘깃 노려보며 개의치 않고 말했다.

"이젠 상관없어요. 난 캐러도스 씨에게 이 일이 정확히 어떻게 일어나게 됐는지 알려드리고 싶어요."

캐러도스는 본능적으로 손을 들어 부인을 막으려 했지만, 부인은 이미 누군가에게 이야기를 털어놓고 싶은 마음에 너무 흥분해서 더는 막을 수가 없었다.

"정말이지 전혀 상관없어요, 캐러도스 씨. 왜냐하면 이젠 어차피 아무 소용없게 되어버렸거든요."

그녀가 이야기를 시작했다.

"보험을 들어야 할 진짜 진주 목걸이 같은 건 원래 없었어요. 어차피 난 애초부터 이것을 평범한 보험으로는 보지 않았으니까, 회사 입장에선 아무 차이도 없었을 거예요. 그건 일종의 융자 같은 것이었어요."

"융자요?"

캐러도스가 물었다.

"네. 저는 몇 년 안에 프린프린의 유언장에 따라 엄청난 돈을 상속받게 돼요. 그걸로 이전의 빚을 갚아야 하죠."

"하지만 그렇게 된다면 그런 사정을 밝히고 누군가에게 돈을 빌리는 편이 더 낫지 않을까요? 더 간단하기도 하고요."

"벌써 그렇게 했어요."

부인의 목소리가 간절해졌다.

"주위 사람들에게 전부 돈을 빌렸는걸요. 테디나 저나 어마어마한 양의 서류에 서명해야 했어요. 이제는 아무도 저희에게 돈을 빌려주지 않아요."

사건은 그냥 웃어넘기기에는 너무나 터무니없는 비극이었다. 캐러도스는 남편과 아내를 번갈아 돌아보며 귀로, 그리고 좀 더 섬세한 감각으로, 마음속에서 부부에게 초점을 맞추었다. 섬세하고 경솔하며 덤벙거리는 미녀. 고양이의 심장과 새끼고양이의 무책임함을 지닌 여인. 무분별한 삶의 스트레스로 인해 이미 눈가와 입매가 굳어버린 여인. 그리고 방의 건너편에는 그 여인의 멋지고 당당한 배우자가 있다. 남편의 꼿꼿한 자세와 차분한 태도에서는 아직 아무것도 파악할 수 없었다.

스트레이드웨이트의 느릿느릿 끄는 듯한 말투와 담담한 목소리가 캐러도스의 생각을 방해했다.

"지금 당신은 이게 무슨 의미인지도 모르고, 어떤 결과가 일어날지도 전혀 생각지 않고 있어. 만일 캐러도스 씨가 여기서 들은 이야기를 다른 사람에게 조금이라도 흘린다면, 당신과 나는 족히 2년 형은 받게 될 거라는 걸 알아야 해. 하지만 왜인지는 몰라도 캐러도스 씨가 쉽게 말을 흘리고 다닐 것 같진 않군. 당신은 자기도 모르게 뭔가 엄청난 기술로 이분을 완벽하게 설득한 모양이야. 내가 잘못 본 게 아니라면, 캐러도스 씨는 당신의 신뢰를 악용할 만한 사람이 아닌 것 같아. 그 신뢰만 저버릴 수 있다면 자신이 원하는 것을 쉽게 얻을 수 있는데도 말이야."

"말도 안 돼요, 테디."

스테파니가 화가 난 듯 외쳤다. 그녀는 이해해줄 거라 믿으며 간절한 눈빛으로 캐러도스를 바라보았다.

"우리는 엔더레이 판사님을 잘 알아요. 만일 무슨 문제가 생기면 그분께 개인적으로 사건을 맡아달라고 해서 비공개로 사정을 설명하는 것도 전혀 어려울 건 없어요. 하지만 그래야 할 이유가 있나요? 왜요?"

그러다 그녀는 문득 어떤 생각을 떠올렸다.

"보험회사 사람들 중에서 친하게 지내시는 분이 있나요, 캐러도스 씨?"

"그곳 사장과 저는 서로를 '얼간이'로 여기는 관계입니다."

캐러도스가 말했다.

"이거 봐요, 테디. 그렇게 겁먹을 필요 없다니까요. 캐러도스 씨가 모든 걸 바로잡아줄 거예요. 그럼 내가 무슨 계획을 세웠는지 정확히 설명해드릴게요. 아마 캐러도스 씨도 보험회사에서 분실물에 대한 보장을 잘해준다는 사실을 아실 거예요. 그래야 광고가 되잖아요. 그 이야기는 프레디 탠트로이 씨에게 들은 거예요. 그 사람 아버지가 이사로 있는 회사만도 수백 개가 넘어요. 물론 감쪽같이 잘해야 하겠지만요. 사실은, 지난 몇 달 동안 남편과 저는 정말이지 곤란한 상황을 겪고 있었어요. 그리고 불행하게도 다른 사람들은, 적어도 친구들은 다 우리에게 냉담했어요. 나는 어떻게든 수를 생각해내려고 제 나쁜 머리를 엄청나게 굴려댔답니다. 그러다가 아버지가 결혼 선물로 보내주신 진주 목걸이가 생각난 거예요. 돌아가시기 한 달쯤 전에 비엔나에서 보내주신 거죠. 물론 진짜는 아니에요. 가엾은 아버지는 정말 근근하게 살아오셨거든요. 하지만 모조품이라도 품질이 아주 좋고 디자인도 완벽했어요. 그렇게 고급이 아니었다면 아버지는 차라리 은제 펜 닦는 천을 보내셨을 거예요. 사람들의 구설 때문에 비록 외국에서 사셔야 했지만, 아버지는 고급스러운 취향에 무척이나 로맨틱한 아이디어를 가지신 분이셨거든요. 왜 그래요, 테디?"

"아무것도 아니야, 여보. 그냥 목이 간질거려서."

"그 진주 목걸이는 자주 걸고 다녀서 주위 사람들이 모두 잘 알고 있었어요. 물론 아주 가까운 사람들은 잘 알았지만, 다른 사람들은 제가 차고 있는 거니까 당연히 진품이라고 생각했죠. 그 아이디어가 떠올라서 테디에게 이야기했을 때, 테디는 아마 제가 헛소리를 주절거리는 줄 알았을 거예요. 갑자기 소름이 오싹 끼칠 정도였다니까요. 테디의 사촌 중에 트위티라고 나이 많은 부인이 있는데, 트위티 부인은 몸에 절대 걸치지도 않는 보석을 상자 하나 가득 가지고 있어요. 그중에 제 진주 목걸이와 정말로 비슷하게 생긴 게 하나 있다는 걸 알고 있었거든요. 게다가 트위티 부인은 무슨 사냥인가를 하러 곧바로 아프리카로 떠날 예정이었고요. 그래서 저는 서리(Surrey)의 황야에 있는 트위티 부인의 저택으로 달려가 라이체스터 저택의 댄스파티에 걸고 갈 수 있게 진주 목걸이를 빌려달라고 무릎을 꿇고 애걸을 했어요. 그 목걸이를 받아오자마자 저는 그 길로 프린스 스트리트의 카스펠트 씨에게 가져갔어요. 그 사람에게는 이건 모조품이긴 하지만 품질 좋은 제품이라고, 감정을 마치면 다음 날 곧바로 돌려달라고 했어요. 그 사람이 목걸이를 들여다보더군요. 그러더니 다시 한 번 쳐다보고는, 저에게 이게 모조품인 게 확실하냐고 물었어요. 그래서 저는, 물론 그렇다고, 가엾은 아버지가 형편이 좋지 않으셨다고, 하지만 가끔 집에 좋은 걸 가져오시는 일이 있긴 했다고 말했어요. 그러자 마침내, 커다란 부엉이처럼 눈을 껌벅거리며, 카스펠트 씨가 말했어요. '부인께 축하의 말씀을 드리게 되어 정말 기쁘군요. 이건 틀림없이 봄베이(Bombay) 진주입니다. 그것도 광택이 아주 아름다운 물건이에요. 가치로 따지자면 5천 파운드 정도는 될 겁니다'라고요."

이 부분부터 스트레이드웨이트 부인은 세속적인 언어로 장황하고 뻔한 이야기를 들려주었다. 보험계약을 체결하고(부인 자신은 독창적인 형태의 융자라고 받아들였지만), 다이렉트 인터미디어트 사가 5천 파운드의 일시적 손실에 대해 보장해줄 것이라는 프레디 탠트로이의 권위 있는 조언에 만족한 후, 스테파니는 진짜 진주 목걸이를 서리의 황야에 사는 사촌에게 돌려보내고 자신은 계속 가짜를 착용하고 다녔다. 시간이 어느 정도 흐르고 계획이 무르익어갈 무렵에 회사 측에서 보내온 재감정 요청은 그야말로 날벼락이나 다름없었다. 그녀는 자신이 겪은 공황 상태와 두려움을 과장된 태도로 캐러도스에게 열심히 설명했고, 대체품을 찾기 위해 탈진 상태로 런던의 보석상이란 보석상은 샅샅이 뒤지며 돌아다닌 이야기를 손짓 발짓을 동원하며 늘어놓았다. 위기가 닥쳐오고 있었고, 더 이상은 지체할 시간도 없었다. 이제는 보험회사도 점점 의심을 품을 테고, 융통성이라곤 찾아볼 수 없는 고집 센 마컴스에게 의무를 이행할 방법도 찾아야 했다.

그녀는 지난 화요일 밤을 실행일로 정했다. 오페라 '라 퓌셀라'의 공연이 열리는 오페라하우스가 그 무대였다. 오페라를 썩 좋아하지 않는 스트레이드웨이트는 공연에 나타나지 않기로 되어 있었으나, 아마추어 배우로서의 경험을 십분 활용해 가짜 턱수염을 달고 약간의 분장을 한 후 남몰래 따로 좌석을 잡기로 되어 있었다. 스트레이드웨이트 부인이 예약한 박스석 아래쪽 가장 구석진 좌석이었다. 그러다가 합의된 신호에 따라 부인이 가짜 목걸이의 잠금쇠를 헐겁게 풀고 앞으로 몸을 숙이면, 목걸이가 목에서 벗겨져 그 아래 좌석으로 떨어지게 하는 것이다. 이런 일이 일어날 것을 미리 알고 있는 스트레이드웨이트는 떨어진 목걸이를 아무 어려움 없이 찾을 수 있을 것이었다. 그러면 재빨리 고개를 들어 박스석으로 신호를 보내고, 목걸이를 가지고 누군가가 눈치채기 전에 조심스럽게 오페라하우스를 걸어 나오면 되는 것이었다.

캐러도스의 시선이 부인과 남편에게로 향했다.

"그 계획이 마음에 드셨습니까, 스트레이드웨이트 씨?"

"음, 말씀드렸다시피, 스테파니는 굉장히 영리하니까 나는 일이 그렇게 잘될 거라고 당연하게 받아들였지요."

"그런데 사흘 전, 벨리처 씨가 목걸이에 뭔가 문제가 있다고, 목걸이가 두 개인 것 같다고 회사에 보고해버린 거예요!"

"그렇습니다."

스트레이드웨이트가 머뭇거리며 솔직하게 인정했다.

"저도 이 부분에서는 스테파니의 독창적인 계획이 조금은 실패하지 않았나 싶었습니다. 당신도 알잖아, 스테파니. 봄베이 진주와 캘리

포니아 진주에는 분명 차이가 있다고."

"그 나쁜 놈! 그 인간한테 샴페인도 줬는데!"

부인이 앙심을 품고 이를 갈며 외쳤다.

"하지만 아무 소용이 없었지. 아무튼 상관없잖아?"

스트레이드웨이트가 옆에서 거들었다.

"이제 마컴스 씨의 진주가 사라졌으니, 앞으로 온갖 종류의 끔찍한 일들이 일어나게 될 거라고요."

격분한 그녀가 그에게 일깨워주었다.

"그 말이 맞아."

스트레이드웨이트가 고개를 끄덕였다.

"그건 이를테면 속편이 시작되는 것 같았습니다, 캐러도스 씨. 이후의 사건은 제가 설명하도록 하겠습니다. 아직도 스테파니는 저를 정당하게 평가하지 않는 것 같긴 하지만요."

그는 앉아 있던 팔걸이의자에서 일어나 다른 팔걸이의자에 정확히 같은 자세로 다시 앉았다.

"그 운명의 밤 저는 계획에 따라 극장으로 갔습니다. 다른 사람들이 제가 자리에 앉는 것을 보지 못하도록 조금 늦게 들어갔지요. 자리를 잡은 후 저는 가끔 위를 쳐다보며 스테파니와 시선을 교환했습니다. 그러면서 저는 아내가 그곳에 잘 있다는 것을 확인했고 모든 것이 잘 진행되고 있다고 생각했습니다. 계획에 따라 1막이 내리자마자 극장의 반대쪽 끝으로 가 스테파니의 박스석을 마주 보고 서서 아내가 저를 볼 때까지 시곗줄을 비틀기로 했습니다. 스테파니가 저를 확인하면 프로그램으로 세 번 부채질하기로 했지요. 보시다시피 이런 행동은 남들이 보기에는 사소한 것이지만 우리끼리는 서로 모든 게 잘되어가고 있다는 신호를 전할 수 있는 행동이었습니다. 이건 물론 스테파니의 아이디어였지요. 그 후 저는 제 자리로 돌아오고 스테파니는 2막이 진행되는 동안 자기가 맡은 역할을 하기로 되어 있었습니다. 그렇지만, 일이 제대로 끝나지 않았습니다. 1막의 마지막을 향하고 있는데 무언가 하얀 것이 소리도 없이 제 발 앞에 떨어졌습니다. 그 순간 저는 스테파니가 실수로 목걸이를 잘못 떨어뜨린 줄 알았지요. 그런데 그건 장갑이었습니다. 부인용 장갑이요. 저는 만져보기도 전에 본능적으로 그게 스테파니의 장갑일 거라는 생각이 들었습니다. 그래서 장갑을 주워 조용히 안을 살펴봤지요. 장갑 안에는 종잇조각이 들어 있었습니다. 프로그램을 찢은 조각이었어요. 거기에 연필로 이런 말이 쓰여 있었습니다. '예상치 못한 일이 생겼어요. 오늘 밤은 아무것도 못하겠어요. 즉시 돌아가서 기다려요. 일찍 갈게요. 정말 걱정이에요——S'라고."

"물론 그 종이는 보관해두셨겠지요?"

"네. 옆방 책상에 있습니다. 보여드릴까요?"

"부탁합니다."

스트레이드웨이트가 방을 나서고 스테파니는 매혹적인 자세로 캐러도스에게 애원하며 매달렸다.

"캐러도스 씨, 그 목걸이를 찾아주실 거죠? 그렇죠? 정말로 저는 상관없어요. 하지만 목걸이를 빌리면서 제가 차용증에 서명을 했거든요. 그래서 마컴스 씨가 빈집에 목걸이를 두고 외출했다면서 저에게 과실의 책임을 따지겠다며 협박하고 있어요."

"아시다시피."

부인의 말이 막 끝날 때 스트레이드웨이트가 방으로 돌아왔다.

"당신처럼 개인적인 친분이 있는 사람이 아니면 이런 건 보여주지 않았을 겁니다. 스테파니가 한 이야기만으로도 우린 굉장히 당황스러운 처지에 놓일 거예요. 다른 건 아예 설명 자체가 불가능하고요. 그러다 보니 나는 우리가 집을 비운 사이 도둑이 들어왔다는 이야기를 날조할 수밖에 없었습니다. 목걸이 상자는 뒤뜰의 철쭉나무 사이에 던져놓았습니다. 경찰이 찾을 수 있도록요."

"설상가상이로군요."

캐러도스가 말했다.

"정말 그렇지요. 스테파니와 저도 그렇게 생각합니다. 안 그래, 여보? 아무튼, 이게 첫 번째 쪽지입니다. 장갑도 여기 있고요. 당연히 저야 곧장 집으로 돌아왔지요. 이건 전부 스테파니의 아이디어였고 저는 아내의 지시를 받고 있었으니까요. 채 30분도 되지 않아 집 밖에 자동차가 멈추는 소리가 들리더니 초인종이 울리더군요. 제가 집에 혼자 있었다는 말씀은 드렸었지요. 문을 열러 나가자 밖에 웬 남자가 서 있었습니다. 그는 제 이름을 물었습니다. 제가 고개를 끄덕이자 편지를 한 통 건네주더군요. 저는 안으로 들어와 봉투를 찢고 편지를 읽었습니다. 그러고 나서 방으로 올라가 편지를 다시 읽었습니다. 그 편지가 이겁니다."

사랑하는 T. —— 정말이지 무서워요. 오늘 밤은 안 되겠어요. 나중에 설명할게요. 무슨 일이 있는지 알아요? 벨리처 씨가 여기 와 있어요. K. D.가 벨리처 씨에게 사보이 저녁 만찬에 함께 가자고 초대했어요. 제 생각엔 그 인간이 뭔가 눈치를 채고선 그에게서 뭔가 캐내려고 하려는 것 같아요. 전 지금은 못 나가요. 아, 진짜로 몸이 부들부들 떨리고 있어요. 그 사람이 뭔가를 알아낼 것 같지 않아요? 지금 당장 마컴스의 목걸이를 저한테 보내주세요. 그러면 저녁 식사 전에 어떻게든 바꿔 걸게요. 지금 이 편지는 어두운 곳에 숨어서 쓰고 있는 거예요. 월로비의 하인에게 편지를 배달하게 하겠어요. 절대, 절대 실수하지 말아요.
——S.

"정말 말도 안 되는, 터무니없는 일이에요."

스테파니가 끼어들었다.

"나는 이런 건 한 글자도 쓴 적이 없어요. 쪽지도 그렇고요. 저는 그냥 거기 저녁 내내 앉아 있었다고요. 그리고 테디 —— 아, 정말 미치겠네!"

"저는 편지를 방으로 가져와서 자세히 살펴보았습니다."

스트레이드웨이트가 침착하게 이야기를 계속했다.

"의심할 이유도 없었지만, 이유가 있었다고 해도 증거가 너무 뚜렷했습니다. 그런데 어떻게 의심을 하겠습니까? 이 편지는 앞의 쪽지에 이어지는 내용이잖아요. 필체도 그런 상황에서는 스테파니가 쓴 것이라고 여기기에 충분했고, 봉투도 극장의 박스오피스에서 얻을 수 있는 것인 데다가 편지도 프로그램 종이에 썼잖습니까. 여기 구석은 찢어져 있고요. 이 편지와 쪽지를 합쳐보았는데 완벽하게 들어맞았거든요."

스트레이드웨이트는 어깨를 으쓱하고는 신중한 걸음걸이로 창가에 다가가 밖을 내다보았다.

"목걸이는 작은 상자에 깔끔하게 포장해서 그 남자에게 건네주었습니다."

캐러도스는 그때까지 손가락으로 자세히 조사하고 있던 두 장의 종이를 내려놓았다. 그리고 장갑을 손에 쥔 채로 두 사람에게 말했다.

"먼저 가장 분명한 점은 이 계획을 누가 세운 것인지는 몰라도 당신들의 일을 막연한 정도 이상으로 잘 알고 있다는 점입니다. 일반적인 것뿐만 아니라 그러니까 부인 표현대로라면, 융자에 관해서도요."

"나도 그렇게 말했습니다. 당신도 들었지, 스테파니?"

스트레이드웨이트가 수긍했다.

"하지만 누가요? 이 세상에 그 일을 아는 사람은 아무도 없어요. 귀신도 몰라요."

스테파니가 힘없는 목소리로 말했다.

"언뜻 생각해보아도 적어도 한 사람은 있습니다. 하지만 단순히 이 정보를 알 가능성이 있는 사람들을 꼽아보지요. 먼저 보험회사의 직원이 뭔가를 의심했을 수 있습니다. 그리고 벨리처 씨가 있지요. 그 사람도 아마 조금은 알고 있을 겁니다. 그리고 진주 목걸이를 빌려준 서리 주에 사시는 귀부인과 이 일을 상의한 탠트로이 씨도 알고 있고요. 그리고 마지막으로 이 집의 하인들이 있습니다. 지금까지 꼽은 사람들은 모두 친구나 부하나 지켜보는 주변인이 있습니다. 벨리처 씨가 신임하는 직원이 이 집의 하녀와 연인 사이라고 가정하면 어떨까요?"

"그래도 그 사람들은 거의 아는 게 없을 텐데요."

"원의 호가 아주 작더라도 그 호를 가지고 전체 원의 크기를 계산할 수 있습니다. 부인의 하인들은 어떻습니까? 물론 누구를 비난하려는 것은 아닙니다만."

"요리사 멀린스가 있어요. 화요일 아침에 심한 독감 증세를 보여서, 저로서는 무척 불편했지만, 그 즉시 짐을 싸서 집으로 보냈어요. 전 독감이 무섭거든요. 그리고 프레이저라고 제 개인 하녀가 있어요. 그 아이가 내 머리를 만져주는데 —— 한동안 하녀를 구할 수가 없어서요."

"베타도 있지."

스트레이드웨이트가 끼어들었다.

"아, 그래요, 베타. 그 아이는 매일 일을 봐주러 오는 아이인데, 주로 부엌일을 도와요. 그런데 그 아이는 나쁜 짓 같은 건 할 수 있는 재주 자체가 없어요."

"하인들은 모두 화요일 저녁에 나가 있었습니까?"

"네. 멀린스는 집에 갔고, 베타는 그날 집에서 저녁을 차릴 필요가 없어 일찍 돌아갔어요. 그리고 프레이저에게는 제 옷단장이 끝나면 외출해도 좋다고 말했어요. 그래야 테디가 몰래 변장을 하고 집에서 나올 수 있으니까요."

캐러도스는 스트레이드웨이트에게로 시선을 돌렸다.

"그때 이후로 쪽지와 장갑은 당신이 보관했습니까?"

"네, 제 책상에 두었습니다."

"책상은 잠가두십니까?"

"네."

"그리고 이 장갑은, 스트레이드웨이트 부인? 이 장갑이 부인의 장갑인 게 확실합니까?"

"그런 것 같아요."

부인이 대답했다.

"그건 의심해본 적 없어요. 제가 극장을 나설 때 한 짝이 없어졌고 테디가 이걸 가지고 있었거든요."

"장갑을 잃어버린 건 그때가 처음이었습니까?"

"네."

"하지만 저녁때 조금 일찍 잃어버렸을 수도 있지 않았을까요? 어디 잘못 두었거나 아니면 잃어버렸거나, 혹은 도둑을 맞았거나?"

"박스석에서 장갑을 벗은 게 기억나요. 저는 무대에서 가장 먼 구석에 앉았어요. 첫 번째 줄이에요, 물론. 그리고 장갑은 난간 위에 두었고요."

"옆 박스석에 누가 있었다면 별 어려움 없이 원하는 순간에 몸을 뻗어 가져갈 수도 있었겠군요."

"그럴 수도 있겠죠. 하지만 옆 박스석에 누가 있는지는 못 봤어요."

"누군가 몸을 밖으로 내미는 걸 본 것도 같은데요."

스트레이드웨이트가 나섰다.

"고맙습니다."

캐러도스가 그를 향해 감사의 뜻을 표했다.

"그게 가장 중요한 겁니다. 당신이 누군가 몸을 내미는 것을 봤다고 생각하는 것 말입니다. 그럼 이제, 나머지 장갑 말인데요, 스트레이드웨이트 부인. 그 장갑은 어떻게 됐습니까?"

"짝 없는 장갑은 볼품없잖아요, 안 그래요?"

스테파니가 말했다.

"분명히 집에 오는 길에 한 짝을 끼고 왔어요. 그러고는 여기

와서 어딘가에 던져놓은 것 같아요. 아마 근처에 있을 거예요. 지금은 엄청나게 혼란스러운 상황이라 집 꼴이 엉망이네요."

두 번째 장갑은 마루 구석에서 찾았다. 캐러도스는 그것을 받아들고 다른 장갑과 나란히 놓았다.

"향이 아주 연하고 개성 있는 향수를 쓰시는군요, 스트레이드웨이트 부인."

"네. 향기가 달콤하죠? 러시아제라서 이름은 모르겠어요. 대사관에 있는 친구가 페테르스부르크에서 보내준 거예요."

"하지만 화요일에는 조금 강한 향수로 바꾸셨군요."

그가 장갑을 한 짝씩 얼굴 가까이에 섬세하게 가져다 대며 말을 이었다.

"아, 유칼립투스예요. 손수건에 쏟는 바람에."

"이와 같은 모양의 다른 장갑도 갖고 계십니까?"

"비슷한 거요? 잠깐 생각 좀 해볼게요! 나한테 장갑 돌려줬었나요, 테디?"

"아니."

스트레이드웨이트가 방의 저쪽에서 대답했다. 창가에 서 있는 그는 이미 대화에서 한 발 물러나 있었다.

"휘스터블이 준 게 있지 않았던가?"

그가 짧게 덧붙였다.

"아, 맞다. 그럼 세 켤레가 있네요, 캐러도스 씨. 더는 유칼립투스 오일 때문에 장갑을 버리면 안 되겠어요."

"스테파니, 당신 너무 무리하는 거 아냐? 피곤할 것 같은데."

스트레이드웨이트가 경고했다.

그 말에 캐러도스는 자리에서 일어섰다. 그러더니 예의 바른 태도로 스트레이드웨이트 부인을 향했다.

"최근에 힘든 시간을 보내고 계신 건 잘 알고 있습니다, 스트레이드웨이트 부인. 부인을 법정 증인석에 오르지 않게 해드리고 싶습니다만——."

"혹시 내일은 시간이 어떠신지 ——."

스트레이드웨이트가 방을 다시 가로지르며 말했다.

"안 됩니다. 제가 여행을 가거든요."

캐러도스가 단호하게 대답했다.

"부인께서는 장갑을 세 켤레 가지고 계신다는 말씀이시지요. 이게 그중 하나이고요. 나머지 두 켤레는——?"

"한 켤레는 한 번도 끼어본 적 없고요. 다른 건——아, 맙소사. 그러고 보니 화요일 이후로는 집 밖으로 한 발짝도 나가질 않았군요! 아마 제 장갑 보관함에 있을 거예요."

"좀 보여주십시오."

스트레이드웨이트가 무슨 말을 하려는지 입을 열었다가, 부인이 장갑을 가지러 자리에서 일어나자 그는 아무 말 없이 홱 고개를 돌렸다.

"여기 있어요."

부인이 장갑을 내밀며 말했다.

"캐러도스 씨, 잠시 저와 제 방에서 대화를 마무리하시지요."

스트레이드웨이트가 조용히 말을 건넸다.

"스테파니, 당신은 한 30분 정도만 가서 누워 있어. 내일 또 신경쇠약으로 쓰러지고 싶지 않으면."

"부군의 충고를 들으십시오. 그리고 이 문제는 잠시 잊으세요, 스트레이드웨이트 부인."

캐러도스도 한마디 거들었다. 그는 그때까지 두 번째 장갑을 살펴보던 중이었고, 검사를 마친 후 부인에게 돌려주었다.

"분명 아까 것과 같은 것이로군요."

그는 더 이상은 관심이 없는 것 같았다.

"그리고 단서도 고갈되었고요."

"양해해주시길 바랍니다."

스트레이드웨이트가 사과하며 캐러도스를 흡연실로 안내했다. 부인과 헤어져 다른 방으로 자리를 옮기자 스트레이드웨이트의 태도는 조금 부드러워졌다.

"스테파니는 신경이 예민하고 성미가 급합니다. 건망증도 심하고요. 지금 잠을 자지 않으면 내일 아주 힘들어할 겁니다. 그건 저도 마찬가지고요!"

캐러도스는 그가 웃는 의미를 알 수 있었다.

"오히려 저의 사과를 받아주시기 바랍니다. 게다가 여기에서는 제가 더 할 일이 없군요."

캐러도스가 말했다.

"이게 다 무슨 일인지 모르겠습니다."

스트레이드웨이트가 정중한 자세로 맞장구쳤다.

"담배 피우시겠습니까?"

"고맙습니다. 혹시 저 아래 제 차가 보이시나요?"

두 사람은 담배를 주고받으며 창가에 서서 불을 붙였다.

"그건 그렇고, 중요한 의미를 갖는 한 가지 문제가 있습니다."

캐러도스가 탁자로 돌아와 메시지가 적힌 프로그램 종이를 집어 들었다.

"당신도 이 종이가 프로그램의 일부인 것을 아셨을 겁니다. 프로그램 종이는 이런 목적에 딱히 적합하진 않지요. 표지 바로 다음 장인 흰 속지가 뭘 쓰기에는 훨씬 더 편했을 겁니다. 하지만 거기에는 날짜가 적혀 있으니까요. 제 추론을 이해하시겠습니까? 따라서 지금 이 프로그램은 이전에 미리 구한 것으로——."

"어쩌면 그럴 수도 있겠지요. 그래서 하시려는 말씀은——?"

캐러도스는 갑자기 말을 멈추고 귀를 기울였다.

"누군가 계단으로 올라오는 소리가 들리십니까?"

"저건 집안사람들이 주로 사용하는 계단입니다."

"스트레이드웨이트 씨. 이 일이 어디까지 번졌을지 모르겠습니다. 방해를 받지 않고 대화할 시간이 얼마 없을 것 같군요."

"무슨 말씀인지요?"

"지금 계단을 오르는 사람은 경찰이거나 아니면 적어도 제복을 입었을 거라는 겁니다. 만일 그가 이 방문 앞에서 멈추면——."

묵직한 발소리가 멈췄다. 그러더니 권위적인 노크 소리가 들렸다.

"잠깐만요."

캐러도스가 그의 손을 스트레이드웨이트의 떨리는 팔 위에 우아하게 올려놓으며 중얼거렸다.

"목소리를 알 것도 같습니다."

곧이어 하녀가 복도를 걸어오는 소리가 들리더니 문이 열리고, 걸걸한 목소리가 방 안을 가득 채웠다.

"스코틀랜드 야드의 비델 경감님께서 오셨습니다."

하녀는 다시 응접실로 물러났다.

"당신에게는 사실을 숨기려 해봤자 소용없겠지요, 스트레이드웨이트 씨. 당신은 더는 자유의 몸이 아닙니다. 하지만 나에게 약간의 재량이 있어요. 뭔가 하고 싶은 일이 있습니까?"

캐러도스가 말했다.

스트레이드웨이트는 이 평범한 말이 담고 있는 의미를 생각할 여유가 없었다. 그는 난처한 선택을 해야만 했다. 하지만 침착한 그의 목소리는 거의 떨리지 않았다.

"고맙습니다."

그는 한 발 앞으로 걸음을 떼며 주머니에서 상자를 꺼내 내밀었다.

"이걸 아무 우체통에나 넣어주시면 감사하겠습니다."

"마컴스 씨의 목걸이인가요?"

"그래요. 당신이 여기 왔을 때 이걸 우체통에 넣으려고 나가려던 참이었습니다."

"그러셨을 거라 믿습니다."

"혹시 나중에 5분만 시간을 내주실 수 있다면——내가 여기에서
——."

캐러도스는 그의 담뱃갑을 책상 위의 서류들 사이에 몰래 끼워 넣었다.

"제가 요청해보겠습니다. 저녁 8시 30분에 봅시다."

"보시다시피 저는 아직도 체포되지 않았습니다, 캐러도스 씨. 경감이 아까 보여주었던 그 신중하고 계획적인 움직임을 생각해보면, 당신에겐 별로 놀랍지 않은 소식이겠지만요."

"전 절대로 놀라지 않는 걸 습관으로 삼고 있습니다."

캐러도스가 말했다.

"그래도, 당신에게는 다른 인상을 남기고 싶습니다. 아마 나를 나쁜 짓을 하다가 들켜버린 악당이라든가, 후회하는 멍청이 정도로 생각하겠지요?"

"제가 지키는 또 다른 규칙은, 불확실한 사실로부디 추론을 형성하지 말자는 것입니다."

스트레이드웨이트는 약간 초조한 듯 몸을 움직였다.

"저에게 딱 10분만 허락해주셨지요. 당신 앞에서 제 이야기를 해야 한다면, 대충 둘러대선 안 되겠지요 ──. 오늘 당신은 우리 부부가 사는 모습을 속속들이 들여다볼 흔치 않은 기회를 가졌습니다. 아마도 우리의 모습을 이렇게 파악하셨겠지요. 빚은 점점 쌓이고, 그것을 주위 사람들에게 손쉽게 빌린 돈으로 막고, 그럼에도 스테파니의 사교적인 야망은 꺾일 줄 모르고, 주변 상황 같은 건 전혀 고려하지 않는 아내의 낭비벽과 무능력을 제가 암묵적으로 용인하고 있다고 말입니다. 캐러도스 씨도 그녀의 무책임하고 신경질적인 기질을 정확히 파악했을 거라고 생각합니다. 그리고 그런 아내의 성향이 저의 성향과 충돌한다는 것도요. 그러나 아마 이건 놓치셨을 겁니다. 사람들 앞에서는 곧잘 숨기는 사실인데, 그건 제가 아직도 아내를 사랑한다는 겁니다. 제 감정이 건전하다는 것을 스스로 믿지 못한다면, 달아나는 말을 붙잡으려 하면 안 됩니다. 지난 3년간 저는 스테파니를 최대한 부드럽게 설득해서 낭비를 끊게 하려고 무척 애를 썼습니다. 그러나 그녀는 나와 의견이 달라지면 강하게 목소리를 높이곤 했습니다."

"그렇다면 이제 더 이상 부인을 사랑하지 않는다는 말씀인가요?"

"어쩌면 그럴지도 모르지요. 하지만 아내에게는 좀 더 강하게 표현을 했습니다. 그녀는 건물 지붕으로 올라가더군요. 건물은 6층짜리입니다. 우리는 2층에 살고요. 아내는 난간으로 기어 올라가 그 아래로 몸을 던지겠다고 선언했습니다. 그래서 제가 뒤를 쫓아가 아내를 다시 끌고 내려왔지요. 하지만 언젠가는, 뒤따라가지 않고 그녀가 하고 싶은 대로 하게 둘 겁니다."

"그러시지 않기를 바랍니다."

캐러도스가 근엄하게 말했다.

"아, 괜찮습니다. 아내는 아마 그냥 다시 내려올 거예요. 그러나 아무튼 그 일로 인해 우리 관계는 새로운 국면으로 접어들었습니다. 그녀가 세운 이번 계획을 말없이 승인해준 건 바로 그 협박 때문이었습니다. 그뿐만 아니라 제가 허락하지 않으면 아내는 저 없이 혼자 하겠다고 했어요. 하지만 저는 아내를 감옥으로 보내고 싶은 마음은 추호도 없었습니다. 우리 둘 다는 말할 것도 없고요. 그리고 다른 무엇보다도, 저는 아내가 스스로를 영리하다고 생각하는 그 어리석은 환상을 깨주고 싶었던 겁니다. 그러면 바보짓을 좀 덜 하지 않을까 하는 바람에서요. 아내의 뜻을 꺾을 적절한 때를 고르기 위해 몇 차례 계획을 연기했지요. 저는 아내에게 협조하는 척하면서 동시에 우리가 정말로 영리한 사기꾼에게 당한 것처럼 보이는 아이디어를 생각해냈습니다. 정말로 목걸이를 도난당했다고 하면 효과가 좋을 것 같았지요. 보험회사에서 그 이야기를 들으면 분명히 아내가 감히 두 번이나 도둑질을 하리라고는 생각지 않을 테니까요. 다 어리석은 이야기지요, 캐러도스 씨."

그가 이야기를 마무리 지었다.

"앞으로는 진짜로 담뱃갑을 잊어버리고 다니시면 안 됩니다."

스트레이드웨이트의 장황한 이야기에 캐러도스는 아버지 같은 태도로 고개를 저었지만, 곧 자애로운 미소를 지었다.

"그래요, 알겠습니다. 이젠 당신이 어떤 사람인지 알 것 같습니다, 스트레이드웨이트 씨. 아, 한 가지 문제가 남았군요. 그 장갑은?"

"그건 나중에 떠오른 생각이었습니다. 제가 처음에 세운 계획에서는 첫 번째 쪽지를 안내원을 시켜 저에게 가져오도록 하려고 했지요. 그런데 극장으로 가는 길에, 그 전날 스테파니가 저에게 맡겨두었던 장갑 한 켤레가 외투 주머니에 들어 있는 것을 발견했습니다. 그래서 갑자기 생각이 떠오른 것입니다. 아내가 쪽지를 장갑에 넣어서 던진 것 같았다고 말하면 제 이야기가 더 그럴싸해질 것 같았지요. 아내의 말대로 옆 박스석은 비어 있었습니다. 저는 장갑을 아내에게 건넬 때 한 짝만 줬고요. 장갑 안에는 당연히 아무것도 없었습니다. 하지만 당신이 그 문제에 관심을 갖게 되자 무척 신경이 쓰이더군요."

캐러도스는 크게 웃었다. 그러더니 그는 일어서서 손을 내밀었다.

"안녕히 가십시오, 스트레이드웨이트 씨."

그는 친구를 대하듯 친밀하게 인사했다.

"퀘이커(Quaker) 교도의 격언을 말씀드리면, 다시는 음모 같은 건 시도하지 마십시오. 그러나 혹시 또 이런 기회가 생기신다면, 한 짝은 은은한 향이 나고 다른 한 짝은 유칼립투스 향이 진하게 나는 장갑 한 켤레로 일을 꾸미진 마십시오!"

"아――!"

스트레이드웨이트가 말했다.

"바로 그렇습니다. 그리고 그 어떤 위험을 감수하더라도, 그와 똑같은 특징을 지닌 장갑 한 켤레는 꼭 숨기십시오. 제 이야기가 무슨 의미일지는 천천히 생각해보십시오. 그럼 안녕히 가십시오."

그로부터 12분 후 칼라일은 전화를 받았다.

"채링크로스 역에 와 있네. 지금 시간은 8시 55분이고."

익히 잘 아는 목소리였다.

"내일 첫 번째 우편물이 배달될 시간에 자네가 마컴스 씨에게 가 있을 구실이 필요할 텐데 말이지."

그 후 몇 마디 말이 전해졌고 다정한 작별 인사가 뒤따랐다.

"잠깐만, 맥스, 이 친구야. 잠깐만 있어 봐. 지금 자네 말은 그 사건 내용을 도버 항에 가서 알려주겠다는 건가?"

"아니, 루이스."

캐러도스는 모호한 태도로 대답했다.

"나는 다른 '어떤' 사건의 내용을 도버 항에 가서 알려주겠다는 거야."

맹인탐정
맥스 캐러도스

V

배우 해리의 마지막 업적
The Last Exploit of Harry the Actor

루이스 칼라일과 맥스 캐러도스가 그 사건에 함께 뛰어들게 된 계기는 단순했다. 캐러도스가 친구의 사무실을 방문했을 때 칼라일은 피커딜리 루카스 스트리트에 있는 대여금고 회사에 가기 위해 사무실을 막 나서려는 순간이었고, 두 사람은 자연스럽게 동행하게 되었다. 그리고 칼라일이 자신의 개인 금고가 있는 작은 보관실에서 볼일을 보는 10분 동안 캐러도스는 중앙 원형 홀 한가운데에 조용히 앉아 즐거운 마음으로 친구를 기다리고 있었다.

　당시(이후 그곳은 영화관으로 바뀌었다) 루카스 스트리트의 사설 대여금고 회사는 대중들에겐 런던에서 가장 견고하고 안전한 장소로 알려져 있었다. 건물 입구부터 거대한 금고문을 연상시키는 문이 위풍당당하게 가로막고 선 그곳은 '안전금고'라는 이름에 어울리는 난공불락의 안전한 요새였다. 런던 서부 지역에서 유통되는 유가증권의 절반이 적어도 한 번쯤은 이곳을 거쳤으며, 명문가의 보석들도 상당량 보관되어 있다고 알려져 있었다. 이러한 소문이 다소 과장이라 해도 근거는 상당히 믿을 만했으며, 상상력을 자극하기에는 충분했다. 첨단 기술로 무장한 전문 금고털이범이 평범한 대여금고에 침입해 금고를 통째로 들고 나갔다거나 금고문을 녹여 땄다는 소식이 들려오면, 신경과민에 걸린 채권 주인은 '난공불락'이라는 기관의 전신약호[18]에 담긴 회사의 겸손하면서도 믿음직한 주장을 떠올리며 안심하곤 했다. 그 밖에도 그 회사는 여러 사교 모임을 오가는 귀부인들에게는 보석함이 되어 주었으며, 런던 은행이 영업하지 않는 시간에 가족 여행을 떠나는 고객에게는 회사 절차에 따라 장식장을 통째로 들여놓을 만한 널찍한 저장 공간을 제공하기도 했다. 상인들뿐만 아니라 보석상, 금융업자, 화상, 골동품상, 값나가는 보석을 다루는 중개상들도 당장 손님에게 팔지 않아도 되는 물건들을 보관하기 위한 용도로 금고를 꾸준히 이용했다.

대여금고의 입구는 딱 한 곳뿐이었으며, 으리으리한 열쇠 구멍이 달린 정문은 금고문 같은 모양이었다. 1층에는 평범한 사무실이 있었고, 귀중품 보관실과 금고들은 모두 강철로 중무장한 지하실에 자리 잡고 있었다. 지하실은 엘리베이터와 소방 계단을 통해 내려갈 수 있었고, 어느 경로를 선택하든 방문자는 거대한 창살과 마주하게 된다. 창살 뒤에는 절대로 자리를 비우지 않는 덩치 큰 수위가 지키고 서 있는데, 그의 유일한 업무는 드나드는 고객을 위해 창살문을 여닫는 것이었다. 창살문을 통과하면 짧은 복도를 지나 중앙의 원형 홀이 나오고, 여기에서 캐러도스는 칼라일을 기다리고 있었다. 이곳에서부터 여러 개의 복도가 방사형으로 뻗어 나가며 금고와 보관실로 이어졌고, 각각의 복도는 첫 번째 것과 크게 다르지 않은 육중한 창살로 막혀 있었다. 고객들에게 할당된 다양한 면적의 개인 방이 방사형 복도 사이사이에 위치하고, 그 가운데 매니저의 사무실도 있었다. 중앙 홀은 매우 조용했고 환한 빛이 가득 넘쳤다. 이곳을 뚫고 들어올 방법은 전혀 없어 보였다.

---

18) 전보를 발신할 때에 특수한 취급을 지정하기 위하여 전보용지에 쓰는 약호.

"하지만 과연 그럴까?"

여기까지 생각이 미치자 캐러도스는 문득 미심쩍어졌다.

"오래 기다리게 해서 미안하네, 맥스."

사무적인 칼라일의 목소리가 캐러도스의 생각을 방해했다. 그는 보관 상자를 들고 보관실에서 나와 홀을 가로지르고 있었다.

"잠깐만 더 기다려주게나."

캐러도스는 미소를 지으며 고개를 끄덕였고, 곧 조금 전까지 짓고 있던 친구를 기다리는 참을성 많고 무심한 신사의 표정으로 돌아왔다. 호기심을 거의 드러내지 않고 면밀하게 주위를 관찰하려면 상당한 노력이 필요하지만, 캐러도스는 졸고 있는 듯 보이면서도 청각이나 후각 같은 다른 감각들을 예민하게 그리고 빈틈없이 가동하고 있었다.

"이제 끝났어."

칼라일이 힘찬 걸음으로 친구가 기다리는 곳으로 다가오며 회색 스웨이드 장갑을 꺼냈다.

"특별히 급한 일은 없나?"

"전혀 없는데. 왜, 뭘 하려고?"

칼라일이 조금 놀라며 말했다.

"무척 쾌적한 곳이라서."

캐러도스가 평온하게 대답했다.

"아주 시원하고 편안해. 저 위 뜨거운 7월 오후의 먼지와 정신없이 바쁘게 오가는 사람들을 이 쇠창살이 막아주니 말이야. 여기에서 몇 분 정도 더 있었으면 좋겠는데."

"그럼 그러지."

칼라일은 캐러도스의 옆에 앉아 친구를 바라보았다. 마치 친구의 말에 무언가 숨은 의미가 있는 게 아닐까 하고 의심하는 것 같았다.

"여기 고객들 중에는 흥미로운 사람들이 꽤 많아. 여기 앉아있다 보면 성당의 주교님이나 경마에서 우승한 기수나 코미디 뮤지컬의 여배우를 만날지도 모르지. 아쉽게도 지금은 다소 한가한 시간인 것 같지만."

"자네가 방에 들어가 있는 동안 남자 둘이 내려왔었네."

캐러도스가 아무렇지도 않게 말했다.

"첫 번째 남자는 엘리베이터를 타고 왔어. 나이는 중년쯤 되었겠고, 약간 뚱뚱할 것 같아. 지팡이를 들고 있었고 실크 모자를 썼으며 가까운 곳을 볼 때는 안경을 쓰더군. 다른 남자는 계단으로 내려왔지. 1층에 도착했을 때 엘리베이터가 막 떠난 모양이야. 계단을 달려 내려왔는지 둘이 동시에 들어왔어. 그런데 두 번째 남자가 처음 들어온 남자보다 몸놀림이 더 가벼운데도 잠시 복도에 서서 기다리더군. 그래서 뚱뚱한 남자가 먼저 자기 금고로 들어갔네."

칼라일의 표정은 '또 시작인가, 아무튼 계속해보시지'라고 말하는 듯했다. 그러나 그는 단순히 추임새만 보탰을 뿐이었다.

"그래서?"

"자네가 막 방에서 나왔을 때 두 번째 남자가 보관실 문을 살며시 열고 밖을 내다봤어. 그러고는 다시 조용히 문을 닫았지. 자네는 그가 찾는 사람이 아니었던 거야, 루이스."

"그거 고마운 일이군."

칼라일이 의미심장하게 말했다.

"그래서 그다음엔?"

"그게 다야. 그 둘은 아직도 보관실 안에 있어."

잠시 침묵이 흘렀다. 칼라일은 당혹스러웠다. 지금까지의 이야기는 그가 보기엔 아주 사소해 보였다. 그러나 아무리 사소한 것이라도 캐러도스가 중요하게 여겼던 일은 사건 전체에서 이정표처럼 우뚝 솟아 있는 단서였음을 여러 사건을 통해 너무나도 잘 알고 있었다. 어떤 의미에서는 앞을 보지 못하는 장애가 오히려 캐러도스를 게임에서 한 수 앞으로 나갈 수 있게 해주는 것 같았다.

"정말 뭐가 있는 건가, 맥스?"

한참 후에 칼라일이 물었다.

"난들 알겠나? 아무튼 그 두 사람이 갈 때까지 기다려볼 수는 있겠지. 그런데 그 양철 보관 상자 말이야. 그게 금고마다 하나씩 있는 건가?"

"응, 그런 것 같아. 상자를 개인 보관실로 가지고 가서 거기에서 상자를 열고 볼일을 보는 게 이곳의 절차지. 그 후엔 다시 잠가서 각자 금고에 가져다 놓는 거고."

"쉿! 첫 번째 남자야."

캐러도스가 다급히 속삭였다.

"자, 같이 이거나 보자고."

그는 주머니에서 무슨 사업설명서 같은 종이를 꺼내 펼쳤고, 두 사람은 함께 읽는 척했다.

"자네 생각이 맞았어, 친구."

흥미를 느낀 칼라일이 설명서의 한 부분을 손으로 짚으며 중얼거렸다.

"모자, 지팡이, 안경 차림에, 말끔히 면도를 했고, 안색이 좋은 노인이야. 내 생각엔——그래, 저 남자는 어디선가 본 적이 있어. 대규모 마권업자라고 들은 것 같아."

"두 번째 남자도 나오는군."

캐러도스가 속삭였다.

마권업자가 중앙 홀로 걸어왔고, 그러는 동안 매니저는 자신의 의무에 따라 마권업자의 금고를 잠그고는 복도로 사라졌다. 두 번째 남자는 느긋하게 서성거리며 자기 차례를 기다렸다. 칼라일은 그의 움직임과 외모를 낮은 목소리로 설명했다. 그는 첫 번째 남자보다 젊었고, 중키에 정장을 차분하게 잘 차려입었다. 거기에 초록색 알파인 모자를 쓰고 갈색 구두를 신었다. 황갈색 곱슬머리와 조금 덥수룩한 구레나룻과 주근깨가 난 모랫빛 피부를 설명할 즈음, 첫 번째 남자가 용무를 마치고 그곳을 떠났다.

"아무튼, 맞교환은 아니로군."

칼라일이 말했다.

"두 번째 사람의 보관 상자가 처음 남자 것의 반밖에 안 돼. 둘을 맞바꾸는 건 불가능하겠어."

"그만 가지. 여기에선 더 알아낼 게 없으니."

캐러도스가 일어서며 말했다.

두 사람은 엘리베이터를 타고 지상으로 올라와, 정문의 거대한 열쇠 구멍 앞에 잠시 서서 이제 곧 헤어지려는 신탁관리자 또는 변호사와 고객인 것처럼 투자 전략에 관해 가벼운 대화를 나눴다. 그로부터 50미터쯤 떨어진 곳에서는 마권업자가 쓴 커다란 실크 모자의 휘어진 모자챙이 피커딜리를 향해 흘러가고 있었다.

두 사람이 선 뒤편으로 엘리베이터가 다시 올라와 문이 열리고,

두 번째 남자가 느긋한 걸음걸이로 걸어 나오더니 뒤도 돌아보지 않고 밖으로 나갔다.

"처음 남자와는 반대 방향으로 가는군."

칼라일이 다소 멍하게 말했다.

"비실거리는 염소처럼 '날 따라오세요' 하는 걸음걸이가 아니야. 태연하지만 빠르게 걷는 속보도 아니고."

"그 사람 눈은 무슨 색깔이었나?"

"맙소사, 못 봤어!"

"파킨슨이었다면 봤을 텐데."

칼라일에게는 가혹한 말이었다.

"나는 파킨슨이 아니야."

칼라일이 거칠게 쏘아붙였다.

"그리고 친구라서 하는 말이니 기분 나쁘게 듣지는 말게. 물론 내가 자네의 특출한 재능에 대해 무한한 경외심을 품고 있긴 하지만, 지금까지의 모든 일들은 그냥 별 볼 일 없는 하찮은 일이 열정적인 범죄학자의 놀라운 상상력 안에서 쓸데없이 자리를 잡은 게 아닐까 하는 강한 의심이 들어."

칼라일의 폭발하려는 분노를 캐러도스는 상냥한 태도로 받아들였다.

"자, 가서 커피나 한잔 하세. 메흐메드의 커피집이 여기에서 한 블록밖에 떨어져 있지 않으니까."

메흐메드는 모카(Mocha)[19] 출신의 코스모폴리탄이었다. 그의 커피숍은 밖에서 보면 여느 가정집과 다를 바 없지만, 안으로 들어서면

---

19) 예멘의 옛 지명.

동양식 긴 의자가 늘어서 있어 이국적인 분위기를 자아냈다. 터번을 두른 아랍인이 담배와 사프란을 뿌린 커피 잔을 내오고는 동양식으로 허리를 숙여 인사하고 물러났다.

"이봐, 친구."

칼라일이 블랙커피를 홀짝이며 이야기를 계속했다. 그는 지금 마시는 이 커피가 아주 맛이 좋은 건지 아니면 아주 맛이 나쁜 건지 궁금했다.

"이건 진지하게 말하는 건데, 우리 갈색 머리 친구가 다른 친구의 떠나는 뒷모습을 지켜보고 있었다는 둥 하는 그런 미심쩍은 사건을 설명할 방법이 아마 한 열두 가지 정도는 있을 것 같아. 그것도 다 무해한 내용으로."

"아주 무해한 이유겠지. 그래서 내일 내가 직접 금고를 개설하려고 해."

"그럼 자네도 거기가 문제없다고 생각하는 건가?"

"그 반대로, 나는 뭔가가 아주 잘못된 것 같다고 확신하고 있어."

"그럼 왜——?"

"금고에는 아무것도 보관하지 않을 거야. 하지만 금고를 대여하면 거기 들어갈 자격이 생기지. 자네에게 충고하겠는데, 루이스. 최대한 빨리 자네 금고를 비우게. 그리고 자네 명함을 그곳 매니저에게 남겨두라고. 이게 내 두 번째 충고야."

칼라일은 커피 잔을 옆으로 밀쳤다. 이제는 커피 맛이 정말로 고약하다는 확신이 들었다.

"하지만 맥스. 그곳은, 그 '안전금고'는, 난공불락이라고!"

"내가 3년 전 미국에 있을 때 묵었던 어느 호텔의 수석 포터는 나에게 호텔 건물이 불연재로 지어졌으며 화재에 절대적으로 안전하다고 열심히 자랑했었어. 나는 그 즉시 짐을 싸 다른 호텔로 옮겼지. 2주 후 그 호텔은 불이 나서 전소했네. 그 호텔은 불연재로 지은 게 맞아. 그러나 당연한 얘기지만 가구와 각종 설비들은 그렇지가 않았어. 그래서 열을 못 견디고 벽이 무너졌던 거야."

"참 절묘하군."

칼라일이 고개를 끄덕였다.

"하지만 그 호텔에서 나온 진짜 이유가 뭐였나? 초인적인 육감이 어쩌고저쩌고하는 말로는 날 속이지 못한다는 건 알지?"

캐러도스는 지켜보던 종업원에게 기분 좋은 미소를 지어 커피 잔을 채워달라는 신호를 보냈다.

"아마도 그건, 그 호텔이 화재에 안전하다고 확신한 조심성 없는 사람들이 너무 많았기 때문일 거야."

"아하, 그렇군. 확신이 클수록 위험도 크다는 거지. 하지만 그건 과도한 자신감이 부주의로 이어질 때만 그런 거야. 자, 그럼 자네는 이 안전금고의 보안이 어떻게 이루어지고 있는지 알고 있나, 맥스?"

"밤에는 문단속을 한다고 들었어."

캐러도스가 단조로운 목소리로 짓궂게 말했다.

"그리고 열쇠는 현관 매트 아래 숨겨서 다음 날 아침 첫 번째 손님이 꺼내 문을 열고 말이지."

칼라일도 장난기 섞인 말투로 대꾸했다.

"자, 친구! 그럼 내 설명을 한번 들어보라고——."

"자네의 박력만큼은 인정해야겠어. 진심이야."

"그렇게 인정해주다니 일이 쉬워지는군. 일단 가능한 꼼수를 생각해볼까. 한 번 더 말하지만, 이곳의 보안 조치는 대단히 엄격해서 손님들조차도 성가시다고 불평할 정도야. 물론 나는 불만이 없어. 나는 그런 절차들이 내 재산을 보호하는 수단이라고 생각하고, 기꺼이 서명하고 암호를 불러준다네. 그러면 매니저는 서명을 기록 장부와 대조하고 금고의 첫 번째 자물쇠를 열지. 서명한 종이는 내가 보는 앞에서 도가니에 넣어 태우고, 암호는 내가 직접 고른 단어로 정해 장부에 기록하는데, 매니저 외에는 아무도 볼 수 없네. 그리고 내가 가진 열쇠가 유일한 열쇠이고."

"복제품이나 마스터키는 없나?"

"전혀 없어. 만일 열쇠를 분실하면 기술 좋은 열쇠공이 반나절 만에 직접 깎아서 새 열쇠를 만들지. 게다가 금고를 이용하는 고객이 그렇게 많지 않다는 것을 알아야 해. 그곳 직원들은 고객들의 얼굴을 거의 대부분 알고 있고, 낯선 사람이 나타나면 예의주시하지. 자, 맥스, 도대체 어느 악당이 내 암호를 알고, 내 서명을 똑같이 위조하고, 내 열쇠를 지니고, 나와 똑 닮은 외모를 갖출 수 있겠나? 그리고 마지막으로, 그자가 어찌어찌 내 금고를 연다 한들, 과연 그 안에 그토록 정교한 방법을 쓴 데 대한 보상이 될 만큼 충분한 재물이 들어 있을지를 어떻게 미리 알 수 있겠어?"

칼라일은 의기양양하게 결론을 내렸고, 승리감에 도취되어 스스로 무슨 짓을 하는지 미처 깨닫지 못한 채 두 번째 커피 잔을 들이켰다.

"내가 아까 말했던 그 호텔 말이야."

캐러도스가 대답했다.

"거기에 어떤 종업원이 있었는데, 비상시 그 사람의 임무는 방화문 세 개를 닫는 것이었어. 그런데 불이 났던 그날 밤 그는 지독한 치통

178 맹인탐정
맥스 캐러도스

때문에 이를 뽑으려고 화재 발생 15분 전에 자리를 비웠지. 그리고 거기엔 최첨단 자동 화재경보장치가 설치되어 있었어. 화재 바로 전날이 정기 점검 날이었는데, 점검했던 전기기사가 불량 부품을 확인하고 제거한 후에 미처 새 부품으로 교체하지 못했던 거야. 이건 나중에 밝혀진 사실인데 그날 야간 경비원이 사정이 생겨 미리 허락을 받아 두어 시간 늦게 출근을 했고, 그 임무를 대신해야 할 호텔의 소방관은 그 내용을 전해 듣지 못했어. 마지막으로, 호텔에 화재가 발생한 때와 같은 시간에 강변에서 대형 화재가 나는 바람에 소방차들이 모두 도시 반대편에 모여 있었지."

칼라일은 답답한 듯 짧은 신음을 냈다. 캐러도스는 조금 앞으로 몸을 숙였다.

"이 모든 상황들이 우연히 모여 사건을 만든 것일세. 이보다 더 특별한 일련의 상황들을 계획적으로 일어나게 할 수 있을 거란 생각이 들지 않나?"

"우리의 황갈색 친구가 말인가?"

"아마도. 다만 그 사람 머리카락은 진짜 황갈색이 아니야. 수염도 가짜였고."

그때까지 편안히 앉아 있던 칼라일이 갑자기 뻣뻣이 굳었다.

"가짜 수염이라고!"

놀란 칼라일이 외쳤다.

"하지만 자네는 앞을 못 보잖아! 아니, 그러니까, 맥스. 그건 자네 능력의 한계를 벗어난 거 아닌가!"

"그 소중하면서도 실수투성이인 자네의 두 눈을 그렇게 무조건적으로 믿지만 않는다면, 자네도 능력의 한계에 더 가까이 다가갈 수 있을 거야. 그 남자에게서는 수염을 붙일 때 쓰는 고무풀 냄새가 났어. 아마 50미터 밖에서도 맡을 수 있었을 거야. 게다가 더운 날씨에 땀을 많이 흘리는 바람에 냄새가 아주 진동했지. 그 사실이 암시하는 건 필연적으로 한 가지뿐일세. 그래서 변장의 증거를 더 찾아봤고 결국 냄새로 모든 걸 찾아냈지. 자네가 설명해준 헤어스타일은 가발이 지닌 특성을 모두 갖추고 있었어. 접합 부위를 숨기기 위해 머리카락을 길게 늘어뜨리고 길이를 줄이기 위해 구불거리게 만드는 것처럼 말이야. 이런 건 다 사소한 것들이지. 그래도 우리는 아직 의심의 첫 단계를 넘어서지 못했어. 내가 사소한 걸 하나 더 말해줄까? 이 남자는 자기 보관 상자를 가지고 방에 들어가서도 그걸 아예 열어보지도 않았어. 그 안엔 그냥 벽돌과 신문 같은 것이 들어 있었을 거야. 그 남자는 그냥 관찰을 하고 있었던 거지."

"그 마권업자를 말인가?"

"그래. 하지만 그보다는 범위가 넓을 거야. 모든 것이 신중해서 정교한 계획이 진행되고 있음을 말해주고 있어. 그렇지만, 그래도 자네가 그곳의 안전에 만족한다면——."

"난 아주 만족해."

칼라일이 씩씩하게 대답했다.

"나는 그 금고를 거의 국가기관 수준이라고 생각하네. 모든 종류의 무력이나 교묘한 술수를 동원한다 해도 그곳의 보안 조치는 절대적으로 신뢰할 수 있어."

지금까지의 칼라일의 태도는 바위처럼 단단했다. 그런 그가 하릴없이 시계를 들여다보다가, 잠시 혼잣말을 중얼거리고는, 다시 시계를 보더니, 입을 열었다.

"아, 아까 내가 미처 보지 못한 서류가 한두 건 정도 있었던 것 같군. 지금 잠깐 가서 처리하면 내일 여기에 또 오는 수고를 덜 수 있겠지——."

"물론이지. 기다려주겠네."

캐러도스도 심각하게 고개를 끄덕였다.

그로부터 20분 동안 캐러도스는 그곳에 앉아 가끔 작은 잔에 담긴 아랍식 커피를 음미하며 메흐메드가 페르시아만 해안으로부터 옮겨온 진기한 분위기를 만끽했다.

20분 후 칼라일이 돌아왔다. 그는 기다리게 해서 미안하다고 정중하면서도 과장된 태도로 사과했다. 사과만 아니라면 평소와 다를 바 없는 단호한 모습이었다. 그러나 앞을 볼 수 있는 사람이라면 그가 금고의 보관 상자와 같은 크기의 상자를 가지고 왔다는 사실을 알 수 있었을 것이다.

다음 날 캐러도스는 안전금고를 방문해 금고를 대여하고 싶다고 했다. 매니저는 금고와 보관실을 구경시켜주고, 어떠한 조작이나 강제력으로도 뚫을 수 없는 각종 보안장치에 관해 설명했다. 벽면은 급랭 강철로 제작해 견고했고 그 위에 전기가 통하지 않도록 콘크리트를 덮었다. 전체 내부 구조는 금속 기둥 위에 세워 허공에 떠 있었고 경비가 상하좌우를 돌며 순찰할 수 있는 형태였다. 이 내부 구조를 에워싸는 외벽은 금고문 모양의 정문에서 암시하는 바와 같이 그 자체로 거대한 금고였다. 거기에 경보가 울리면 3분 안에 지하실 내부를 수증기로 채울 수 있는 설비까지 갖추고 있었다. 이러한 시설들은 대중에게 모두 공개되어 있었다. 금고는 일종의 쇼케이스였고, 책임자들은 이런 최첨단 시설을 공개한다고 해도 전혀 위험할 것이 없다고 생각했다.

파킨슨의 눈과 동행하며, 캐러도스는 모험을 즐기듯 내부 시설을 관찰했지만 크게 기대하는 모습은 아니었다. 황갈색 머리의 남자 문제를 골똘히 생각하며, 그는 스스로에게 끝없이 질문을 던지고 있었다. 내가 이곳을 턴다면 어떻게 할까? 완력을 이용한 수단은 이미 실행 불가능한 것임을 알기에 고려하지 않았다. 속임수를 쓴다면, 칼라일이 설명해준 단순하지만 효과적인 보안 절차들 가운데 어디엔가 허점이 있을 것이고, 바로 그 점을 노려야 했다.

"저는 맹인이니 직접 장부에 암호를 기록해도 괜찮을 것 같습니다만."

매니저가 종이를 내밀자 캐러도스가 말했다. 다른 고객의 암호를 훔쳐보는 것을 방지하려는 조치가 그에게는 필요 없음을 은근히 암시한 것이었다.

그러나 매니저는 함정에 빠지지 않았다.

"저희의 규칙은 모든 경우에 대해 동일하게 적용됩니다, 캐러도스 씨."

그는 정중하게 대답했다.

"어떤 단어를 암호로 사용하시겠습니까?"

파킨슨은 이미 중앙 홀로 나가 있었다.

"만일 제가 암호를 잊어버린다고 하면 어떻습니까? 이후 절차가 어떻게 되지요?"

"그런 경우 캐러도스 씨의 신원을 확인해야 하는 수고로움을 끼쳐드리게 되겠지요. 그런 경우는 매우 드뭅니다만."

매니저가 설명했다.

"그렇다면 암호는 '음모'로 정합시다."

단어가 기록됐고 장부는 닫혔다.

"여기 열쇠가 있습니다. 열쇠고리를 주시면 제가 끼워드리겠습니다——."

한 주가 지났지만 캐러도스는 여전히 스스로에게 던진 문제의 답에 전혀 접근하지 못하고 있었다. 금고에 접근할 수 있는 방법을 단순한 것부터 극단적인 것까지 여러 가지로 발전시켜 보았지만 언제나 벽에 가로막혔다. 좀 더 복잡한 어떤 방법들은 전반적으로 안전했으나, 기발하고 복잡한 절차에는 항상 치명적인 약점이 있었다. 매니저를 공범으로 섭외한다는 조건을 포함시켜도 캐러도스를 완벽하게 만족시키는 방법이란 존재하지 않았고, 경비와 보안 모두 어느 정도 허술해야 한다는 단서가 붙었다. 캐러도스는 그 주에 금고를 몇 번 더 방문했고, 자신에게 허용된 범위 안에서 조용하고 끈질기게 '관찰했다'. 그러나 금고의 보안 절차는 어느 하나 느슨한 곳이 없었으며, 그가 방문한 동안에 '황갈색 머리의 남자'는 그때 모습으로도, 다른 변장을 한 모습으로도 나타나지 않았다. 다시 또 한 주가 지났다. 칼라일은 점점 짓궂게 놀려댔고, 캐러도스는 굳은 신념을 전혀 굽히지 않았지만 현실에 굴복해야만 하는 처지에 놓이게 되었다. 금고의 까다로운 보안 절차에 집착하는 양심적인 매니저는 여러 허점의 가능성에 관해 토론하는 것 자체를 완곡하면서도 완고하게 거절했다. 캐러도스로서는 더 이상 할 수 있는 것이 없었다. 그는 조사에서 손을 떼고 때를 기다리기로 했다.

어느 금요일 아침, 그가 '금고'를 처음으로 방문한 지 정확히 17일이 지났을 때 그 일이 일어났다. 목요일 밤늦게 집에 돌아온 캐러도스는 드레이콧이라는 남자가 그를 만나기 위해 집으로 찾아왔었다는 말을 전해 들었다. 대단히 중요한 용무였는지 그는 3시간 후에 다시 캐러도스를 찾아왔고, 다시 한 번 실망한 손님은 쪽지를 남겼다. 캐러도스는 봉투를 열고 손가락으로 더듬어 글씨를 읽었다.

캐러도스 씨. 오늘 저는 루이스 칼라일 씨를 찾아가 자문을 구했습니다. 그분 말이 당신을 찾아가는 게 좋겠다고 하더군요. 내일 아침 9시에 다시 방문하겠습니다. 그 시간이 너무 이르거나 불편하시면 편한 시간을 정하셔서 그보다 1시간 미리 저에게 알려주시기 바랍니다.

허버트 드레이콧.

추신. 저는 루카스 스트리트의 안전금고 고객입니다.

H. D.

손님의 외모에 대하여 설명을 들으니 일단 웨스트엔드의 마권업자는 아닌 것이 분명했다. 하인 말에 따르면 드레이콧은 마른 체격에 강단 있는 태도를 지닌, 성마른 느낌의 남자라고 했다. 캐러도스는 자신의 의심이 정당화되는 방향으로 일이 진행되는 것이 흥미로웠다.

다음 날 아침 9시 5분 전에 드레이콧이 다시 찾아왔다. 캐러도스는 그를 즉시 맞아들였다.

"이렇게 바로 만나주시다니 감사합니다."

드레이콧이 정중하게 사과했다.

"저는 영국식 예절은 잘 모릅니다. 오스트레일리아 사람이어서요.

방문하기엔 너무 이른 시간이 아닐까 걱정했습니다만."

"저로서는 한두 시간 더 일찍 뵐 수도 있었습니다."

캐러도스가 대답했다.

"손님도 마찬가지이셨을 것 같군요. 어젯밤에 잘 주무시지 못한 것 같으니 말입니다."

"네, 한숨도 못 잤습니다. 하지만 그걸 아시다니 이상하군요. 칼라일 씨에게 듣기로는──제가 실수한 거라면 용서해주시기 바랍니다. 하지만 전 당신이 맹인이라고 알고 있었는데요."

캐러도스는 이를 시인하며 가볍게 웃었다.

"맞습니다. 하지만 그건 신경 쓰지 않으셔도 됩니다. 무슨 문제가 있습니까?"

"이건 저에게는 문제 이상입니다, 캐러도스 씨."

남자의 눈은 차분하게 반쯤 감겨 있었고, 이를 통해 그가 광활한 대지나 바다를 바라보는 일을 하는 사람임을 알 수 있었다. 그 눈이 캐러도스의 얼굴을 바라보고 있었고, 그 눈빛에는 조용한 체념이 담겨 있었다.

"이건 재앙입니다. 저는 쿨가디(Coolgardie)[20]의 맥덜리나 산에서 일하는 엔지니어입니다. 자잘한 이야기로 캐러도스 씨의 시간을 빼앗고 싶진 않으니, 2년쯤 전에 정부로부터 불하받은 금광의 한 지분을 얻을 기회가 있었다고만 말해두지요. 너깃(nugget)[21]과 사금이 있는 아주 전망이 좋은 금광이었지요. 작업이 진행되는 동안 저는 점점 더 보증을 많이 서게 되었습니다. 그때는 그게 전혀 모험처럼 보이지

---

20) 오스트레일리아 남부의 광산 도시.
21) 사금 광산에서 나는 금덩어리.

않았어요. 결과가 예상했던 것보다 훨씬 좋았거든요. 하지만 이런저런 이유로 투자비가 어마어마했고, 결국 우리는 처음 계획했던 것보다 일의 규모가 훨씬 크다는 것을 인정하고 외부의 도움을 끌어오기로 했습니다."

거기까지 드레이콧은 절망적인 심정으로 차분하게 이야기를 해왔다. 그러다 갑자기 자신의 현재 처지를 생각하며 격한 비통함에 빠져들었다.

"아, 이런 말을 한들 무슨 소용이 있을까요? 당신이든 누구든, 도대체 어느 누가 뭘 할 수 있겠습니까? 전 도둑맞았고, 사기당했고, 가지고 있던 모든 것을 빼앗겼습니다."

고통스러운 기억과 분노의 무기력에 괴로워하는 불행한 엔지니어는 손가락 관절에 피가 나도록 참나무 테이블을 두들겼다.

캐러도스는 손님의 분노가 잦아들 때까지 기다렸다.

"이제 진정이 되셨다면, 이야기를 계속하시지요, 드레이콧 씨. 저에게 털어놓는 게 최선이라고 생각했던 이야기가 있겠지요. 그것이 바로 제가 알고 싶은 것입니다."

"죄송합니다, 캐러도스 씨."

볕에 그을린 드레이콧의 얼굴이 붉어졌다.

"감정을 좀 더 잘 다스려야 할 텐데. 하지만 이번 일 때문에 전 극심한 충격을 받았습니다. 어젯밤 전 세 번이나 제 리볼버의 총신을 바라보았습니다. 그리고 세 번 모두 그걸 던져버렸지요──. 음, 아무튼, 저희 팀은 저를 런던으로 보내 이곳의 투자자들을 유치하기로 결정했습니다. 쿨가디나 퍼스 같은 곳에서도 투자를 유치할 수 있었겠지만, 아무래도 그곳 사람들은 자신들이 직접 결정권을 갖고 싶어

했을 테니까요. 그렇게 결정하고 6주 후 저는 이곳에 도착했습니다. 광산에서 추출한 수정과 금 샘플을 가지고요. 금은 사금과 너깃 샘플로 준비했는데, 몇 주 동안 작업한 결과물이었고 전부 다 해서 6킬로그램 정도였지요. 그중에는 맥덜리나 로드스타라고, 우리는 행운의 너깃으로 부르는데, 순수하게 금으로만 3킬로그램 정도 무게가 나가는 덩어리도 있었습니다. 이곳에 와서 이 루카스 스트리트의 안전금고 광고를 보고는 이거야말로 제가 원하던 것이라고 생각했습니다. 금 말고도 저희 광산과 관련된 계획서, 보고서, 영수증, 허가증 같은 서류들도 전부 구비해 왔거든요. 거기에다 신용장을 현금화해서 수표로 150파운드 정도도 가지고 있었습니다. 물론 이것들을 은행에 보관할 수도 있겠지만, 개인 금고에 두는 게 훨씬 더 편하지요. 언제나 필요할 때마다 들를 수 있고 개인 보관실도 있어서 혼자 용무를 볼 수도 있으니까요. 일이 잘못될 수도 있다는 의심 같은 건 조금도 들지 않았습니다. 투자 관련 협상은 몇 군데와 지지부진하게 이어지고 있었습니다. 지금 여기가 그런 큰 사업을 하기엔 좋은 시기가 아닌 것 같더군요. 그러다가 어제, 마침 필요한 것이 있었습니다. 금고는 지금까지 대여섯 번 정도 아무 문제없이 이용했고, 어제도 늘 그랬던 것처럼 루카스 스트리트로 가서 금고를 열고 보관 상자를 들고 개인 방으로 들어갔지요. 그랬더니 —— 캐러도스 씨, 상자가 비어 있었습니다!"

"완전히 비었습니까?"

"아니오."

그는 씁쓸하게 웃었다.

"바닥에 찢어진 포장지 조각이 있더군요. 그 포장지는 혹시 물건을 포장해야 할 때를 대비해서 제가 그곳에 함께 넣어둔 것이었지요. 그 조각이 아니었다면 저는 엉뚱한 금고를 열었다고 생각했을 겁니다. 그게 제일 처음 든 생각이었어요."

"그런데 그게 아니었군요."

"네. 그뿐 아니라 텅 빈 양철 상자 안에 제 이름이 쓰인 종잇조각도 있었으니까요. 저는 정신이 아득해졌습니다. 있을 수 없는 일 같았어요. 몇 분 정도 꼼짝도 못하고 서 있었던 것 같은데, 몇 시간은 지난 것처럼 느껴지더군요. 저는 양철 상자를 다시 닫고, 상자를 제자리에 갖다놓은 후 금고를 닫고 밖으로 나왔습니다."

"문제가 생긴 걸 알리지 않고요?"

"네, 캐러도스 씨."

생각에 잠긴 드레이콧은 고통스러운 눈빛으로 캐러도스를 바라보았다.

"당시 그곳에 있는 누군가가 그런 짓을 했을 거라고 생각했습니다."

"그 생각은 틀린 것 같습니다."

"칼라일 씨도 그렇게 생각을 하는 것 같더군요. 제가 아는 건 단지 열쇠가 제 손을 떠난 적이 없었다는 것과 누구에게도 암호를 알려준 적이 없다는 것뿐입니다. 갑자기 그 순간, 런던에서 가장 견고하다는 지하 감옥에 혼자 있고 어느 누구도 내가 여기 있는지 모를 거라는 생각이 들었습니다. 등줄기로 차가운 물줄기가 휩쓸고 내려가는 것 같더군요."

"이를테면 현대판 '스위니 토드(Sweeney Todd)'[22]의 희생자가 된 듯한 기분이 든 건가요?"

---

22) 19세기 런던, 억울한 누명을 쓴 이발사가 손님을 지하실에 가둬 살해하는 이야기.

"런던에 그런 일이 있다고 들었습니다."

드레이콧이 말했다.

"아무튼, 저는 곧장 밖으로 나왔습니다. 그게 실수였어요. 그것을 이제야 알겠습니다. 내 말을 있는 그대로 기꺼이 믿어주려는 사람에게도 그건 있을 법하지 않은 이야기처럼 들릴 겁니다. 그리고 도대체 누가 나를 선택할 수 있었겠습니까? 내가 뭘 가졌는지 어떻게 알고요? 저는 술도 마시지 않고, 함부로 입을 놀리지도 경거망동하지도 않았습니다. 아, 정말이지 모르겠어요."

"범인이 당신을 고른 게 아닙니다. 당신이 범인을 고른 거지요."

캐러도스가 대답했다.

"방법 같은 건 신경 쓰지 마십시오. 사람들은 당신 말을 믿을 겁니다. 하지만 물건을 회수하는 문제는──."

캐러도스가 채 끝맺지 못한 말에서 드레이콧은 우울한 예감이 현실이 될 것이라는 생각이 들었다.

"제가 수표의 일련번호를 가지고 있습니다. 그것으로 지불정지를 시키면 어떨까요?"

드레이콧이 희망적인 태도로 제안했다.

"지불정지요? 그렇게 할 수는 있겠지요. 그 결과는 어떻게 될까요? 은행과 경찰서에 신고가 폭주할 테고 이곳 런던과 랜즈 엔드(Land's End)[23] 사이에 있는 작은 선술집들은 모두 뒷면에 '존 존스'라고 갈긴 글씨로 서명된 수표를 받고 잔돈을 거슬러주어야겠지요. 아니, 드레이콧 씨. 제가 감히 말씀드리지만 그건 좀 곤란합니다. 그러니 마음을 굳게 다잡고 고국으로부터 새로운 공급 물자를 받을 때까지 기다리셔

───────────────

23) 잉글랜드 최서단 땅끝 지역.

야 합니다. 지금 묵으시는 숙소는 어디입니까?"

드레이콧은 잠시 망설였다.

"지금까지는 블룸스버리의 애버츠포드에 있었습니다."

그는 당황한 빛이 역력했다.

"사실은, 캐러도스 씨. 그 이야기를 미리 말씀드렸어야 했을 것 같은데, 그게 제가——제가 더는 지불할 능력이 없어서요. 금고에 돈이 넉넉히 들어 있으니 돈을 좀 막 썼지요. 어제 금고에 간 것도 실은 수표를 가지러 간 것이었습니다. 지금 주머니에는 일주일 치 숙박비가 들어 있습니다. 그리고——."

그는 바지를 내려다보았다.

"불행하게도 한두 가지 다른 것들도 주문해놓은 게 있고요."

"그 문제는 시간이 해결해주겠지요."

캐러도스가 용기를 북돋우듯 말했다.

대답하는 대신 드레이콧은 갑자기 팔을 탁자 위에 올리고 얼굴을 묻었다. 침묵 속에 1분이 흘렀다.

"소용없습니다, 캐러도스 씨."

다시 말할 수 있게 되자 드레이콧이 입을 열었다.

"그렇게는 못 해요. 뭐라고 말씀하시든, 동료들에게 가져온 것을 전부 잃었으니 돈을 좀 더 보내달라고 말할 수가 없어요. 행여 그런 말을 꺼낸다고 해도, 그 친구들에겐 보내줄 돈도 없습니다. 이해하시겠습니까? 그 광산은 분명 가치 있는 사업입니다. 그 사실은 분명해요. 하지만 우리는 가진 능력 이상으로 깊이 들어갔어요. 우리 셋은 가진 전부를 금광에 쏟아 부었습니다. 제가 이곳에 있는 동안 제 동업자들은 일당을 받으며 막노동을 하고 있습니다. 오로지 이 사업을 계속 진행하기 위해서——. 오 하느님! 저에게서, 저에게서 좋은 소식이 오기만을 기다리며 말입니다!"

캐러도스는 탁자를 빙 돌아 책상으로 가 앉더니 무언가를 종이에 적었다. 그러더니, 아무 말 없이 종이를 드레이콧에게 주었다.

"이게 뭡니까?"

드레이콧이 어리둥절해하며 물었다.

"이건—— 이건 100파운드짜리 수표잖아요."

"이것으로 당분간 지내십시오."

캐러도스가 침착하게 설명했다.

"당신은 이런 문제로 패배를 인정할 사람이 아닙니다. 동료에게 전보를 보내 모든 서류의 사본을 즉시 보내달라고 요청하세요. 그 사람들은 별걱정 없이 보내줄 겁니다. 금광은——, 계속되어야 합니다. 다음번 편지에는 모든 사실을 다 적으세요. 동료들에게 사실대로 다 고백하고, 이 모든 어려움에도 불구하고 성공을 향해 그 어느 때보다도 더 가까이 다가가고 있음을 확신한다고 말씀하십시오."

드레이콧은 깊은 생각에 잠긴 채 수표를 접어 신중하게 지갑에 넣었다.

"이 정도까지는 상상 못 하셨을 겁니다, 캐러도스 씨."

그의 목소리가 이상하게 일그러졌다.

"당신은 오늘 한 사람의 인생을 구하신 겁니다. 돈이 아니라 격려로, 그리고 신뢰로요. 캐러도스 씨가 앞을 볼 수 있다면 지금 제 기분이 어떤지 저의 말보다 더 많은 것을 보실 수 있을 텐데 말입니다."

캐러도스는 조용히 웃었다. 그가 잘 볼 수 있다면 더 많은 것을 알 수 있을 거라고 사람들이 말할 때마다 그는 즐거움을 느끼곤 했다.

"그럼 같이 루카스 스트리트로 가서 그곳 매니저에게 일생일대의 충격을 안겨줍시다."

이것이 캐러도스의 대답이었다.

"갑시다, 드레이콧 씨. 제가 이미 차를 대기시켜놓았습니다."

하지만 공교롭게도, 매니저의 일생일대 충격은 이미 다른 곳에서 찾아왔다. 두 사람이 '안전금고'의 길 건너에 차를 세우고 막 내리려는데, 택시 한 대가 다가오더니 칼라일의 기민하고 쾌활한 목소리가 들려왔다.

"잠깐만, 맥스."

칼라일은 택시 기사와의 용무를 마무리 짓기 위해 잠시 돌아섰다. 품위 있고 세련된 분위기를 유지하기 위해 금전상의 사소한 손해는 다소 감수하는 듯했다.

"이거 운이 좋군. 잠깐 여기서 각자 받은 쪽지를 비교해보세. 여기 매니저에게서 즉시 와달라고 애원하는 메시지를 방금 받았거든. 처음엔 여기 계신 드레이콧 씨의 일 때문일 거라고 생각했는데, 이 매니저는 계속 홀름파스트 벌지 교수 이야기만 하는 거야. 이 사람도 비슷한 일을 당했다는 게 가능할까?"

"매니저가 뭐라고 했나?"

캐러도스가 물었다.

"말이 앞뒤가 잘 맞지 않아. 하지만 대충 그런 일인 거 같네. 자넨 지금까지 뭘 하고 있었나?"

"아무것도."

캐러도스가 대답했다. 그는 '안전금고'를 등지고 서서 거리 반대편으로 시선을 돌렸다.

"금고 맞은편에 담배 가게가 있지?"

"응."

"2층에서는 뭘 팔고 있나?"

"'러보'라는데, 뭔지 모르겠군. 창문에 '러보로 모든 걸 문지르세요'라고 쓰여 있는 걸 보니 러보를 파나 보지."

"유리창에 성에가 끼어 있나?"

"맞아. 위쪽으로 반 정도."

캐러도스는 자동차로 걸어갔다.

"파킨슨, 우리가 들어가 있는 동안 저 가게에 가서 '러보'를 한 캔, 아니면 한 병이나 한 상자, 아무튼 하나 사 오게."

"'러보'가 뭔데?"

칼라일이 궁금해하며 물었다.

"지금으로서는 알 수 없지. 파킨슨이 사오면 자네에게 하나쯤 줄 테니 시험해봐."

그들은 지하실로 내려갔고 창살문을 지키던 수위가 문을 열어주었다. 수위의 안절부절못하는 태도에서 내부의 분위기를 읽을 수 있었고, 굳이 이유를 물을 필요도 없었다. 저 멀리에서, 방호벽으로 둘러싸인 통로를 통해 낮고 권위 있는 목소리가 물속에서 울리는 낭랑한 종소리처럼 들려왔다.

"하지만 이게 도대체 어떻게 된 겁니까?"

당황한 기색이 역력한 목소리의 주인은 신랄하게 따지고 있었다.

"이것과 똑같은 열쇠는 존재하지 않는다고 알고 있었는데요? 그런데도 내 금고는 열려 있었어요. 그리고 저에게 말씀할 때도 암호가 없으면 누구도 내 물건에 접근하는 건 불가능하다고 했지요. 그래서 저는 신중하게 '인육 섭취자(anthropophaginian)'라는 단어를 암호로 골랐습니다. 이게 범죄자들의 입에 익숙하게 오르내릴 수 있는 단어인가요? 하지만 내 금고는 비어 있습니다! 어떻게 설명하실 겁니까? 누가 책임을 질 겁니까? 이걸 어떻게 해결할 겁니까? 경찰은 어디 있어요?"

"만일 손님께서 문 앞 계단에 서서 기다리다가 제일 먼저 눈에 띄는 지나가는 경찰을 부르는 게 제일 적절한 대처라고 생각하신다면, 저는 그와 의견이 다르다고 말씀드리겠습니다."

심란해진 매니저가 쏘아붙였다.

"이 미스터리를 해결하기 위해 저희는 모든 방법을 총동원할 것입니다. 말씀드린 대로 이미 유능한 사설탐정에게 연락했고 저희 임원 중 한 분도 호출한 상태입니다."

"하지만 그것으로는 충분치 않아요."

교수는 화가 나서 주장했다.

"일개 사설탐정이 내 4.5퍼센트 이율의 6천 파운드짜리 일본 국채 무기명채권을 되돌려줄 수 있답니까? 그리고 '홍적세 중기 혈거인의 다원적 혼인 풍습'에 관한 내 논문은 다른 무엇으로도 대치할 수 없는 물건인데, 그걸 당신네 임원 한 사람이 와서 찾아줄 수 있답니까? 경찰을 불러주시오. 많으면 많을수록 좋아요. 스코틀랜드 야드를 통째로 불러 수색을 시작하세요. 나는 이곳의 최첨단 시설을 사용한 지 6개월밖에 되지 않았어요. 그런데 지금 이 결과를 보세요."

"당신이 미스터리의 열쇠를 쥐고 있군요, 벌지 교수님."

캐러도스가 조용히 끼어들었다.

"이 사람은 누굽니까?"

격분한 교수가 물었다.

"실례하겠습니다."

칼라일이 단조로운 목소리로 입을 열었다.

"저는 뱀튼 스트리트의 루이스 칼라일이라고 합니다. 여기 이 신사는 맥스 캐러도스 씨이고, 범죄 분야의 저명한 전문가입니다."

"이 끔찍한 사건을 해결해주신다면 어떤 도움이라도 고맙게 받겠습니다."

교수는 낭랑한 목소리로 자신을 겸허하게 낮췄다.

"제가 설명을 해드리지요——."

"매니저의 사무실을 이용하면 방해를 덜 받을 겁니다."

캐러도스가 제안했다.

"그럼요, 그럼요."

교수는 힘차게 제안을 받아들였다.

"캐러도스 씨, 상황이 이렇게 된 겁니다. 저는 이곳 금고에, 다른 건 둘째치고, 일본의 국채 무기명채권 60주를 보관하고 있었습니다. 그건 제 보잘것없는 재산 중에서 큰 몫을 차지하는 것이지요. 그리고 '홍적세 중기 혈거인의 다원적 혼인 풍습'이라고, 제 연구에서 정말 중요한 논문의 원고도 함께 넣어두었고요. 저는 오늘 15일에 만기가 도래하는 채권을 가지러 이곳에 왔습니다. 늘 하던 대로 만기 일주일 전에 은행에 내려는 것이었지요. 제가 뭘 발견했는지 아십니까? 금고는 한 달 전에 마지막으로 봤을 때와 똑같은 상태로 잠겨 있었고 멀쩡해 보였습니다. 그러나 사실 멀쩡한 것과는 거리가 멀었습니다. 금고는 열려 있었습니다. 안을 뒤집어 싹 비운 겁니다. 채권 한 장, 종이쪼가리 한 장 남지 않고 모조리 사라졌어요."

마지막 대목에서 매니저의 성질이 슬슬 끓어오르는 듯하더니 이제는 펄펄 끓어 넘치고 있었다.

"이렇게 단호하게 반박을 해서 죄송합니다, 벌지 교수님. 지금도 또 마지막으로 방문하신 게 한 달 전이라고 말씀하시는군요. 그 점은 분명히 입증하셔야 할 겁니다. 제가 여러분께 이 교수님은 최근 월요일에 저희 금고에 방문하셨다는 사실을 알려드리면 여러분도 이 진술의 중요성을 파악하실 수 있을 겁니다."

교수는 방 건너편에 서 있던 매니저를 분노한 짐승처럼 노려보았다. 그 모습이 염소를 닮은 얼굴과 묘하게 어울렸다.

"어떻게 감히 내 말을 부인할 수가 있소! 난 월요일에 여기 온 적이 없어요!"

그는 테이블을 손으로 매섭게 내리치며 외쳤다.

매니저는 냉랭한 태도로 어깨를 으쓱했다.

"저희 직원도 손님을 봤다는 걸 잊으셨군요. 우리 눈을 믿지 말라는 말씀인가요?"

"그건 일반적인 가설입니다만, 항상 엄밀하게 믿을 수 있는 가설은 아니지요."

캐러도스가 넌지시 말했다.

"난 실수 같은 건 하지 않습니다."

"그렇다면, 지금 쳐다보지 말고, 벌지 교수님의 눈동자가 무슨 색인지 말해보실 수 있겠습니까?"

잠시 호기심에 찬 기대의 침묵이 흘렀다. 교수는 매니저에게 등을 돌렸고 매니저는 심사숙고하지만, 점점 당혹스러운 표정이 얼굴에 번져갔다.

"그건 잘 모르겠습니다, 캐러도스 씨. 저는 그런 사소한 건 크게 눈여겨보지 않아요."

매니저가 마침내 우아하게 포기했다.

"그렇다면 실수할 수도 있는 것이지요."

캐러도스는 부드럽지만 단호하게 대답했다.

"하지만 저 숱 많은 머리와 품위 있게 자란 수염, 우뚝 선 콧날과 짙은 눈썹——."

"그런 부분들은 변장으로 쉽게 꾸밀 수 있는 특징이지요. 그런 부분들이 '시선을 끌'게 됩니다. 만일 당신이 속지 않겠다고 마음먹는다면 눈동자, 얼굴의 점, 손톱과 귀의 모양 같은 것을 관찰해야 합니다. 이런 부분들은 흉내 낼 수 없는 것이니까요."

"그럼 지금 그 말씀은 그때 그 남자가 벌지 교수님이 아니었다는 말씀입니까? 사기꾼이었다는 거예요?"

"결론은 필연적입니다. 교수님, 교수님은 월요일에 어디 계셨습니까?"

"미들랜드에 강연회가 있어 여행 중이었습니다. 토요일에는 노팅엄에 있었고, 월요일에는 버밍엄에 있었습니다. 런던에는 어제 돌아왔고요."

캐러도스는 다시 매니저를 돌아보며 지금까지 뒤쪽에 서 있던 드레이콧을 가리켰다.

"그리고 이 신사분은? 이분이 혹시 월요일에 여기 왔습니까?"

"아니오, 캐러도스 씨. 하지만 이분은 화요일 오후와 어제 이곳에 오셨습니다."

드레이콧은 슬픈 얼굴로 고개를 저었다.

"어제는 금고가 빈 것을 발견했지요. 그리고 화요일 오후 내내 저는 브라이턴에 있었습니다. 사업상 만나야 할 분이 있어서 말입니다."

매니저는 털썩 주저앉으며 힘없이 외쳤다.

"맙소사, 또!"

"제 생각에는 이제 시작입니다."

캐러도스가 말했다.

"금고 대여인 장부를 훑어봐야 할 것 같습니다만."

매니저는 안간힘을 내 항의했다.

"그럴 수는 없습니다. 저와 부매니저 외에는 장부를 열람할 수 없습니다. 이건——전례 없는 일입니다."

"이 상황도 전례 없는 일이지요."

캐러도스가 대답했다.

"이 신사분들이 조사하는 데 어떤 문제가 있다면, 나는 이 문제를 들고 내무 장관을 찾아갈 겁니다."

교수의 목소리가 트럼펫 소리처럼 쩌렁쩌렁 울렸다.

캐러도스가 손을 들어 둘을 말렸다.

"제가 한 가지 제안을 하지요. 저는 맹인입니다. 그러니까——."

"좋습니다."

매니저가 대답했다.

"하지만 다른 분들은 모두 나가주셨으면 좋겠습니다."

그 후 5분 동안 캐러도스는 매니저가 읽어주는 금고 대여인들의 이름들을 들었다. 가끔 그는 낭독을 멈추게 하고 잠시 생각에 잠겼고, 장부에 쓰인 서명을 손가락 끝으로 훑으며 다른 서명과 비교하기도 했다. 가끔씩 흥미로운 암호가 나오기도 했다. 그러나 목록의 끝까지

다 듣고 나서 그는 아무것도 알아채지 못한 표정으로 멍하니 허공을 바라보았다.

"많은 것들이 완벽하면서도 명백하지만 그럼에도 많은 것들이 믿기 힘들군요."

캐러도스는 골똘히 생각에 잠겼다.

"지난 6개월간 교대 인원 없이 혼자 이 일을 해오셨다고 주장하셨지요?"

"올해는 하루도 자리를 비운 적이 없습니다."

"식사는?"

"점심은 제 자리로 가져와서 먹습니다."

"이 방에 있는 동안 당신이 모르는 사람이 들어올 수 없다는 말이지요?"

"그건 불가능합니다. 문에는 강력한 스프링이 달려있어 깃털만 닿아도 저절로 잠깁니다. 고의로 열고 버티지 않으면 잠기지 않은 채로 있을 리가 없어요."

"그리고 당신이 아는 한에서, 이 장부에 접근할 기회가 있었던 사람은 아무도 없고요?"

"그렇습니다."

대답은 단호했다.

캐러도스는 일어서서 장갑을 끼기 시작했다.

"그렇다면 이제 조사를 중지해야겠습니다."

그는 냉랭하게 말했다.

"왜, 왜요?"

매니저가 말을 더듬었다.

"왜냐하면, 지금 당신이 저를 속이고 있다고 믿을 만한 이유가 있으니까요."

"제발 앉으십시오, 캐러도스 씨. 마지막 질문을 하셨을 때 어떤 생각이 떠오른 건 사실입니다. 그러나 그 일의 의미를 따져보면 '아니오'보다는 '네'가 더 적절한 답이라고 생각했어요. 당신이 꽤 엄격하게 조사를 하고 있기는 합니다만, 그렇다고 해도 그 일을 중요하게 여기는 건 터무니없는 일입니다."

"그것을 판단하는 건 제 몫입니다."

"그러시겠지요. 캐러도스 씨, 저는 제 여동생과 윈더미어 맨션에 삽니다. 몇 달 전 동생이 최근에 맞은편 집으로 이사 온 부부를 알게 되었습니다. 남편은 학자 같은 중년 남자이고, 대부분의 시간을 대영박물관에서 보낸다더군요. 그 부인은 취향이 좀 다릅니다. 부인은 훨씬 젊고, 성격도 더 밝고 쾌활한 분이지요. 그야말로 천생 여자로, 제가 지금까지 만나본 사람 중에 가장 매력적이고 꾸밈없는 분입니다. 제 여동생 아멜리아는 사람과 쉽게 친해지지 않는데ㅡ."

"잠깐!"

캐러도스가 외쳤다.

"학구적인 중년 남자와 매력적인 젊은 아내! 최대한 간단히 설명하십시오. 이런 식이면 분 단위로 이야기가 진행될 것 같군요. 그 부인은 물론 이곳에 왔겠지요?"

"남편과 함께 왔습니다."

매니저가 뻣뻣하게 대답했다.

"스콧 씨는 곧 떠났고, 부인은 가는 곳마다 사진을 남기는 취미가 있었습니다. 어느 날 저녁 제가 일하는 곳이 우연히 화제에 오르자 부인은 자신의 사진 컬렉션에 안전금고의 모습을 추가할 수 있으면 멋지겠다고 하더군요. 아이처럼 열광했지요. 사실 그러지 못할 이유는 없었습니다. 이곳에서도 사진은 광고 목적으로 종종 촬영하곤 했으니까요."

"그 여자가, 자기 카메라를 가지고 있었단 말이지요. 당신 코앞에서!"

"제 '코앞에서'라는 게 무슨 의미인지 모르겠군요. 부인은 얼마 전 저녁 문 닫을 시간 즈음해서 남편과 함께 방문했습니다. 물론 카메라는 가지고 왔지요. 그거야 대단히 사소한 일입니다."

"그리고 어찌어찌해서 용케 이곳에 혼자 남게 되었겠지요?"

"그 '용케'라는 말은 듣기가 좀 그렇군요. 그게——그렇게 됐어요. 제가 차를 내왔고, 그러면서 자연스럽게——."

"그 여자가 이곳에 얼마나 혼자 있었습니까?"

"기껏해야 2, 3분이었어요. 제가 돌아왔을 때 그녀는 제 책상에 앉아 있었습니다. 그게 제가 본 모습이었어요. 부인은 작은 장난꾸러기처럼 제 안경을 쓰고 큰 책을 들고 있었습니다. 우리는 아주 가까운 친구 사이였기 때문에, 부인이 제 흉내를 내며 장난을 친 겁니다. 솔직히 부인이 이 책을 들고 있는 모습을 봤을 때는 놀라긴 했습니다. 단순히 본능적으로 놀란 것이지만요. 그러나 다음 순간 그녀가 이 책을 위아래로 뒤집어 들고 있었다는 것을 확인했지요."

"영리하군요! 그 여자는 제때 달아날 수 없었던 겁니다. 그리고 카메라는, 특별한 감광필름으로 마지막 대여섯 장 정도를 찍었겠지요. 그녀가 보는 방향에서요!"

"그 조그만 여자가!"

"그렇습니다. 그녀는 스물일곱이고, 상트페테르부르크부터 부에노스아이레스에 이르기까지 모든 도시에서 자기보다 덩치 큰 남자들을 수도 없이 골탕 먹인 여자입니다! 지금 바로 스코틀랜드 야드로 가서 비넬 경감이 올 수 있는지 물어보십시오."

매니저는 입을 꾹 다물고 무겁게 한숨을 내쉬었다.

"경찰을 불러들이고 이런 일들을 공개하면 이 사업은 망합니다. 신뢰가 무너질 거예요. 제 윗선의 승인 없이 그런 일은 할 수 없습니다."

"그럼 아마 교수님이 하시겠지요."

"캐러도스 씨가 오기 전에 현재 런던에 있는 유일한 임원에게 전화를 걸어 상황을 전했습니다. 지금쯤 그분이 도착했을 겁니다. 저와 함께 중역 회의실로 가셔서 만나보시지요."

두 사람이 위층으로 올라가는 길에 칼라일이 합류했다.

"잠시만 실례하겠습니다."

매니저가 말하고는 회의실로 들어갔다.

그동안 파킨슨은 홀을 지키고 있던 수위와 인근 지역의 땅값에 대해 깊이 있는 대화를 나누고 있다가 캐러도스를 보자 그에게 다가왔다.

"죄송합니다, 주인님. 하지만 '러보'는 구할 수가 없었습니다. 가게 문이 닫혀 있는 것 같습니다."

"그거 안됐군. 칼라일이 그것을 애타게 원했는데 말이지."

"이쪽으로 오시겠습니까?"

매니저가 다시 나타나 말했다.

중역 회의실에는 백발의 노신사가 매니저의 지시에 따라 남들 눈에 띄지 않는 구석에 멀찍이 앉아 있었다. 그는 온화하면서도 무기력했고, 스스로 무기력함을 깊이 깨닫고 있는 것 같았다.

"정말이지 슬픈 일입니다, 신사분들."

그가 속삭이는 목소리로 비밀을 털어놓듯 말했다.

"전해 듣기로 경찰을 부르라고 하셨다더군요. 그건 우리처럼 대중의 신뢰에 의존하는 사업으로서는 재앙과도 같은 방법입니다."

"그게 유일한 방법이지요."

캐러도스가 대답했다.

"이런 민감한 사건과 관련된 캐러도스 씨의 명성은 우리도 잘 알고 있습니다. 어떻게, 캐러도스 씨께서 이 사건을 해결해 주실 수는 없을까요?"

"그건 불가능합니다. 광범위한 조사가 이루어져야 하니까요. 모든 구간을 다 조사해야 할 겁니다. 그건 경찰만이 할 수 있는 일입니다."

그는 뒤이어 조금 강조하며 말을 꺼냈다.

"경찰이 올바른 방향으로 나아가도록 돕는 건 저만이 할 수 있는 일이겠지요."

"그럼 그렇게 해주시겠습니까, 캐러도스 씨?"

캐러도스는 부드럽게 미소 지었다. 그는 자신이 지닌 거대한 매력이 무엇 때문인지 정확히 잘 알고 있었다.

"제 입장은 이렇습니다."

캐러도스가 입을 열었다.

"지금까지 제가 한 일은 완전히 아마추어로서 한 것입니다. 그 한계 안에서 한두 건의 범죄를 막았고, 부당한 일을 바로잡았고, 가끔은 저의 전문가 친구인 루이스 칼라일의 일을 도왔습니다. 그러나 일반

사건을 의뢰하는 민영 사업체를 제가 아무 이득 없이 도와야 할 이유
는 전혀 없습니다. 제가 제공하는 모든 정보에 대해 저는 수수료를
요구할 것입니다. 그야말로 명목상의 수준으로, 이를테면, 100파운
드 정도라고 해두지요."

회사 임원은 인간 본성에 대한 신뢰에 근본적인 공격을 받은 듯한
표정이었다.

"우리같이 작은 회사에 최초 수임료로 100파운드라면 상당히 큰
금액입니다, 캐러도스 씨."

그는 고통스러운 목소리로 말했다.

"물론 이 액수는 칼라일의 전문적인 서비스에 대한 비용과는 별도
입니다."

캐러도스가 덧붙였다.

"그 금액은 특별한 성과를 보장하는 것입니까?"

매니저가 물었다.

"제가 입수한 사진과 용의자의 인상 및 배경에 대한 설명을 여러분
과 경찰에 제공하는 것을 조건으로 하는 것입니다."

매니저와 임원은 잠시 따로 상의를 했다. 그러더니 매니저가 돌아
왔다.

"캐러도스 씨, 방금 말씀하신 것들을 이틀 안에 저희에게 제공하신
다는 조건으로 수락하겠습니다. 만일 실패할 경우——."

"아니, 안 됩니다!"

칼라일이 분개하여 외쳤다. 그러나 캐러도스는 칼라일을 옆으로
밀쳤다.

"저도 두 분과 같은 스포츠 정신으로 조건을 받아들이겠습니다.

48시간 안에 해결하거나, 실패하면 수수료를 받지 않는 것이지요. 물론 물건이 전달되면 수표는 즉시 끊어주시겠지요?"

"그 점은 믿으셔도 됩니다."

캐러도스는 수첩을 꺼내 미국 우표가 붙은 봉투를 꺼내고는, 그 안에서 대지[24] 없는 사진을 꺼냈다.

"여기 사진이 있습니다."

캐러도스가 말했다.

"이 남자는 율리시스 K. 그룹이라는 남자인데, '배우 해리'라고 더 잘 알려져 있습니다. 그 뒷면에 보시면 이 사람의 인상에 대한 설명이 있을 겁니다."

5분 후 단둘이 남게 되자, 칼라일은 이 거래에 대한 자신의 생각을 말했다.

"자네는 정말 완벽한 사기꾼일세, 맥스. 물론 매력적이긴 하다는 것은 인정하지만. 그래도 순전히 개인적인 즐거움을 위해 이런 것을 이렇게 사람들 앞에 갑작스럽게 내밀 수 있나."

"그와는 반대로, 사람들이 이걸 갑작스럽게 나에게 내민 거야."

캐러도스가 대답했다.

"그래서 이 사진은 뭔가. 왜 나는 여기에 대해서 아무 설명도 듣지 못한 거지?"

캐러도스는 시계를 꺼내 바늘을 만졌다.

"지금이 11시 3분 전이로군. 나는 이 사진을 8시 20분에 받았네."

"그렇다고 해도, 불과 1시간 전에 자네는 나에게 아무것도 한 게

---

24) 그림이나 사진 뒤에 붙여 바탕이 되게 하는 두꺼운 종이.

없다고 하지 않았나."

"정말로 그랬어. 결과가 나올 때까지는. 매니저 사무실에서 조직의 핵심을 쥐어짜기 전까지, 그 어느 때보다도 막막했고 무언가를 입증할 근거를 전혀 찾지 못했다네."

"그건 나도 마찬가지야. 지금도 그렇고."

"이제 알려주겠네, 루이스. 이제 내가 아는 것을 모두 자네에게 넘기려고 해. 이 남자는 활동 개시 후 꼬박 이틀 동안 움직였고 그를 잡을 가능성은 10퍼센트 남짓일 거야. 지금은 모든 것을 파악했고 난 이 사건에 더 이상 흥미가 없어. 하지만 이건 자네 사건이니까. 설명해주겠네. 그 '황갈색 머리의 남자'가 우리 눈앞을 지나쳤던 그 유일한 순간에, 나는 처음부터 그가 지닌 능력과 속셈을 자네보다는 다소 심각하게 보고 있었어. 그래서 그날 뉴욕 탐정사무소의 피어슨에게 암호화된 전신을 보내, 최근에 미국을 떠난 것으로 알려진 사람 중 이러이러한 특징을 지닌 남자가 있는지 정보를 요청했지. 즉 고등 교육을 받고, 변장 도구를 전문적으로 사용하고, 대담하게 작전을 수행하며, 특히 은행과 금고에 관한 냉철한 전문가를 말이야."

"왜 하필 미국인가?"

"그건 나로서는 연습 사격이었지. 나는 그 남자의 모국어가 영어일 거라고 생각했어. 현대 미국의 영민하고 창의적인 분위기가 그를 기발한 장치의 전문가로 키워낸 거야. 긍정적인 것과 부정적인 것, 절대 열 수 없는 자물쇠와 어떤 자물쇠도 열 수 있는 해체기, 도난 방지용 금고와 금고 전문 도둑, 이런 것들이 모두 다 함께 미국에서 이리로 건너오고 있으니까. 그래서 나는 아주 단순한 테스트를 해봤지. 그날 우리가 대화를 나누는 동안 남자가 우리 앞을 지나쳐 걸어가고 있었지 않았나. 그때 나는 '뉴욕'이라는 단어를 흘렸어. 사실 그 사람이 듣기에는 '누억'에 가까웠을 거야."

"나도 기억해. 그 남자는 돌아보거나 멈추지 않던데."

"그만큼 경계를 하고 있었던 거지. 하지만 그의 걸음걸이에는 '심리학적인 정지'가 있었어. 물론 자네의 썩 예리하지 못한 눈으로는 그것을 보지 못했지만 말이야. 아마도 5분의 1초나 될까 싶은 찰나였지. 만일 자네가 먼 타국 땅에서 지내고 있는데 어디선가 '런던'이라는 단어가 들려왔다면 분명 자네도 마찬가지 반응을 보였을 거야. 그러나 이유와 원인 같은 건 상관없고. 진짜 중요한 이야기는 지금부터일세. 18개월 전 '배우 해리'는 오하이오 주 클리블랜드에 있는 맥캔지 힉스 상사의 사무실 금고를 성공적으로 털었어. 그 무렵 그는 영악하고 경솔한, 영국 출신의 삼류 보드빌 여배우와 결혼을 했는데, 신혼여행을 갈 돈이 필요했던 거지. 그는 대략 500파운드 정도의 돈을 가지고 유럽으로 건너와 런던에 몇 달간 머물렀어. 그리고 그 기간에 콩그리브 스퀘어의 우체국 강도사건이 있었네. 그건 자네도 기억할 거야. 이런 식으로 영국의 기관들을 공부하면서 점점 런던의 매력에 빠져들던 중, 이곳 '안전금고'로 시선이 가게 되었겠지. 아마도 이곳의 전신약호에 담긴 의미를 무너뜨리는 것이 자신의 전문 분야에서 승리를 거두는 것으로 여겨졌을 거야. 영예뿐 아니라 매우 짭짤한 수익까지 안겨줄 수 있는 프로젝트였을 테니까. 계획의 첫 시작 부분은 미국에서도 가장 솜씨 좋기로 유명한 '변장의 달인'에게는 단순한 장난 수준이었겠지. 그 동안 그는 각기 다른 열두 인물이 되어 '금고'에 나타났고 다양한 크기의 금고 열두 개를 대여했네. 동시에 현장의 절차에 대해 완벽히 공부했지. 그리고 개인적인 목적을 위해 열쇠를 복사하고는, 최대한 신속하게 금고를 반환하면서 원래 열쇠도 함께 되돌려줬어. 첫 번째 체류 기간에는 열쇠 다섯 개를 직접 반환하고, 한 개는 이후에 정중한 사과와 함께 우편 서비스로, 다른 하나는 베를린 은행을 통해 돌려보냈어. 6개월 전 그는 런던에 다시 돌아와 단기 체류를 시작했는데, 순전히 금고 두 개를 더 확보하기 위해서였어. 금고 하나는 그가 처음부터 끝까지 가지고 있었고, 나머지 두 개는 그가 서너 달 전에 이곳에서 두 번째 장기 체류를 시작할 때 얻은 것이지. 여기부터 이 멋진 프로젝트의 가장 중요한 부분으로 넘어가네. 지난 4월에 이곳에 도착했을 때 그는 애틀랜틱 남중앙 우편차의 공채증권을 가지고 있었어. 그는 이 일을 위해 필요한 세 가지를 마련해둔 것 같아. 먼저 가정. 이건 젊은 아내를 둔 나이 든 학자로 우리의 친구인 매니저의 맞은편 집에 이사 가면서 준비했고. 두 번째로 관찰 포인트. 그는 '금고'의 길 건너 상점을 빌려 창문에 '모든 것을 러보로 문지르세요'라는 간판을 새겨 위장했지. 그리고 마지막으로 어딘가에 출입구 두 개가 각기 다른 거리로 나 있는 드레스룸을 마련했을 거야. 약 6주 전, 그는 마지막 단계에 들어섰지. 해리 부인은 우스울 정도로 간단하게 장부에서 필요한 페이지 몇 장을 사진으로 찍어두었네. 그리고 분명 그전 몇 주 동안 이곳에 들어오는 손님들을 꼼꼼히 관찰했을 거야. 부인이 찍은 사진을 통해 '배우'의 옛날 열쇠를 넘겨받은 손님들의 외모와 필적을 연결시켰겠지. 장부에는 그들의 이름과 주소, 금고 번호, 암호와 서명이 기록되어 있어. 나머지야 간단한 일이지."

"그래. 분명해! 그런 남자에겐 단순한 장난에 불과했을 거야."

칼라일도 전문가로서 존경 어린 마음으로 동의했다.

"피해자들의 목소리와 태도와 외모를 연구해 열두 개의 금고를 확보한 거로군. 그중에 몇 개나 턴 걸까?"

"아직은 추측만 할 수 있을 뿐이야. 지난 월요일과 화요일, 나는 의심스러운 방문객을 일곱 명 확인했네. 아직 고객에게 대여되지 않은 금고 둘은 건드리지 않았고. 그 밖에 한 가지 흥미로운 추측을 불러일으키는 게 있어."

"그게 뭔가, 맥스?"

"알려진 바로는 우리의 '배우'에게는 '설탕물 빌리'라고 하는 공범자가 있는 것 같은데 이건 대단히 예외적인 경우이고. 그자는 아내를 제외하고는 아무도 믿지 않아. 하지만 그가 최근에는 적어도 일곱 명의 고객들을 면밀히 관찰했다는 사실은 분명하지. 그래서 떠오른 생각인데——."

"그래서, 맥스?"

"해리가 민첩하고 영리한 사설탐정사무소 한 곳의 서비스를 이용하지 않았나 싶어."

"그럴 리가."

사설탐정 칼라일이 미소를 지었다.

"그런 내용으로 의뢰하기가 쉽지 않을 텐데."

"글쎄, 모르지. 어쩌면 해리 부인이 질투심 많은 아내나 의심 많은 연인의 역할을 해서, 상당히 그럴듯한 상황으로——."

칼라일의 미소가 갑자기 사라졌다.

"맙소사! 기억이 나——."

"뭐가, 루이스?"

캐러도스가 웃음기 어린 목소리로 말했다.

"비델이 오기 전에 고객에게 전화하기로 한 게 기억이 났다고."

칼라일이 서둘러 자리에서 일어섰다.

문 앞에서 그는 힘없이 축 늘어져 들어오는 임원과 부딪힐 뻔했다. 임원은 자신에게 닥친 재앙의 충격에 짓눌려 무기력하게 손을 비틀고 있었다.

"캐러도스 씨."

가엾은 노신사는 떨리는 목소리로 말했다.

"캐러도스 씨, 한 건이 더 생겼습니다──. 벤저민 검프 경입니다. 저를 만나야겠다며 고집을 부리고 있어요. 캐러도스 씨──우리를 저버리지 않으시겠지요?"

"일주일 정도 여행 계획이 있습니다."

캐러도스가 사무적으로 대답했다.

"그리고 지금 막 떠날 참이었습니다. 이후에는 칼라일이 일을 맡아서 도와드릴 겁니다."

캐러도스는 사람들의 눈을 바라보며 고개를 숙여 작별 인사를 고한 후 확고한 발걸음으로 출구를 찾아 나갔다. 지켜보던 사람들이 순간적으로 그의 장애를 잊을 만큼 단호한 걸음걸이였다. 나가는 길에 드레이콧의 당황스러운 감사 인사를 다시 듣고 싶지 않았는지, 채 1분도 되지 않아 캐러도스의 자동차가 출발하는 소리가 들려왔다.

"신경 쓰지 마십시오."

칼라일이 알 수 없는 자신감을 가지고 고객들을 안심시켰다.

"신경 쓰지 마세요. 제가 대신 남을 테니까요. 일단 벤저민 경과 인사를 나누시는 게 좋겠습니다."

임원은 궁지에 몰린 쥐처럼 애원과 신뢰의 눈빛으로 그를 바라보며 속삭였다.

"그분은 지하실에 계십니다. 저는 임원실에 있겠습니다. 필요하다면 언제든 부르십시오."

지하실로 내려간 칼라일은 아무런 어려움 없이 사건의 중심으로 향할 수 있었다. 벤저민 경은 달변가였지만 내성적이었고, 당황했지만 단호했고, 장황한 이야기를 늘어놓다가 벌컥 성을 내는 등 상반된 여러 모습을 동시에 보여주고 있었다. 벤저민 경은 이미 매니저, 벌지 교수, 드레이콧 그리고 직원 두 명에게 자신의 문제를 해결해줄 것을 요구했으며, 그 주위로 모인 사람들은 아무런 의미 없이 중언부언하며 왁자지껄한 난장판을 벌이고 있었다. 칼라일은 곧장 현장의 한복판에 끌려들어갔고 최선을 다해 사람들을 안심시키는 동시에 새로운 사실을 계속 습득했다.

바로 직전에 일어난 사건은 정말이지 놀라웠다. 약 한 시간쯤 전에 벤저민 경은 배달부로부터 상자를 하나 받았다. 그 안에는 보석함이 들어 있었는데, 그 보석함은 바로 그 순간 이곳 안전금고 안에 안전하게 보관되어 있어야 하는 물건이었다. 급히 뚜껑을 열자 벤저민 경의 불길한 예감은 현실이 되었다. 보석함은 비어 있었다. 보석은 온데간데없이 사라졌고, 이를테면 마지막 공격에 뒤이어 가시를 찌르듯이, 깔끔한 글씨가 적힌 카드가 안에 들어 있었다. 불안한 벤저민 경은 카드를 읽었지만, 카드에 적힌 격언은 그 순간에는 다소 생뚱맞게 느껴졌다.

'너희를 위하여 보물을 땅에 쌓아두지 말라——.'

사람들은 그 카드를 돌려보고 칼라일을 바라보며 그의 말을 기다렸다.

"'—— 거기에는 좀과 동록이 해하며 도적이 구멍을 뚫고 도적질하느니라.'[25] 흠."

칼라일은 무게를 잡으며 읽었다.

"이건 상당히 중요한 단서입니다, 벤저민 경 ——."

"아, 뭐요? 그게 뭔데?"

홀 저편에서 누군가가 외쳤다.

"이야, 젠장 맞을. 또 터진 거요? 이거 좀 봐요, 신사분들. 여기 좀 보라고. 거기 무슨 일이냐고 묻잖아요! 이리로 좀 와봐요. 내 금고 좀 열어달라고요. 뭐가 어떻게 된 건지 좀 알자고."

사람들 사이로 마권업자가 요란스럽게 성큼성큼 걸어왔다. 그는 사람들의 눈앞에 과장된 동작으로 칼라일의 손에 들린 카드와 똑같은 카드를 흔들어댔다.

"음, 이건 정말 놀랍군요."

칼라일은 두 카드를 비교하며 외쳤다.

"이것을 방금 받으신 겁니까—— 버, 버지 씨? 맞죠?"

"버지(Berge)가 맞아요. '빙산'의 '아이스버그(Iceberg)'와 같은 단어지요. 나는 손해 따위는 냉정하게 받아들일 수 있어요. 하지만 이건, 이건 그야말로 불시의 공격이군요. 30분 전에 봉투를 받았는데, 이건 이곳에 안전하게, 그야말로 영국 은행에 고이 모셔놓은 것처럼 여기에 보관되어 있어야 하는 거란 말이오. 이건 무슨 게임이오? 자, 조니, 얼른 내 금고 좀 열어봐요."

순간 원칙과 절차는 깡그리 무시되었다. 자부심 강한 시설 경비들도 아무 말이 없었다. 매니저는 버지와 함께 소리를 질렀고, 직원이

---

25) 마태복음 6장 19절.

즉시 나타나지 않자 다시 고함을 질렀다.

"존! 얼른 와서 버지 씨에게 금고를 열어드려!"

"알겠습니다."

잔뜩 지친 열쇠 관리 직원이 다가왔다. 그는 다른 일에 시달리느라 정신이 없었다.

"어떤 얼간이가 찾아왔는데요. 여기가 무슨 수하물 보관소인 줄 아는 것 같습니다. 제가 보기엔──외국인이었는데요."

"지금 그런 걸 신경 쓸 때가 아니야."

매니저가 매섭게 대답했다.

"버지 씨의 금고는 01724번이네."

직원과 버지는 번쩍번쩍 줄지어 늘어선 기둥들 사이로 사라졌다. 모인 사람들 중 몇몇이 두 사람의 대화를 듣고 슬쩍 건너편을 바라봤다. 낯선 사람이 그들을 향해 미적미적 다가오고 있었다. 나이 많은 전형적인 독일 관광객인 것 같았다. 긴 머리에 안경을 썼으며, 옷차림은 터무니없었고, 자신의 철학적 뿌리에 대해서 깊은 생각에 잠겨 있는 것 같았다. 한 손으로는 파이프를 솜씨 있게 다루었는데, 그 파이프 역시 주인처럼 한눈에 독일 제품임을 알아볼 수 있었다. 다른 손은 수준 낮은 코미디언조차도 대번에 웃음을 터뜨릴 만한 여행용 가방을 움켜쥐고 있었다.

독일인은 모여 있는 사람들을 거들떠보지도 않고, 곧장 매니저를 찾아냈다.

"여기 금고지요? 안전금고 맞습니까?"

"그렇습니다."

매니저가 고상한 태도로 대답했다.

"하지만 지금은——."

"사람들이 대화에 열심이었군요."

스스로 던진 썰렁한 농담에 촌스런 안경 너머로 눈가에 주름이 잡혔다.

"자기 일도 잊어버리고. 이거 내 가방 좋은 건데——."

사람들의 시선이 여행 가방으로 쏠렸다. 불룩하게 채워진 여행 가방의 틈새로 내용물이 비어져 나와 있었다. 가방의 한쪽 끝에는 흐느적거리는 플란넬 셔츠 소매가 튀어나와 있었고, 다른 쪽으로 튀어나온 와이셔츠의 낡은 옷깃 끝에는 뻣뻣한 가슴판이 붙어 있었다. 짜증이 난 매니저는 눈살을 찌푸렸다. 이런 막간의 희극이 아니더라도 '안전금고'의 신뢰와 명성에 씌워진 오명은 충분히 감당하기 어려운 지경이었다.

"자, 자."

매니저는 고객이 되고 싶어 하는 남자의 소매를 잡아끌며 나지막이 속삭였다.

"뭔가 착오가 있는 것 같군요. 여기는 그런——."

"안전금고 맞아요? 좋아요. 내 가방——이거 여기 나 기차 탈 때까지 안전하게 맡길게요. 네?"

"나인(Nein), 나인!"[26]

성이 난 매니저가 씩씩거렸다.

"얼른 가세요, 손님. 가세요! 여기는 보관함이 아닙니다. 존, 이분을 내보내게."

직원과 버지는 조사를 마치고 돌아오는 길이었다. 금고 안 상자는

---

26) '아니오'라는 의미의 독일어.

맹인탐정
맥스 캐러도스

열려 있었고, 그 결과는 굳이 물어볼 필요도 없었다. 마권업자는 당황한 황소처럼 고개를 저었다.

"전부 다 없어졌어요, 전부!"

그는 홀 건너편에서 소리를 질렀다.

"'안전금고'가 싹 비었어. 한 조각도 남김없이!"

범인의 작전이나 방법을 전혀 모르는 이들에게는 수도 런던의 금융 안전이 통째로 위기에 빠진 것처럼 느껴졌다. 사람들은 놀라 입을 다물었고, 무거운 침묵이 깔린 가운데 좋지 않은 타이밍을 골랐던 외국인이 떠나며 철문이 닫히는 소리가 철컹하고 크게 울렸다. 그러나 그날 아침의 심각한 사건들만으로도 충분치 않다는 듯, 외국인 관광객이 떠나자마자 성직자 복장 차림의 말쑥하고 성마른 얼굴의 남자가 달려 들어왔다.

"피터샴 신부님!"

교수가 한 발 나서며 반갑게 외쳤다.

"친애하는 벌지 교수님!"

신부가 대답했다.

"여기 계셨군요! 정말로 불안한 일이 생겼습니다. 지금 당장 제 금고를 확인해봐야겠어요."

그는 그곳에 매니저와 교수만 존재하는 것처럼 두 사람을 번갈아 쳐다보았다.

"참으로 불안하고, 그리고 ── 너무나 충격적인 일입니다. 제 금고를 ── 네, 네. 저는 헨리 녹스 피터샴 신부입니다. 조금 전에 인편으로 상자를 하나 받았는데요. 아무 특징 없는 작은 상자지만 제 생각에는, 그래요. 저는 이것이 우리 가문의 보물을 담았던 상자라고 확신합니다. 지금 이 순간 제 금고 안에 보관되어 있어야 하는 상자지요. 7436번이요? 그래요, 그렇습니다. 자, 여기 제 열쇠가 있습니다. 하지만 교수님, 이 상자 안의 이건, 정말이지 말도 안 되는 것입니다 ——. 게다가 저 같은 성직자에게 인용하기에는 가장 부적절한 성경 구절이지요 ——. 자, 보십시오. '너희를 위하여 보물을 땅에 쌓아두지 말라 ——.' 이건 도대체 ——나 자신이 바로 이 구절을 가지고 제 책상에서 열두 편도 넘는 설교문을 썼습니다! 나는 특히나 이 말씀이 담고 있는 교훈을 유달리 좋아하는 사람이란 말입니다. 그것을 '나'에게 적용하다니! 이건 정말 말도 안 돼요!"

"존, 7436번."

매니저가 힘없이 체념하며 직원에게 지시를 내렸다.

직원은 다시 아까와 다른 복도로 향했고, 날렵하게 모퉁이를 돌다가 무언가에 발이 걸렸다. 그는 불경스러운 말을 두어 마디 뱉다가 겸연쩍은 표정으로 뒤를 돌아보았다.

"아까 그 바보 같은 외국인이 들고 있던 낡은 가방입니다."

그는 분개하며 가방을 중앙 홀로 가지고 왔다.

"그 사람이 결국 여기에 두고 갔군요."

"이 일이 끝나면 위층으로 가져가서 밖으로 던져버리게."

매니저가 퉁명스럽게 말했다.

"저기, 잠시만요."

존이 넋이 나간 듯 중얼거렸다.

"잠시만요. 이거 좀 웃기는데요. 여기 아까 없었던 쪽지가 붙어 있어요. '안을 들여다보지그래?'"

"안을 들여다보지그래?"

누군가가 따라 했다.

"그렇게 쓰여 있습니다."

다시 당혹스러운 침묵이 흘렀다. 사람들은 지금까지 진행되어온 미스터리보다 한층 더 깊어진 미스터리가 풍기는 알 수 없는 분위기에 사로잡혔다. 그들은 한 명씩 다가오기 시작했다. 궁금하진 않지만 보는 게 좋겠다는 생각이 든 것이다.

"이야, 이런 제기랄. 이거 내 카드에 적힌 거랑 똑같은 필체잖아!"

갑자기 버지가 외쳤다.

"맙소사, 그 말이 맞는 것 같습니다."

칼라일이 말했다.

"자, 그럼 안을 들여다보지 그래요?"

위축되어 있던 직원은, 자신의 주위로 둥글게 늘어선 얼굴들로부터 승인을 받고 순식간에 두 개의 버클을 열어젖혔다. 중앙의 잠금장치는 잠겨 있지 않아서 손을 대니 바로 열렸다. 존은 윗면을 덮고 있던 플란넬 셔츠, 기이한 옷깃과 몇 가지 옷가지들을 옆으로 치우고 가방을 깊숙이 헤집었다——.

배우 해리는 자신의 연극적 재능에 부끄럽지 않은 일을 해냈다. 가방 안의 내용물은 아무것도 포장되어 있지 않았다. 포장은커녕, 그의 풍부한 노획물은 그대로 풀어 헤쳐져 전시되고 있었다. 존이 가방을 뒤집어 호화찬란한 보물들을 바닥 위에 흩뿌리자, 마치 밀수업자의 소굴이 약탈당했거나, 투기꾼의 망상이 현실로 이루어졌거나, 아니면 알라딘의 동굴이 갑자기 폭발했거나, 그런 무언가 놀랍고도 기이하면서도 휘황찬란한 광경으로 바뀌었다. 지폐가 사방으로 흩날리고, 금화들이 싸구려 장난감처럼 굴러다니고, 수천에서 수백만 파운드 가치의 채권과 가증권[27]이 폭포수처럼 쏟아져 내리는 값진 보석과 가공되지 않은 원석과 뒤엉켰다. 무게가 2킬로그램은 될 듯한 노란 보석과 크기가 그 두 배는 되어 보이는 묵직한 보석이 신부의 발가락 위로 떨어지는 바람에 신부는 깡충깡충 뛰면서 벽을 향해 얼굴을 찡그렸다. 손잡이에 루비가 박힌 단검이 떨어지면서 매니저의 손목을 스치자 그는 큰 소리로 비명을 질러댔다. 그럼에도 기적과도 같은 '풍요의 뿔'은 여전히 보물을 바닥에 쏟아내며 쨍그랑 쿵쾅 댕그랑 짤그랑 데구루루 펄럭펄럭 소리를 연출했고, 마침내 장엄한 발레 공연의 대단원의 막이 내리듯, 황금 가루가 비처럼 쌓이며 그 아래 보물 더미를 송두리째 덮었다.

"내 사금!"

드레이콧이 숨을 헐떡였다.

"5파운드 지폐! 내 돈이야! 맙소사!"

마권업자가 외치며 전리품을 헤치기 시작했다.

"내 일본 국채와 채권이 —— 그래요. '홍적세 중기 혈거인의 다원적 혼인 풍습' 원고도 있어요. 하하!"

이후 잠시 동안 주위의 목격자들은 그 근엄한 과학자가 한 발로 서서 캉캉의 기본 동작을 취하려 하는 것을 목격했다. 이때 누군가 기뻐 웃는 교수의 앞을 가로막으며 자칫 대혼란으로 이어질 뻔한 교수의 춤사위를 막았다.

"내 아내의 다이아몬드야. 오, 하느님 감사합니다!"

벤저민 경이 외쳤다. 회초리를 간신히 피하게 된 학생의 말투였다.

"하지만 이게 도대체 무슨 의미일까요?"

---

27) 기업에서 배당금 대신 지급하는 증서.

당황한 신부가 물었다.

"여기 저희 집안의 가보도 있습니다 ──. 수수한 진주가 몇 개, 할아버지가 수집한 카메오 컬렉션과 몇 가지 잡동사니 ── 하지만 누가 ──?"

"아마 이게 설명을 해줄 겁니다."

칼라일이 말했다. 그는 가방의 안감에 핀으로 고정되어 있던 봉투를 떼는 중이었다.

"'일곱 명의 부자 죄인들' 앞으로 보낸 것이군요. 여러분을 위해 제가 읽어드릴까요?"

어떤 이유에서인지 모두 찬성하지는 않았지만, 그것으로 충분했다. 칼라일은 봉투를 찢은 후 편지를 펼쳤다.

　　── 친애하는 벗들이여. 기쁘지 않습니까? 지금 이 순간 행복하지 않습니까? 그렇습니다. 하지만 괴로운 영혼들에 빛을 가져다줄 새로운 영생의 진정한 기쁨 때문은 아니겠지요. 시간이 허락되어 있을 때 멈추십시오. 죄악에 가득 찬 욕망의 짐을 던져버리십시오. 마가복음 8장 36절에서도 말씀하셨듯이, 사람이 만일 온 천하를 얻고도 제 목숨을 잃으면 무엇이 유익하겠습니까?

　　오, 친구들이여. 여러분은 구사일생의 사건을 혹독하게 겪어냈습니다. 지난주 금요일까지 나는 여러분의 재물을 나의 사악한 손에 가두어두고 부도덕한 범죄자의 교활한 성정을 충족시켰습니다만, 바로 그날 나의 죄 많은 여성 공범자와 함께 클래펌 커먼에 있는 구세군 교회의 간증회에 참석했고, 그곳에서 회개하는 형제의 간증을 듣는 세속적인 즐거움을 누리던 중 불현듯 빛의 복음 말씀이 우리의 죄 많은 영혼에 깃드는 영광을 누렸습니다. 바로 그 자리에서 우리는 구원을 얻었던 것입니다. 할렐루야!

지난 몇 개월간 세웠던 부도덕한 목표를 달성하기 위해 우리가 했던 일들은 궁극적으로 여러분을 위한 것이 되었습니다. 여러분은 모두 나의 친애하는 친구들입니다. 비록 아직은 육의 욕망이 우리를 갈라놓고 있지만 말입니다. 여러분은 이번 일을 교훈으로 삼으십시오. 가진 것을 모두 팔아 가난한 이들에게 주십시오. (구세군 교회가 제일 좋을 것 같습니다.) 그리고 오직 그대들을 위하여 보물을 하늘에 쌓아두십시오. 거기에는 좀이나 동록이 해하지 못하며 도적이 구멍을 뚫지도 못하고 도적질도 못할 것입니다. (마태복음 6장 20절 말씀)

여러분의 친구인
구세군 일반병사 헨리.

추신. (급히 씀) 마지막으로 도둑이 침입하지 못하는 집은 이 세상에 없다는 것을 여러분에게 말하고 싶습니다. 물론 뉴욕 웨스트 24번가에 있는 사이러스 J. 코이 사의 안전금고는 거의 뚫지 못할 뻔하긴 했습니다. 그러나 그곳에서도 내가 두 손을 모두 쓸 수 있었다면 큼직한 돌맹이 하나만 가지고도 해결할 수 있었을 겁니다. 아, 내가 죄인이었던 시절에 말입니다. 금고의 전신약호는 '땅콩'으로 바꾸시기를 여러분께 권합니다.

U. K. G. ─

"추신에서 그 옛날 원죄를 짊어진 아담의 목소리가 들리는 것 같군요, 칼라일 씨."

방금 도착해 옆에서 편지 낭독을 듣던 비델 경감이 나직하게 속삭였다.

맹인탐정
맥스 캐러도스

VI

틸링 쇼 미스터리
The Tilling Shaw Mystery

"지금 조지 양을 만나겠네."

캐러도스가 말했다. 파킨슨이 물러가고, 업무를 보던 그레이터렉스가 고개를 돌려 쳐다보았다. 아침부터 시작된 '정리 작업'은 여전히 진행 중이었다.

"자리를 비켜드릴까요?"

비서가 물었다.

"숙녀분이 원하시는 대로 하지. 손님에 대해서는 아는 바가 전혀 없으니."

비서는 눈치가 빨랐고 캐러도스를 수행하면서 배우는 것이 많았다. 그는 아무 일 없다는 듯 조용히 서류를 정리하기 시작했다.

문이 열리자 스무 살쯤 되어 보이는 여자가 호기심 어린 눈을 반짝이며 조심스레 방 안으로 들어왔다. 그녀는 잠시 걱정스러운 눈길로 뭔가를 캐내려는 듯 캐러도스를 쓱 훑어보았다. 그러다 곧 다른 사람이 옆에 있다는 것을 깨닫고 실망한 기색이 얼굴에 스쳤다.

"캐러도스 씨, 당신을 만나러 곧장 오크셔에서 왔답니다."

그녀는 떨리는 목소리로 재빨리 내뱉었다. 용기를 내어 솔직하게 말하겠다는 굳은 결의가 확연히 느껴졌다.

"저한테는 너무나 중요한 일이라 단둘이서만 이야기를 나누었으면 좋겠어요."

캐러도스는 굳이 비서를 돌아볼 필요가 없었다. 사리분별이 뛰어난 비서는 이미 밖으로 나갈 채비를 하고 있었다. 그녀는 감사의 의미가 담긴 수줍은 눈빛을 그에게 보내고 문이 닫힐 때까지 머뭇거리며 방 안을 둘러보았다.

"제 도움이 필요한 일인가요?"

"그렇다고 생각했어요. 당신의 놀라운 능력에 대한 소문을 들었거든요. 그게 저한테 얼마나 중요한지 말씀드려야 할까요?"

"사건과 관계가 없다면 안 하셔도 됩니다."

캐러도스가 대답했다.

"이 끔찍한 일이 벌어졌을 때, 그냥 당신이 생각났어요. 당장 도움을 청해야겠다고 생각했어요. 하지만 저는——돈이 별로 없어요, 캐러도스 씨. 고작 몇 파운드밖에 없답니다. 그리고 당신처럼 머리 좋은 사람들은 돈을 많이 요구한다는 것을 모를 만큼 어리지도 않고요. 그런데 여기에 와서 보니 마음이 더 무거워졌어요. 저한테도 하찮은 돈인데 하물며 이런 집과 지위를 가진 분께는 얼마나 우스울지 새삼 깨달았거든요. 저를 도와주신다면 그건 순전히 친절과 자비의 마음에서 그러시는 거겠지요."

"어떤 상황인지 자세히 말씀해주시겠습니까?"

캐러도스는 조심스럽게 화제를 돌려 그녀가 사건에 대해 이야기할 수 있도록 말을 이었다.

"최근에 상을 당하신 것처럼 보이는군요."

"세상에!"

여자가 비명을 지르듯 외쳤다.

"눈이 보이는 건가요?"

"아닙니다."

그가 대답했다.

"단지 익숙한 표현을 쓰는 것뿐입니다. 습관 때문이기도 하고, '관찰을 통한 추론'을 한다고 말하자니 지나치게 현학적으로 들리기도 해서요."

"죄송해요. 저는 그 말 자체보다는 당신이 제 처지를 안다는 것에 더 놀란 거예요. 마음의 준비를 단단히 하고 왔어야 했는데. 어쨌든 시간만 계속 낭비하고 있군요. 사무적인 냉정한 태도를 유지하겠다고 단단히 결심하고 왔는데도 말이지요. 오는 중에 지역 일간지를 하나 가져왔어요. 아무래도 기사 내용이 제가 말씀드리는 것보다 더 명확할 거 같아서요. 읽어드릴까요?"

"네, 원하신다면."

"스틴브리지 헤럴드라는 신문이에요."

그녀는 들고 온 손가방에서 꾹꾹 눌러 접은 신문을 꺼내며 말했다.

"스틴브리지는 제가 사는 틸링 쇼에서 10킬로미터쯤 떨어진 가까운 도시예요. 그럼 읽어볼게요."

—— 틸링 쇼에서 벌어진 의문의 참극
   지역의 유력 지주, 살인 미수 후 자살 감행

지난 목요일 그레이트 틸링과 틸링 쇼 지역 일대가 발칵 뒤집힌 사건이 벌어졌다. 이 비극적인 사건 소식에 평화로운 시골 마을은 좀처럼 충격에서 벗어나지 못하는 모습이다.

현장에 급파된 본지 기자의 탐문 결과, 이 소문은 과장된 것이 아니라 오히려 사실인 것으로 드러나 적잖은 파장을 불러일으키고 있다.

사건 당일 오후, 하이 반에 거주하는 프랭크 휘트마시는 삼촌 윌리엄 휘트마시와의 지지부진한 논쟁에 종지부를 찍기 위해 베로니 저택을 방문했다. 두 사람은 사냥감을 쫓다가 빚어진 불법 침입과 관련하여 논쟁을 벌인 것으로 알려져 있으며, 헌스턴 미어라는 호수를 두고 배타적 사냥권을 주장하고 있었다.

이날 노신사는 출타 중이었으며, 프랭크 휘트마시는 기다리다가 다시 오겠다는 내용의 메시지를 남기고 저택을 나섰다. 주변 사람들의 말에 따르면 이날 저녁 돌아와서 '윌리엄 삼촌과 결판을 내겠다'는 내용의 문구도 적혀 있었다고 한다.

불행히도 그의 결의는 실현되고 말았다. 저녁 8시 45분경 프랭크는 저택으로 돌아와 귀가해 있던 삼촌과 함께 한동안 식당에 머물러 있었다. 둘 사이에 어떤 이야기가 오고 갔는지는 현재까지 알려진 바 없으나, 30분 동안 이 집의 다른 거주자들이 뭔가 특별하다고 느낄만한 낌새는 없었던 것으로 보인다. 그러다 갑자기 두 발의 총성이 연달아 빠르게 들려왔다. 가장 먼저 현장에 도착한 사람들은 베로니 저택의 가정부 로런스 부인과 그녀를 돕는 하녀였다. 두 사람은 총성이 멎은 방 앞에서 자연스럽게 드는 공포감을 억누르기 위해 잠시 심호흡을 한 후, 용기를 내어 문을 열고 방 안으로 들어갔다. 그들이 처음 마주한 것은 그들의 발치에서 멀지 않은 곳 바닥에 널브러진 프랭크 휘트마시였다. 이 끔찍한 광경에 두 여자는 그가 죽었거나 적어도 중상을 입었을 것이라 생각했지만, 가까이 다가가서 살펴본 결과 이 젊은 신사가 기적적으로 목숨을 부지했음을 알 수 있었다. 참담한 사고의 순간 그의 주머니에는 커다란 구식 은시계가 있었고, 심장을 관통했어야 할 총알은 시계에 깊숙이 박혀 있었다. 그러나 두 번째 총알은 소기의 목적을 달성했다. 윌리엄 휘트마시는 방 안쪽 테이블에 앉은 채 머리에 난 치명적 총상으로 사망한 것이다. 그의 발치에는 총격에 사용된 구식 대구경 회전식 권총이 놓여 있었다.

이후 프랭크 휘트마시는 총에 맞은 충격과 자신에게 총구를 겨누던 삼촌의 끔찍한 모습에 충격을 받아 기절한 것 같다고 증언했다.

독자들을 대신하여 본지는 휘트마시 가족 모두에게 심심한 위로의 말을 전하며, 신의 가호로 총알을 피한 프랭크 휘트마시에게 축하의 말을 전한다.

사인 규명을 위한 심리는 월요일로 정해졌으며, 장례식은 화요일에 엄수할 예정이다. ──

"이게 전부예요."

조지가 말했다.

"신문에 나온 내용은 그게 전부라는 말이지요."

캐러도스가 바로잡았다.

"어딜 가나 마찬가지예요. 모두 '살인미수와 자살'을 당연하게 받아들이고 있어요."

조지가 재빨리 말을 이었다.

"아버지가 프랭크를 죽이려고 했는지, 정말로 자살했는지 그걸 어떻게 알 수 있지요? 그게 사실인지 아닌지 어떻게 알 수 있나요, 캐러도스 씨?"

"아버지라고요, 조지 양?"

"맞아요. 제 이름은 매들린 휘트마시에요. 마을 사람들은 모두 저를 동정과 비난이 섞인 시선으로 바라보고 있어요. 이쪽 사람들도 휘트마시라는 이름을 알고 있을지 모른다는 생각에 머릿속에 처음 떠오르는 이름을 말씀드린 거예요. 여기 오면서 지나왔던 거리 이름이었을 거예요. 그리고 당신을 만나러 왔다는 것도 알리고 싶지 않았어요."

"왜죠?"

불안이 몸을 잠식한 나머지 그녀의 몸이 딱딱하게 굳었다. 슬픔은 여러 형태를 띤다. 휘트마시가 과거에 어떤 사람이었던지 간에 이 비극적인 사건이 그녀의 마음에 생채기를 내어 냉소만을 남긴 것이 분명했다.

"당신은 도시에 사는 남자니까 뭐든 원하는 대로 할 수 있겠지요. 시골 처녀인 저는 이웃들이 원하는 대로 행동할 수밖에 없어요. 제가 사람들의 생각과 반대되는 의견을 제시한다면 그보다 큰 민폐는 없을 거예요. 그들이 내린 결론의 정당성에 의문을 제기하는 건 상처에 모욕을 더하는 극악무도한 만행과 다를 게 없는 것이지요."

"지금으로선 기사 내용을 벗어나 추론하기가 어렵군요. 표면상 당신의 아버지는, 어떤 동기가 있었는지 모르겠지만 프랭크 휘트마시를 죽이려 했고 자신의 목숨을 끊었습니다. 당신은 다른 생각을 갖고 있는 것 같군요. 그 이유가 뭡니까?"

"그게 제일 어려운 부분이에요."

고통스러운 표정을 지으며 휘트마시가 목소리를 높였다.

"당신을 만나러 와야 한다는 마음은 있었지만 여기 오기가 두려웠어요. 저한테 증거가 있느냐고 물으셨을 때 제가 아무 이야기도 하지 못한다면 절 도와주시지 않을 테니까요. 사건 당시 아버지 곁에 없었지만 저는 알아요. 확실히 말할 수 있어요. 아버지는 이런 일을 저지를 분이 아니세요. 설명할 수 없는 뭔가가 있어요, 캐러도스 씨. 그리고——그게 전부예요."

그녀의 목소리는 멍하니 읊조리듯 가라앉았다.

"아버지는 스스로를 변호할 수 없으니 모두 아버지를 비난하겠지요. 하지만 아버지 발치에서 발견되었다는 그 권총은, 아버지가 가지고 있었을 리가 없어요."

"무슨 뜻입니까?"

캐러도스가 낚아채듯 캐물었다.

"그게 사실입니까?"

"뭐가 사실이라는 거죠?"

그녀는 생각의 끈을 놓쳐버린 사람처럼 멍하니 되물었다.

"권총 말입니다. 당신 아버지가 그것을 가지고 있었을 리가 없다고 말씀하셨습니다."

"권총이요?"

그녀가 지친 목소리로 반문했다.

"아, 네. 무거운 구식 총이에요. 책상 서랍 속에 넣어둔 지 10년도 더 넘었을 거예요. 대낮에 개가 농장에 들어와 누가 손을 쓸 새도 없이 양 여섯 마리를 괴롭힌 적이 있었거든요."

"그렇군요. 그런데 목요일에는 왜 아버지가 그 총을 가지고 있었을 리가 없다고 말씀하신 거지요?"

"총이 없어진 걸 알았으니까요. 오후에 프랭크가 왔다 간 다음 저는 그가 기다렸던 방에 들어가 청소를 마저 끝내려고 했어요. 신문에서는 식당이라고 했지만 사실 그곳은 아버지의 서재였고 다른 사람들은 드나들지 않았어요. 책상 먼지를 털어내다가 권총이 그 자리에 없는 걸 보게 된 거죠."

"전에도 책상 서랍을 열어본 적이 있었나요?"

"아주 오래된 책상이라 서랍이 꼭 맞질 않아요. 튀어나온 끝 부분에 먼지가 잘 쌓이다 보니 서랍을 열고 닦아줘야 해요. 잠가놓은 적은 없었고요."

"아버지가 권총을 들고 나갔을 가능성도 있지요."

"아니에요. 아버지가 나가신 후에도 총은 제자리에 있었어요. 아버지는 점심을 드신 후 곧장 스틴브리지에 가셨다가 거의 8시가 되어서야 돌아오셨어요. 아버지가 나가신 후에 그 방을 청소하러 갔는데, 그때 총을 본 거예요. 책상을 닦는 도중 프랭크가 노크하고 들어오는 바람에 마무리하지 못했어요. 그래서 그 방에 다시 가게 된 거지요."

"하지만 당신은 증거가 없다고 말하지 않았나요, 휘트마시 양."

캐러도스는 매우 심각한 표정으로 그녀의 말을 상기시켰다.

"아직도 그 중요성을 깨닫지 못하셨나요? 이 작은 단서가 얼마나 중요한지 정말 모르시겠습니까?"

"그런가요?"

그녀는 무심히 대답했다.

"지금 좀 머리가 무거워서 그런가 봐요. 어제는 온종일 멍하니 있었어요. 평범한 일도 제대로 할 수 없었지요. 시계를 한참 동안이나 들여다보면서도 지금이 몇 시인지도 전혀 모를 정도였어요. 마찬가지로 그 권총이 희한하다고는 생각했던 거 같은데, 곧 생각하는 것을 포기해야 했어요. 이를테면 모든 것이 거기에 있었지만 모든 게 잘 들어맞지 않는 것 같았거든요."

"아버지가 나간 후에는 권총이 제자리에 있었지만, 아버지가 돌아오기 전에 사라졌다는 게 확실합니까?"

"네, 물론이에요."

휘트마시가 재빨리 대답했다.

"그때 참 희한하다고 생각했던 게 기억나네요. 그리고 다른 게 더 있어요. 저는 아버지가 출타하셨을 때 여쭤볼 것이 있으면 나중에 기억하려고 메모해두는 습관이 있거든요. 제가 목요일 오후에 써둔 메모를 오늘 아침 화장대에서 발견했어요."

"권총에 관한 메모인가요?"

"네. 어떻게 된 일인지 여쭤보려고 했지요."

캐러도스는 이후의 몇 가지 질문을 통해 매들린 휘트마시로부터 이 가문의 두 일가에 얽힌 내력을 전해들을 수 있었다.

윌리엄 휘트마시의 아버지가 세상을 뜨고 윌리엄 휘트마시가 유산을 물려받을 때까지는 가문의 영지와 하이 반은 하나의 사유지였다. 요먼(yeomen) 계층[28]인 휘트마시 집안은 제법 긴 세월 동안 아버지 윌리엄에서 아들 윌리엄으로 재산 상속이 이루어졌다. 그러나 두 번째 아내의 영향으로 아버지 윌리엄은 소유지를 나눠 400에이커에 이르는 비옥한 영지는 아들 윌리엄에게 주고, 300에이커의 불모지인 하이 반은 다른 아들, 즉 이번 사건에 연루된 프랭크의 아버지에게 남겨주었다. 그러나 표면상 둘로 나뉘었다고 해도 두 토지를 연결하는 고리가 여전히 존재하고 있었다. 옥수수밭과 용도 변경된 목초지

---

28) 젠트리와 노동자 사이의 중간 계층, 대개 지주로 이루어진 부유한 농민층.

아래에 깊고 두꺼운 석탄층이 자리하고 있어 채굴하게 되면 큰 돈벌이가 될 수 있었던 것이다. 토지를 나눈 장본인인 아버지 윌리엄도 채굴로 큰돈을 벌 수 있었지만 그렇게 하지 않았고, 그의 유언장에는 두 아들 중 어느 누구도 서로의 동의나 협력 없이 그 땅에서 석탄 채굴이나 탐사를 하지 못하도록 제약하는 조항이 포함되어 있었다.

이러한 제약 조항은 증오의 원흉이 되었다. 형제는 이복형제였고, 윌리엄은 계모의 손에서 씻을 수 없는 고통을 겪으며 자랐기에 깊아 줄 묵은 원한이 있었다. 소출 좋은 농장 덕에 편안하고 풍족한 삶을 누리며 사냥과 사교 생활에 적극적이던 큰아들 윌리엄은 자신의 부를 늘리고 싶은 마음이 조금도 없었다. 완고하고 무뚝뚝한 농사꾼의 기질을 타고난 그는 선조들로부터 물려받은 저택과 땅에 대한 집착이 매우 강했다. 이러한 입장이다 보니 어떠한 주장도 그를 움직이지 못했다.

한편 새로 생긴 경계의 울타리 반대편에 사는 프랭크는 해가 갈수록 가난해졌다. 기회가 있을 때마다 하이 반에서 채굴할 수 있게 동의해달라고 윌리엄에게 탄원했지만 돌아오는 건 "내 눈에 흙이 들어가기 전까지는 안 돼!"라는 단호한 거부뿐이었다. 가난한 동생은 항의와 탄원, 위협에 저주까지 퍼부었지만 부유한 형은 고개를 저으며 히죽거릴 뿐이었다. 캐러도스는 굳이 그 지역에 떠도는 '철천지원수가 된 휘트마시 집안의 이복형제'에 관한 소문을 듣지 않더라도 상황이 어떨지 충분히 짐작할 수 있었다.

"물론 저는 그 사업 부분에 관해서는 잘 몰라요."

매들린이 말했다.

"많은 사람들이 불쌍한 아버지를 비난했어요. 특히 프랭크 삼촌이

술 때문에 죽었을 때 비난이 극에 달했지요. 하지만 저는 그게 단지 완고함 때문만은 아니었다고 생각해요. 아버지는 예전 모습 그대로 파헤쳐지지 않은 평화로운 상태의 자연을 사랑하셨어요. 할아버지도 그 상태를 계속 유지하기를 바라셨잖아요. 아버지는 탄광이 개발되면 밀렵꾼과 불법 침입자들 같이 수상한 사람들이 몰려들 거라고 말씀하셨어요. 연기와 먼지 때문에 그 넓은 땅이 오염되어 동물들이 사라지고, 혹시나 채굴 사업이 수익이 없는 것으로 판명되면 그전보다 훨씬 더 힘든 삶을 살게 될 거라고 걱정하셨어요."

"그럼 이제 제약 조항은 소멸됐습니까? 아들 프랭크가 채굴할 수 있게 된 건가요?"

"이젠 프랭크와 윌리엄 오빠에게 달렸어요. 아버지들 간의 관계와 같은 거지요. 윌리 오빠는 채굴에 찬성할지도 몰라요. 오빠는 좀 신식이거든요."

"형제가 있다는 말씀은 안 하셨군요."

"위로 오빠가 두 명 있어요. 둘째 오빠 밥은 멕시코에 있고요." 그녀가 대답했다.

"윌리 오빠는 캐나다에서 토건 회사에 다니고 있어요. 둘 다 아버지와 사이가 좋지 않아 집을 떠났어요."

초자연적인 관찰력이 없더라도 죽은 윌리엄 휘트마시가 '약간의 어려움'에 처해 있었다는 사실을 추론할 수 있는 대목이었다.

"프랭크 삼촌이 돌아가신 지는 6개월이 좀 안 되었어요. 삼촌이 돌아가셨을 때 사촌 오빠 프랭크가 하이 반으로 돌아왔고요. 그전에는 2년 정도 남아프리카에 머물고 있었어요."

"사촌 프랭크도 자기 아버지와는 사이가 좋지 않았나 보군요."

매들린은 슬픈 미소를 지어 보였다.

"휘트마시의 남자들은 서로 사이가 좋았던 적이 없는 거 같아요."

"당신 아버지와 아들 프랭크처럼 말입니까?"

"두 일가의 땅은 서로 연결되어 있어요. 그래서 늘 분쟁과 소란이 끊이지 않았답니다. 프랭크는 자기 아버지의 불만을 물려받은 것이지요."

"프랭크는 채굴을 원했나요?"

"네. 저한테 나탈에서 채굴해본 적이 있다고 하더군요."

"그렇다면 당신과 프랭크는 서로 완전히 무시하는 사이는 아니었나 보군요. 어느 정도 친분을 유지했습니까?"

"별로요."

매들린은 생각에 잠겼다.

"그냥 아는 사람이었지요 ──. 가끔 만나는 사이였어요. 물론 다른 사람들 집에서요."

"하이 반에 가본 적은 없었나요?"

"네."

"가지 않아야 할 특별한 이유가 있던 건 아니고요?"

"왜 그런 질문을 하시는 건가요?"

그녀가 쏘아붙였다. 간단한 질문에 맞지 않는 격앙된 목소리였다. 그녀도 그 사실을 깨달았는지 곧 뉘우치는 어조로 말을 이었다.

"아, 죄송해요, 캐러도스 씨. 목요일 이후로 정신이 다 허물어져 버린 거 같아요. 그냥 넘어갈 일인데도 자꾸 예민하게 반응을 하게 되네요."

"이런 상황에서는 흔히 겪는 일입니다."

캐러도스가 안심시키듯 말했다.

"비극이 벌어졌을 때 어디에 있었습니까?"

"제 침실에서 옷을 갈아입고 있었어요. 제 침실은 맨 위층에 있어요. 마을에 나가서 식료품 주문을 하고 돌아온 참이었지요. 로런스 부인이 두 사람 사이에 말다툼이 일어날까 두렵다고 저한테 말했지만, 그땐 누구도 이런 사건이 벌어질 거라고는 생각조차 하지 않았어요. 그러다가 갑자기 총성이 크게 울렸고, 몇 초 뒤 조금 약해진 소리로 또 한 발의 총성이 들렸어요. 저는 문 쪽으로 달려갔어요. 로런스 부인과 메리가 먼저 도착해있었어요. 그러고는 아무 소리도 들리지 않았고요."

"큰 총성이 들린 다음 조금 약해진 총성이 들렸다고요?"

"네. 그건 그 당시에도 이상하다고 생각했어요. 나중에 로런스 부인한테 총소리에 관해 이야기를 했더니 부인도 그랬던 것 같다고 기억하더군요."

훗날 캐러도스는 아버지의 누명을 벗기고 다른 쪽의 죄를 확정할 정황적 증거를 파악하는 과정에서, 절대적으로 중요한 두 가지 단서가 그렇게 우연히 매들린의 입에서 흘러나왔다는 사실을 떠올리며 헛웃음을 짓곤 했다. 그러나 그 순간에는 사실에만 집중했다.

"제 이야기가 별것 아니라서 실망하신 건 아니지요?"

그녀가 조심스럽게 물었다.

"전혀요."

캐러도스가 대답했다.

"가지고 있을 리 없던 무기로 자기 목숨을 끊은 자살자와 행운의 시계 덕분에 기적적으로 목숨을 부지한 피해자, 그리고 같은 권총에

서 발사되었지만 소리가 다르게 들린 두 발의 총성. 이 모든 것을 고려하면 실망스럽다고 할 수는 없죠."

"저는 정말 머리가 나쁜가 봐요. 뭐가 뭔지 잘 모르겠어요. 하지만 저희 아버지의 누명을 벗겨주기 위해 오실 거죠?"

"그러겠습니다. 그다음은 아무도 알 수 없지만요."

두 사람은 이후 일정을 짰다. 휘트마시는 곧장 집으로 가고, 캐리도스는 그날 오후 늦게 그레이트 틸링으로 가서 낚시꾼들이 묵는 마을 숙소에 머물기로 했다. 같은 날 저녁 캐러도스가 영지에 찾아오면 매들린은 그를 가족의 먼 친척쯤으로 대하기로 했다. 이는 저택의 하인들과 혹시나 있을지 모를 우연한 방문객을 위해 세워둔 방책일 뿐, 사실 가까운 친척이 올 가능성은 없었다. 게다가 캐러도스의 이름 이나 존재를 알아볼 만한 사람도 거의 없었다. 그러나 그녀는 캐러도 스에게 확실한 결론에 도달할 때까지는 그곳에 방문한 진짜 이유를 밝히지 말아 주기를 몇 번이나 당부했다. 그것으로 보아 그녀는 이 일을 매우 중요하게 여기는 것 같았다.

캐러도스가 파킨슨과 함께 영지에 도착한 시각은 밤 9시였지만, 여전히 주위를 구분할 수 있을 만큼 밝았다. 파킨슨이 묘사한 바로는 저택은 정방형의 육중한 회색 석조 건물로 허허벌판에 노출되어 있었 다. 허름한 외관의 집 전면에는 돌출된 현관도 없이 밋밋하기 짝이 없었고, 100여 년 전 어느 검약한 휘트마시가 집을 지으면서 세금을 피해보려 했는지, 삼층 건물 벽체에 듬성듬성 창문이 나 있었다.[29]

"음산한 느낌이군."

캐러도스가 입을 열었다.

---

29) 중세 영국에는 창문 개수로 세금을 매기는 창문세가 있었다.

"하지만 환경과 범죄와의 상관관계는 아직 분석이 불가능하지. 교외의 신식 빌라가 살인의 현장이 되기도 하고 도랑으로 둘러싸인 허름한 농가에서 마음 착한 이들이 돈독한 관계를 유지하며 행복하게 살기도 하니까. 자네가 보기엔 어떤가, 파킨슨?"

"습기가 많이 찬 것 같습니다, 주인님."

파킨슨이 신중하게 대답했다.

문은 매들린 휘트마시가 직접 열어주었다. 그녀는 판석이 깔린 홀을 지나 식당으로 그들을 안내했다. 건물 외관이 주는 인상과는 상관없이 내부는 쾌적했다.

"와주셔서 감사해요, 캐러도스 씨."

문이 닫히자 그녀가 다급히 말했다.

"스틴브리지 경찰서의 브루스터 경사님이 여기 와 있어요. 심리에 제출할 증거를 정리해야 한다고 그러더군요. 심리는 월요일에 이곳 학교에서 열릴 예정이에요. 경사님이 증거로 제출하기 위해 권총을 가져간다는데, 그전에 총을 보시겠어요?"

"그러지요."

캐러도스가 대답했다.

"그럼 아버지의 서재로 가시겠어요? 경사님은 그곳에 있어요."

그들이 들어섰을 때 경사는 테이블 앞 의자에 앉아 수첩에 무언가를 적고 있었다. 테이블 위에는 구식 권총이 놓여 있었다.

"이 신사분은 아버지의 심리 때문에 먼 길을 와주셨어요. 경사님이 가져가기 전에 권총을 좀 보고 싶다고 하시는데요."

휘트마시가 말했다.

"안녕하십니까. 이런 일로 뵙게 되어 유감입니다."

브루스터 경사가 말했다.

캐러도스는 방을 '둘러보면서' 경찰의 인사에 대답했다. 매들린은 잠시 머뭇거리다 총을 들어 캐러도스의 손에 올려주었다.

"오래된 총입니다. 하지만 손질이 잘 되어 있더군요."

브루스터가 고개를 끄덕이며 말했다.

"초창기의 프랑스 제품인 거 같소. 아마도 르포슈 모델일 겁니다."

캐러도스가 말했다.

"실탄은 빼두신 겁니까?"

"아, 네."

경사가 주머니에서 성냥갑을 꺼내며 말했다.

"보시다시피 공이식입니다. 장전된 총을 주머니에 넣은 채 말을 타는 일은 썩 좋아하지 않으니까요. 게다가 어린 말일 경우에는요."

"물론 그렇겠지요."

캐러도스는 실탄을 손으로 만져보며 말했다.

"혹시 회전식 탄창에 있는 탄피의 순서를 표시해두셨는지요?"

"그럴 필요는 없었습니다, 캐러도스 씨. 두 발이 발사됐고, 나머지 네 발은 발사되지 않았으니까요."

"예전에 어디선가 바닥에 놓인 카드 한 벌과 관련된 사건에 관해 읽은 적이 있습니다. 살인사건이었는데, 용의자의 유죄 여부는 51번째 카드와 52번째 카드의 상대적 위치에 달려 있었지요."

"아, 그 사건 이야기라면 당연히 읽었습니다, 캐러도스 씨."

경사는 휘트마시와 파킨슨에게 자신의 의도를 전달하려는 듯 의미심장한 미소를 지으며 대답했다.

"하지만 이 사건은 아주 단순합니다."

"그럼 다른 증거를 찾아봐야겠다는 생각은 하지 않으셨겠군요."

"사건에 영향을 줄 만한 사실은 모두 적어두었습니다. 뭔가 특이한 점이 있다는 말씀이신가요?"

"그냥 궁금해서요."

캐러도스가 미안하다는 듯 부드럽게 말했다.

"경사님이나 다른 누가 혹시 어딘가에 떨어져 있는 탄약 마개를 발견하지 않았을까 생각했습니다."

경사는 잘 손질된 콧수염을 만지작거리며 웃음을 숨기려 애썼지만, 눈가의 실룩거림은 멈추지 않았다.

"그럴 리가요."

경사의 대답에 단호함이 서렸다.

"탄두가 있는 권총용 실탄에는 탄약 마개가 없습니다. 아마도 산탄 총을 생각하시는 모양이군요."

"아."

캐러도스는 탄피를 뒤집어 보며 말했다.

"물론, 그렇겠지요."

"그럴 것 같았습니다."

경사는 예의 바르게 대답했지만, 조용히 그 상황을 즐기고 있는 듯했다.

"휘트마시 양, 이제 가보겠습니다. 필요한 건 다 찾은 것 같아요."

"캐러도스 씨, 잠시만 기다려주시겠어요?"

휘트마시가 말했다. 두 사람이 나가고 방에는 캐러도스와 파킨슨 만이 남았다.

"파킨슨."

문이 닫히자 캐러도스가 나직이 말했다.

"바닥을 좀 둘러보게. 탄약 마개가 떨어져 있지는 않나?"

"없습니다, 주인님."

"그럼 램프를 가져와 가구들 뒤편을 살펴보도록 하지. 뭐든 발견하면 건드리지 말고 그대로 놔두게."

파킨슨이 테이블 램프를 가져와 이리저리 비추는 동안 기묘하게 생긴 거대한 그림자들이 서로를 덮칠 듯 어지러이 움직이며 천장을 뒤덮었다. 작열하는 태양 빛과 어두운 그림자가 매한가지인 이 남자는 그의 앞에 놓인 보이지 않는 벽에 시선을 고정한 채 편안히 앉아 있었다.

"소파 뒤에 작은 종이뭉치가 있습니다, 주인님."

"이제 램프를 가져다 놓게."

두 사람은 무게가 꽤 나가는 오래된 소파를 벽에서 끌어냈다. 캐러도스는 소파 뒤로 가서 그곳에 쌓여 있는 먼지 한 톨까지 놓치지 않겠다는 듯 얼굴이 바닥에 닿다시피 기는 자세를 취했다. 그러고는 한 치의 오차도 없이 가벼운 손놀림으로 파킨슨이 발견한 것을 바닥에서 살며시 들어 올렸다. 그는 종이뭉치를 긴 손가락으로 조심스럽게 폈다. 어찌나 손놀림이 정교한지 다 펼쳤는데도 종이 표면 여기저기에 먼지 알갱이가 그대로 붙어 있었다.

"이게 무엇일 것 같은가, 파킨슨?"

파킨슨은 주의 깊게 살펴본 뒤 본 대로 설명하기 시작했다.

"겉보기에는 담배 종이 같은데 이런 종류는 처음 보는 것 같습니다. 특별한 무늬가 있는 것 같지는 않습니다만, 한쪽 끝은 1.3센티미터 정도 길이의 광택지로 되어 있습니다."

"끝은 황색으로 되어 있고. 그렇지?"

"다른 끝은 약간 울퉁불퉁합니다. 잘린 것처럼 보이기도 하고요."

"입을 대는 부분의 반대쪽이겠지, 그럼."

"색이 검게 변했고 바늘구멍처럼 생긴 탄 자국도 보입니다. 군데군데 갈색으로 그을린 곳도 있습니다."

"그 밖에는?"

"제가 보지 못한 것은 더는 없을 겁니다, 주인님."

파킨슨이 좀 더 살펴본 후 대답했다.

캐러도스는 다소 엉뚱한 질문으로 대꾸했다.

"천장의 재질은 뭐지?"

"참나무 판자입니다. 묵직한 대들보가 떠받치고 있고요."

"혹시 방에 석고상은 없나?"

"없습니다, 주인님."

"회반죽을 바른 곳도 없고?"

"없습니다."

캐러도스는 박엽지 조각의 냄새를 맡아본 다음 혀끝에 종이를 대어보았다.

"매우 흥미롭군, 파킨슨."

캐러도스가 말했다. 늘 따라오는 '그렇습니다, 주인님'이라는 대답은 파킨슨의 신중한 묵인을 보여주는 것이었다.

"기다리시게 해서 죄송합니다."

휘트마시가 방으로 들어오면서 말했다.

"로런스 부인이 외출 중이라서요. 아버지는 손님이 오시면 늘 다과를 내놓곤 하셨는데."

"괜찮습니다."

캐러도스가 말했다.

"저희도 나름 바빴습니다. 바닥에 떨어져 있던 이 종이뭉치를 줍기 위해 제가 런던에서 이곳까지 온 겁니다. 자, 여기 있습니다."

캐러도스는 다시 박엽지를 말아 그녀의 눈앞에 내보였다.

"탄약 마개군요!"

그녀가 격앙된 목소리로 외쳤다.

"그럼 제 말이 옳다는 게 입증되는 건가요?"

"'입증'되는 건 없습니다, 휘트마시 양."

"하지만 그건 발사된 총알 중 하나는 공포탄이었다는 뜻이잖아요. 오늘 아침 당신이 그럴 가능성이 있다고 말씀하지 않으셨나요?"

"전혀 그렇지 않습니다."

"그럼 뭔가요?"

그녀가 물었다. 그녀의 짙은 색 커다란 눈은 호기심에 매료되어 좀처럼 속내를 헤아리기 힘든 캐러도스의 얼굴에 고정되어 있었다.

"소파 뒤에서 화약에 탄 종잇조각을 발견했다는 것이지요."

잠시 침묵이 흘렀다. 매들린은 고개를 돌리며 중얼거렸다.

"조금은 실망스럽네요."

"나중에 실망하느니 지금 실망하는 게 나을 겁니다. 모든 근거를 하나도 빠짐없이 입증해야 한다는 것을 미리 말씀드릴 걸 그랬습니다. 사촌 프랭크는 담배를 피웁니까?"

"모르겠어요, 캐러도스 씨. 말씀드렸듯이 프랭크에 대해서는 아는 게 별로 없거든요."

"그렇군요. 혹시나 해서 물었습니다. 아버님은요?"

"전혀요. 아버지는 담배라면 질색을 하셨죠."

"지금으로서는 제가 알고 싶은 건 그게 전부입니다. 내일 몇 시에 방문하면 좋을까요, 휘트마시 양? 내일은 일요일이지요."

"언제든 상관없어요. 지금은 이게 다 무슨 일인지 너무 궁금해서 친구들을 만나고 싶은 생각도 없어요. 정말이에요."

그녀가 대답했다. 그날의 참상이 떠올랐는지 얼굴이 굳어졌다.

"하지만 캐러도스 씨──."

"네?"

"월요일 오후에 있을 심리 말이에요──. 저는 당신이 아버지의 누명을 벗겨줄 수 있을 거라 간절히 믿고 있어요."

"심리가 시작되기 전까지 말씀입니까?"

"네. 그렇지 않으면──."

"심리 배심원들의 평결은 아무런 의미가 없습니다, 휘트마시 양. 그냥 형식적인 겁니다."

"저한테는 정말로 큰 의미가 있어요. 그 생각이 저를 완전히 짓누르고 있단 말이에요. 만약 배심원들이, 그러니까 아버지가 살인미수를 저지른 뒤 자살을 감행했다고 평결을 내리면 저는 앞으로 얼굴을 들고 다닐 수 없을 거예요."

캐러도스는 이 의미 없는 논의를 지속할 마음이 없었다.

"안녕히 계십시오."

그가 손을 내밀며 말했다.

"안녕히 가세요, 캐러도스 씨."

조용한 감정이 담긴 그녀의 목소리에 캐러도스는 걸음을 멈췄다.

"너무 신세를 많이 져서 뭐라 말씀을 드려야 할지 모르겠어요. 이렇게 친절을 베풀어주시다니 ——."

"이상한 사건이군."
사각형의 안뜰을 지나 조용한 거리로 나오면서 캐러도스가 말했다.
"교훈적이긴 하지만, 이런 사건이라면 모르고 지나쳤으면 좋았을 텐데."
"그 아가씨는 고마워하고 있는 것 같습니다."
파킨슨이 조심스레 말을 꺼냈다.
"그 아가씨가 문제야, 파킨슨."
캐러도스가 우울한 목소리로 대답했다.
대문을 나와 얼마쯤 걷다 보니 들길이 나타났다. 이 좁다란 길은 큰길에 곧장 닿을 수 있는 지름길이었다. 숙소로 가려면 이 길을 따라가야 했지만 다져진 흙길을 따라가는 대신 캐러도스는 왼편으로 돌았다. 그리고 그들이 지나왔던 사각형 안뜰의 경계를 따라 줄지어 늘어선 건물들을 가리켰다.
"이곳을 조사해봐야겠네. 입구가 보이나?"
대부분의 건물은 안뜰 쪽으로 입구가 나 있었다. 하지만 벽면을 따라 거의 끝에쯤 다다랐을 때 파킨슨이 나무 빗장이 걸린 문 하나를 찾았다. 문을 열자 안쪽은 한 치 앞도 보이지 않을 만큼 어두웠지만, 건초에서 풍기는 달콤한 먼지 냄새가 났고 저 너머에서는 이따금 돌바닥에 부딪치는 말편자 소리와 여물통 고리에 닿아 달그락거리는 굴레 사슬 소리가 들렸다. 그 소리로 보아 마구간 뒤편의 여물을 저장해두는 헛간에 들어와 있는 것이 분명했다.

캐러도스는 손을 뻗어 손가락으로 벽을 만져보았다.

"더 들어가 볼 필요는 없겠군."

그가 말했다. 헛간을 나와 들판을 가로질러 가면서 캐러도스는 손수건을 꺼내 혀에 묻은 회반죽을 닦아냈다.

매들린으로부터 하이 반의 쇠락에 대해 듣기는 했지만, 다음 날 오후 하이 반의 농가로 향하던 캐러도스는 파킨슨이 묘사해준, 황량하기 짝이 없는 농장의 빈곤한 모습에 놀라지 않을 수가 없었다. 그는 일부러 젊은 휘트마시 소유의 소출이 적은 경작지 쪽의 길을 택했다. 세이지와 들 갓이 무성한 것을 보니 배수도 신통치 않고 경작도 그다지 활발히 이루어지지 않은 모양이었다. 드넓은 땅 위로 부서진 문과 헝클어진 울타리가 눈에 띄었다. 농지를 가로지르며 보이는 건물들은 텅 비었고 여기저기 헐벗은 서까래가 하늘을 향해 앙상한 뼈대를 드러내고 있었다.

"굶주려 있군."

캐러도스는 풍경에 담긴 의미를 파악하며 말했다.

"목마른 소유주와 배고픈 땅. 그 둘 모두 충족될 수 없었던 거야."

오후였지만 문은 빗장과 자물쇠로 굳게 잠겨 있었다. 노크를 하고 문이 열리자 지저분하고 쭈글쭈글하고 심술궂은 얼굴이 우스꽝스러워 보이는 키 작은 노파가 서 있었다.

"프랭크 휘트마시 씨 입니까?"

캐러도스의 정중한 물음에 노파가 대답했다.

"아무렴요. 여기 살지요. 프랭크, 누가 찾아왔다."

노파는 복도를 향해 큰 소리로 외쳤다.

"무슨 일인데요, 어머니?"

남자는 굵은 목소리로 귀찮다는 듯 소리쳤다.

"이리 나와 봐!"

노파는 마치 재미있는 농담을 주고받고 있다는 듯 커다란 눈알로 캐러도스에게 추파를 던졌다.

의자 끄는 소리가 들리더니 복도 끝에 셔츠 바람의 키 큰 남자가 나타났다.

"저는 타지 사람입니다만."

캐러도스가 설명했다.

"브리지 여인숙에 머물고 있는데 당신이 지난 목요일에 기적적으로 총알을 피해 살아났다는 이야기를 들었습니다. 그래서 호기심을 주체하지 못해 축하를 드리고자 이렇게 불쑥 찾아 왔습니다."

"아, 어서 들어오세요."

휘트마시가 말했다.

"예——뭐, 이를테면 기적 같은 일이긴 했지요."

휘트마시는 두 사람을 안내하여 그가 있던 복도 끝 방으로 향했다. 부엌 겸 응접실로 사용하는 곳이었다. 적어도 격식을 차리지 않아도 되는 편안한 분위기였고, 벽난로 위 선반과 찬장을 장식한 백랍과 도자기 식기들은 수집가의 마음을 충족시키기에 충분했다.

"좀 누추합니다."

젊은 남자는 멸시하는 눈빛으로 방 안을 둘러보며 사과했다.

"손님이 찾아올 줄은 몰라서요."

"아무래도 친구들에게 둘러싸여 계실 것 같아 찾아뵈어도 될지 좀 망설였습니다."

이 평범한 말에 기분이 몹시 좋아졌는지, 휘트마시 부인은 경련이날 정도로 심하게 웃어댔다.

"조용히 좀 해요, 어머니."

효심 가득한 아들이 말했다.

"어머니는 신경 쓰지 마십시오. 종종 저러시니까요."

그는 방문객들을 안심시키려는 듯 차분히 말했다.

"사실 이 지역에서 우리 휘트마시 집안사람들은 평판이 별로 좋질 않아요. 물론 저는 신경 쓰지 않습니다. 저도 본 게 많거든요. 따지고 보면 우리 휘트마시 사람들은 그렇게 당해도 쌉니다."

"석탄을 손에 넣을 때까지 기다려라, 얘야. 그럼 알게 될 거야."

노파는 악의에 찬 승리감을 내보이며 말했다.

"그렇게만 된다면 사람들에게 본때를 보여줄 수 있을 거예요. 그렇지요, 어머니?"

그가 오만하게 대답했다.

"혹시 들으셨는지 모르겠는데——, 죄송합니다만, 성함이 뭐라고 하셨나요?"

"캐러도스, 윈 캐러도스입니다. 이쪽은 제 하인 파킨슨입니다. 제가 눈이 보이질 않아 대동해야 했지요. 네, 저도 석탄에 대해서는 들었습니다. 신의 섭리가 당신 편에 있는 것 같군요, 휘트마시 씨. 담배 한 대 피우시겠습니까?"

"감사합니다. 한 번 정도는 괜찮겠지요."

"터키산이고 아주 순한 제품입니다."

"아, 그런 것이 아닙니다. 파이프 담배는 얼마든지 피울 수 있습니다만, 종이 담배는 입술에 붙어서요. 대개는 입술에 들러붙지 않는 종이를 사용하여 직접 말아 피웁니다."

"종이가 문제일 때가 있지요."

캐러도스가 동의했다.

"저도 그런 담배를 본 적이 있습니다. 좀 피워봐도 될까요?"

그들은 담배를 맞바꿔 피웠고, 휘트마시는 다시 사건 이야기를 꺼냈다.

"확실한 것은 그 사건으로 이 일대가 들썩였다는 거예요."

프랭크는 은근 뻐기는 듯한 어조로 말했다.

"그렇겠지요. 런던에 있을 때도 사람들의 입에 자주 오르내리던 이야기였으니까요."

"그게 정말입니까?"

이웃들이 뭐라고 하던 일절 신경 쓰지 않는 그였지만 런던이라는 말이 나오자 들뜬 표정을 숨기지 못했다.

"거기서는 뭐라고들 합니까?"

"심리에서 말다툼 원인에 대한 질문이 나올 때 당신이 어떤 증언을 할지 관심이 쏠리고 있지요."

"거봐! 내가 뭐라고 했니?"

휘트마시 부인이 소리쳤다.

"조용히 좀 해요, 어머니. 그거야 금방 대답해드릴 수 있습니다, 캐러도스 씨. 사냥한 오리가 두 집안의 땅 사이에 떨어져서 실랑이가 벌어진 거예요. 이 이야기는 신문에서 보셨겠지요?"

"네. 그 내용은 읽었습니다. 솔직히 그 정도 이유로 이런 치명적인 결과가 일어났다고 보기에는 좀 부족한 것 같습니다만."

"내가 뭐랬어? 안 믿을 거라 했잖아."

좀처럼 자제를 못하는 노파가 외쳤다.

젊은 남자는 화난 눈빛으로 어머니를 쏘아본 후 다시 캐러도스 쪽을 향해 몸을 돌렸다.

　"윌리엄 삼촌을 잘 모르셔서 하는 말씀입니다. 뭐든 꼬투리를 잡아다 싸움거리로 만드는 양반이에요. 예를 들면 이런 겁니다. 목요일 그 집을 방문했을 때 삼촌이 파이프 담배를 피우고 있었습니다. 그래서 저도 좀 있다가 담배를 꺼내 불을 붙였지요. 삼촌은 그 모습을 보고 가만히 있을 사람이 아니에요. 아주 신나게 욕을 퍼붓더군요. 당신 가족 중 누군가가 이렇다면 어떤 생각이 드시겠습니까, 캐러도스 씨?"

　"터무니없는 일이지요. 전적으로 동감합니다. 저라면 가만히 있지 않았을 텐데요. 그래서 당신은 어떻게 하셨습니까, 휘트마시 씨?"

　"싸우려고 간 건 아니었거든요."

　그 당시를 회상하며 시무룩한 모습으로 사내가 대답했다.

　"삼촌 집이었으니까요. 저는 담배를 벽난로에 던져버렸습니다."

　"대단히 예의 바른 분이시군요."

　캐러도스가 말했다.

　"이런 말을 해도 될지 모르겠지만, 삼촌이 당신을 쏜 이유보다는 자살한 이유 쪽이 더 중요한 것 같습니다."

　"이 신사 양반은 친절해 보이는구나. 프랭크, 조언을 좀 구해보렴."

　노파가 귀에 거슬리는 목소리로 속삭였다.

　"제발 입조심 좀 하세요, 어머니! 도대체 지금 제정신이에요?"

　휘트마시가 날카롭게 쏘아붙였다. 그는 멸시가 묻어나는 말투로 캐러도스에게 설명했다.

　"어머니 생각은 말이지요. 심리에서 제가 살인죄로 재판을 받을 거라는 겁니다. 사실 윌리엄 삼촌은 화를 잘 내는 사람이에요. 그런 사람들이 대체로 그렇듯 화가 나면 주체를 못하지요. 삼촌은 저를 죽였다고 확신했을 겁니다. 삼촌은 명사수였고 총알의 충격으로 제가 뒤로 나자빠졌으니까요. 삼촌은 자존심도 무척 강해 처벌을 받거나 굴복하는 것을 참지 못했을 겁니다. 아마도 자기가 무슨 일을 저질렀는지 깨닫고는 재판을 받고 교수형에 처하게 될지도 모른다는 두려움을 느꼈을 테고, 자살이 가장 손쉬운 도피 방법이라고 생각했을 겁니다."

"그렇군요. 합리적인 이야기 같습니다."

"그럼 별일이 없을 거란 말이지요, 신사 양반?"

휘트마시 부인이 불안한 기색을 보이며 슬그머니 끼어들었다.

프랭크는 이웃 사람들의 시선에 아랑곳하지 않는다고 분명히 밝혔지만, 캐러도스는 숨을 죽이고 그의 입만 바라보는 두 사람의 간절함을 느낄 수 있었다.

"아, 그건 모르지요."

캐러도스가 진중하게 입을 열었다.

"별일이야 있겠습니까마는──."

그는 생각에 잠긴 듯 차분히 말을 이었다.

"머리 좋은 변호사가 말다툼하는 과정에서 뭔가 드러나지 않은 일이 더 있다고 주장하고 나온다면 상황은 달라질 수도 있겠지요."

"아, 변호사 놈들이 문제야! 변호사 놈들이! 그놈들이 네 입을 열게 할 거야."

불안에 떨며 노파가 신음했다.

"그놈들도 내 입은 열지 못해요."

252 맹인탐정
맥스 캐러도스

자만심 가득한 그의 얼굴에 교활한 표정이 떠올랐다.

"게다가 변호사를 누가 고용한다고 그래요?"

"죽은 노신사의 가족이 원할 수도 있지요."

"두 아들은 외국에 있어서 그때까지 못 올 텐데요."

"하지만 여기에 딸이 살고 있지 않나요? 그렇게 알고 있습니다만."

휘트마시는 불쾌하다는 듯 웃음을 터뜨리며 어머니를 돌아보았다.

"매들린은 안 그래요. 매들린이 그런 짓을 할 리가 없어요. 당신의 아랫도리를 걸어도 좋아요."

작달막한 노파는 자부심이 넘쳐흐르는 아들을 존경 어린 눈빛으로 바라보았다. 감탄했다는 듯 찡그린 그녀의 얼굴은 영락없는 쥐의 모습이었다.

"히! 히! 그럴 리가 없지. 그 계집이 그럴 리가 없어. 히! 히!"

노파가 킥킥거리면서 고개를 끄덕이고 의미심장한 미소를 지으며 눈을 깜빡이다가 이내 입을 다물었다. 노파의 얼굴이 뒤틀리는 모습에 놀라워하던 파킨슨은 그녀가 아직도 웃고 있는 건지 아니면 잠에 빠진 건지 판단할 수가 없었다.

캐러도스는 좀 더 이야기를 나누다가 집을 나서기 전 프랭크에게 시계를 보여달라고 요청했다.

"유일무이한 기념품이군요, 휘트마시 씨. 가보로 남기셔도 되겠습니다."

시계를 살펴보며 캐러도스가 말했다.

"뭐 별달리 쓸모도 없는데요. 유명한 시계이기는 했지만요."

휘트마시가 덤덤히 말했다.

"시침과 분침이 다 없어졌군요."

"네. 유리도 박살났지요. 바늘은 주머니 속에 끼어 있었다가 떨어져 나갔을 겁니다."

"그렇겠지요. 총이 발사된 시간은 9시 10분이었군요."

사내는 생각에 잠겼다가 고개를 끄덕였다.

"그쯤이었을 겁니다."

"당신의 시계가 정확하다면 '그쯤'이 아니라 그 순간이겠지요. 매우 재미있군요, 휘트마시 씨. 당신의 생명을 구한 귀한 시계를 보여주셔서 감사합니다."

캐러도스는 숙소로 돌아가는 대신 파킨슨에게 영지 쪽으로 길을 잡으라고 지시했다. 매들린은 집에 있었다. 목소리가 들리는 것을 보니 다른 방문객이 있는 모양이었다. 그러나 그녀는 지체 없이 캐러도스를 맞으러 나왔고 그의 요청에 따라 아무도 없는 식당으로 그를 안내했다. 두 사람이 이야기를 나누는 동안 파킨슨은 복도에 남아 있었다.

"그래서요?"

매들린의 목소리에는 기대감이 가득했다.

"조사한 내용을 말씀드려야 할 것 같아 찾아왔습니다."

캐러도스가 말했다.

"이제 더는 할 일이 없으니 오늘 밤 런던으로 돌아갈 생각입니다."

"어머!"

그녀는 낙담한 목소리로 더듬거렸다.

"저는——, 저는——."

"휘트마시 양, 당신의 사촌 프랭크는 목요일 여기에 와서 권총을 가져가지 않았습니다. 그날 저녁 총에 맞은 것처럼 보이기 위해 자기 시계에 총을 쏠 틈도 없었고요. 실탄 대신 공포탄을 장전하지도 않았습니다. 고의적으로 당신 아버지를 쏘고 나서 공포탄을 발사하지도 않았습니다. 그는 총에 맞았고 신문에 난 기사 내용은 상당히 정확합니다. 추론과 암시로 정교하게 세워진 논리는 이제 무너졌습니다."

"그럼 저를 버리시는 건가요, 캐러도스 씨?"

매들린은 씁쓸한 목소리로 나직이 되물었다.

"휘트마시 씨의 목숨을 살린 시계를 봤습니다."

그는 흔들리지 않고 말을 이어갔다.

"필요하다면 그 시계가 그의 목숨을 한 번 더 살리게 되겠지요. 시계는 정확하게 총이 발사된 시각인 9시 10분을 가리키고 있더군요. 선견지명이 있는 것도 아닌데 무슨 수로 사건 발생 시간을 정확히 예측할 수 있었겠습니까?"

"목요일에 봤을 때는 시곗바늘이 없었는데요."

"바늘은 없지만, 축은 남아 있어요. 그 시계는 구식이라 바늘이 한 지점만 가리키게 되어 있습니다. 그 위치가 바로 9시 10분을 가리키는 지점이고요."

"나중에 위치를 바꾸는 것쯤이야 별일 아니지 않나요?"

"그렇다면 운명이 기이할 정도로 체계적인 것이었겠지요, 휘트마시 양. 시계를 부서뜨린 총알 때문에 바늘이 고정되어 조금도 움직일 수가 없었습니다."

"그것 말고도 뭔가가 있군요. 제가 모르는 것이요."

그녀는 끈질기게 고집했다.

"저에게는 알 권리가 있다고 생각해요."

"그렇게 말씀하시니 알려드리지요. 탄약 마개는 바로 당신이 헛간에서 쏜 공포탄에서 나온 것입니다."

"아!"

무방비 상태에서 당한 그녀는 놀라움에 외마디 비명을 질렀다.

"어떻게 —— 어떻게 그걸 ——."

"마술사에게 써먹을 수 있는 몇 가지 트릭은 남겨두셔야지요. 당신은 휘트마시 씨가 벽난로에 던져버린 담배에서 종이를 떼어낸 후 뭉치로 만들어 탄약 마개로 사용했을 겁니다. 물론 귀한 탄약 마개를 잃어버리지 않을 만한 곳에서 쐈겠지요. 당연히 집에서 좀 떨어진 곳에서요. 그렇지 않으면 총소리가 아무리 작아도 누군가가 눈치를 챘을 테니까요."

"그래요."

갑자기 모든 것을 포기한 듯 그녀는 지친 목소리로 입을 열었다.

"다 소용없는 일이었군요. 당신에게 대적하려 하다니 제가 바보였어요. 캐러도스 씨, 저를 법의 손에 넘기실 건가요?"

캐러도스가 아무런 말이 없자 그녀는 조르듯 다그쳤다.

"말씀해보세요. 왜 아무 말도 안 하시는 거지요?"

"사람들은 종종 이렇게 난처한 상황에 저를 몰아넣곤 합니다."

캐러도스가 조심스럽게 입을 열었다.

"그러고는 저에게 책임을 전가하지요. 아주 오래전 런던에 거대한 위용을 자랑하는 건축물이 하나 세워졌습니다. 건축물은 그 이름도 찬란한 '정의의 왕궁'이었지요. 건축물은 그 공식적인 이름에 걸맞은 존재감을 가졌습니다. 하지만 곧 사람들은 그 건물을 '법정'이라고 부르기 시작했지요. 요즘 런던 사람을 아무나 붙잡고 정의의 왕궁으로 안내해달라고 하면 그 사람은 분명 당신을 광신도로 여길 겁니다. 제가 얼마나 곤란한 지경인지 아시겠습니까?"

"참 이상해요."

그녀는 골똘히 생각에 잠긴 표정으로 말했다.

"당신한테는 제가 한 짓이 부끄럽다는 생각이 들지 않아요. 심지어 당신에게 그에 대해 말하는 것도 별로 두렵지 않고요. 당연히 부끄러움을 느껴야 할 일인데도요. 왜 그런 걸까요?"

"제가 맹인이라서요?"

"어머, 그건 아니에요."

그녀가 단호하게 대답했다.

캐러도스는 의연한 그녀에게 미소를 지어 보였다. 그러나 사람들의 얼굴을 더 이상 볼 수 없게 되었을 때 그들의 마음을 꿰뚫어 볼 수 있는 힘이 차츰 자라났고, 강인하고 자유로운 영혼을 소유한 사람들은 이러한 힘에 본능적으로 반응을 보이기도 한다는 설명은 굳이 덧붙이지 않았다.

"첫눈에 우정을 느낀 것일 수도 있겠지요."

"아, 그래요. 오랜 친구 사이 같은 느낌."

그녀가 수긍했다.

"아주 어릴 적 어머니가 돌아가신 후 서로 믿고 의지할 만한 친구를 사귀지 못한 게 아쉬워요. 이제 와서 생각해보니 좀 이상하지만, 아버지도 저한테는 사실 거의 남이나 다름없는 분이셨지요."

그녀는 캐러도스의 차분하고 다정한 얼굴을 보며 미소를 지었다.

"이렇게 속 시원히 다 털어놓을 수 있어 정말 다행이네요. 혹시 제가 약혼했었다는 거 알고 계셨나요?"

"아니오. 그 이야기는 안 했습니다."

"아, 아녜요. 하지만 어디선가 들으셨을 거예요. 약혼자는 성직자였어요. 지난여름에 만났지요. 하지만 지금은 다 끝났어요."

"파혼하신 건가요?"

"상황이 그렇게 된 거지요. 살인사건 희생자의 딸은 목사의 아내로서 인정을 받을 수 있을지는 모르지만, 살인과 자살을 저지른 범죄자의 딸이 목사의 아내가 된다면——생각할 수도 없는 일이지요! 아시겠지만 캐러도스 씨, 목사라는 직위에 요구되는 조건들은 대부분 평판에 좌우되잖아요."

"그 목사님은 좀 다른 생각을 가지고 있지 않을까요?"

"아, 아직 정식 목사는 아니에요. 하지만 여기저기 연이 닿은 곳이 많은 사람이라 제 생각이 맞을 거예요. 그리고 그 사람은 그런 선택 앞에 놓이면 무척 괴로워할 거예요. 사실 제가 없어도 금방 극복하고 일어설 사람이에요. 하지만 결혼을 하게 되면 제 존재 자체가 그 사람의 인생에 걸림돌이 되겠지요. 승진의 기회가 올 때마다 방해가 될 거예요. 잘해보려고 노력했지만 할 수가 없었어요."

"죄 없는 사람을 교수대로 보낼 각오는 하셨잖습니까?"

"그런 것 같아요. 한때는요."

그녀가 솔직히 인정했다.

"하지만 그렇게 생각하지는 않았어요. 그토록 수많은 선한 사람들이 억울함을 풀어달라고 청원하지만——. 아니, 지금 이 자리에서 그때의 저를 돌아보자면, 프랭크가 교수형을 당한다고 해도 충분히 심판을 받았다고 생각하지 않았을 거 같아요——. 제 말이 너무 충격적인가요, 캐러도스 씨?"

"글쎄요."

캐러도스는 그녀의 말에 공감하면서도 공정함을 잃지 않았다.

"프랭크 씨를 만나봤습니다만, 혹 집행유예가 선고되더라도 그에게는 심한 처벌이라고 생각합니다."

"하지만 그것을 어떻게, 지금 이 순간에도, 그 사람에게 죄가 없다는 것을 어떻게 아시죠?"

"저는 모릅니다."

캐러도스가 재빨리 대답했다.

"이 놀라운 사건에서 제가 아는 건 프랭크 씨가 당신 아버지를 자기 손으로 직접 죽이지 않았다는 조사 결과뿐입니다."

"당신의 '법정'이 아닌 정의의 왕궁에서는 어떨까요? 아마 당신이 직접 판단하실 수 있을 거예요."

매들린은 그의 곁을 벗어나 방을 가로질러 흉물스럽게 각이 진 창문 옆에 서서 밖을 내려다보았다. 하지만 바깥의 황량한 풍경이 전혀 눈에 들어오지 않는 건 캐러도스와 별반 다르지 않았다.

"성인이 되고 나서 프랭크를 처음 만난 건 3년 전 기숙학교에서 돌아와 얼마 지나지 않아서였지요. 어린 시절 이후로는 만난 적이 없어서 건장한 체격이 남자답다고 생각했어요. 그런 상황에서 그 사람을 몰래 만나는 게 두려우면서도 로맨틱하게 느껴졌어요. 마치 로미오와 줄리엣이 된 기분이었지요. 우리는 서로에 대한 뜨거운 감정이 담긴 편지를 써서 울타리 근처에 있는 속이 빈 나무에 넣어 뒀어요. 하지만 곧 알게 되었지요. 처음에는 서서히 미심쩍은 생각이 들다가, 그러다 어느 날 밤 불현듯 끔찍한 확신이 들었어요. 제 로맨스의 대상은 그가 아니었다는 것을요. 가까스로 빠져나왔다고 해야 할까요."

프랭크가 외국으로 떠날 때는 기뻤어요. 제 치기 어린 감정만 다스리면 되었으니까요. 저는 프랭크를 사랑하지 않았어요. 단지 그와 사랑에 빠져 있다는 생각에 취해있었던 거지요. 몇 달 전 프랭크가 하이반으로 돌아왔어요. 그와 어디에서도 마주치지 않으려고 무던히 노력했어요. 그러던 어느 날 그가 저를 쫓아와 길을 막아서더니 외국에 나가 있는 동안 저를 많이 생각했다며 결혼해달라고 하더군요. 저는 절대 그런 일은 없을 거라 딱 잘라 말했지요. 이미 결혼을 약속한 사람도 있다고 했어요. 그런데 그는 별일 아니라는 듯 알겠다는 대답만 하더군요. 저는 당황해서 그게 무슨 뜻이냐고 물었어요. 그러자 프랭크는 제가 보냈던 편지 꾸러미를 꺼내 보였어요. 어딜 가든 늘 가지고 다녔다고 하더군요. 싫다는 데도 편지를 읽으며 그 말에 담긴 뜻을 하나하나 말해주더니 사람들이 어떻게 생각할 것 같으냐고 물었어요. 저는 순진한 마음으로 바보같이 쏟아 놓은 감정의 표현들을 사람들이 어떻게 받아들일지 생각하니 너무나 두려웠어요. 저는 프랭크에게 비겁한 겁쟁이에 불한당이라고 쏘아붙이며 제가 아는 모든 험한 말을 쏟아부었어요. 그의 비열하고 교활한 행동에 치가 떨려서요. 몸이 떨릴 만큼 두려움과 흥분에 휩싸여 정신이 혼미해질 지경이었지요. 프랭크는 이런 제 모습에 웃음을 터뜨리고는 잘 생각해보라고 말하더군요. 그러고는 편지 꾸러미를 허공에 던졌다 받았다 하면서 가던 길을 계속 갔어요. 저를 볼 때마다 으름장을 놓는 프랭크에게 맞서 봤자 아무 소용도 없었어요. 그와 결혼을 하든지 아니면 편지를 모두 공개하던지 선택만이 남아 있을 뿐이었지요. 그는 제가 누구와도 결혼하지 못하게 만들 작정이었던 거예요. 그러더니만 어느 날 느닷없이 말을 바꿔서 저와 결혼하고 싶은 게 아니라고 했어요. 단지 아버지의 동의를 얻어 채굴을 시작하고 싶었을 뿐이었다고. 아버지의 동의를 얻으려면 결혼이 가장 쉬운 방법이라 생각했었나 봐요."

"그게 바로 협박이라는 겁니다, 휘트마시 양. 당신은 그자가 한 행동에 대해 협박이라는 말은 쓰지 않는군요. 죄질이 중하면 무기징역까지 선고할 수 있습니다."

"네, 그건 정말 협박이었어요. 지난 목요일 프랭크는 주머니에 편지를 넣어 가지고 왔어요. 제 마음을 돌리지 못하자 최후의 협박을 하려던 거였지요. 어떤 일이 벌어졌을지 짐작이 가요. 프랭크는 편지를 읽었고 거래를 제안했을 거예요. 제 아버지는, 불같은 성격에 자존심도 매우 강한 분이라 화를 참지 못하고 프랭크에게 총을 쐈을 거예요. 하지만 살인을 저질렀다는 수치심과 절망감으로 괴로운 나머지 스스로 목숨을 끊으셨겠지요. 자 캐러도스 씨, 저에게 어떤 심판을 내리실 건가요?"

"저는——."

캐러도스는 안타까운 목소리로 말했다.

"휘트마시 양이 법정에 나가 재판을 받는 것만으로도 충분하다고 생각합니다."

3주 뒤 리버풀 소인이 찍힌 등기우편이 터렛에 배달되었다. 캐러도스는 편지를 다 읽고 난 뒤 중요한 물건을 보관하는 서랍에 넣어두었다. 그는 몇 년이 지난 후에도 이따금 일이 잘 풀리지 않을 때마다 이 편지를 꺼내 읽곤 했다. 편지 내용은 다음과 같다.

——캐러도스 씨, 일요일 오후 당신이 그렇게 떠난 뒤

몇 시간이 지났을까요. 한 남자가 어둠 속에서 문을 두드리며 저를 찾았습니다. 안으로 들어오지 않겠다고 하여 얼굴을 확실히 볼 수는 없었지만, 당신의 하인인 파킨슨과 모습이 비슷하더군요. 남자는 제 손에 꾸러미를 하나 얹어놓더니 인사도 없이 가버렸어요. 일찍 올라가겠다고 하셨던 것 같은데 바로 떠나지는 않으셨나 봐요.

제 편지들을 돌려주셔서 정말 감사해요. 고통의 원흉인 이 편지들을 제 손으로 태우게 되다니 얼마나 기쁜지 모르실 거예요. 이 세상에서 완전히 사라지는 것이니까요. 세상에 어느 누가 바쁘디바쁜 자기 인생 중 단 며칠을 스쳐 간 버림받은 인간을 위해 그렇게 수고로운 일을 감당하려 할까요? 어느 누가 또 그런 일을 할 수 있을까요?

하지만 이것보다 더 감사드리고 싶은 건 제가 감정에 휩쓸려 앞뒤 분간 없이 어리석은 짓을 하지 않도록 막아주셨다는 거예요. 미움과 불신, 죄악의 구렁텅이에 빠져 살아갈 수밖에 없었던 그때를 돌아보면 지금 이런 글을 쓰고 있다는 것이 믿어지지가 않아요.

고통스럽지 않다고는 말 못하겠어요. 앞으로도 한동안은 그럴 테지요. 하지만 마음속의 원망과 냉소는 사라졌어요.

소인을 보면 아시겠지만 저는 지금 리버풀에서 편지를 쓰고 있어요. 캐나다로 가는 배편의 이등칸을 예약했거든요. 오늘 밤 출발한답니다. 지난주 영지로 돌아온 윌리 오빠가 일자리를 찾을 때까지 생활비를 보내주겠다고 했어요. 너무 걱정 마세요. 막연히 그저 그런 타이피스트나 혹 사당하며 사는 가정교사를 할 생각으로 떠나는 건 아니니까요. 실력 있는 요리사나 가정부 아니면 필요에 따라 뭐든 할 수 있는 '잡역부'처럼 유능한 가사 담당자로 살아볼까 해요. 믿어지지 않으시지요? 왜 안 그러시겠어요. 하지만 그런 일이 절대 일어나지 말라는 법은 없잖아요. 열심히 잘살아볼게요.

안녕히 계세요, 캐러도스 씨. 늘 감사하는 마음으로 당신을 기억할게요.

매들린 휘트마시 드림.

추신: 첫눈에 오랜 벗이 될 것 같았어요.

맹인탐정
맥스 캐러도스

VII

파운틴 코티지의 소동

The Comedy at Fountain Cottage

4월의 어느 날 아침 칼라일이 뱁튼 스트리트의 사무실 문을 열고 들어섰을 때 캐러도스에게서 전화가 왔다. 수화기를 통해 들려온 친구의 목소리에 칼라일의 얼굴이 환하게 밝아졌다.

"그래, 맥스."

칼라일이 대답했다.

"별일 없이 잘 지내고 있네. 트레스코에 잘 다녀왔다니 다행이군. 무슨 일인가?"

"오늘 저녁 집에 손님들이 오는데 자네도 만나고 싶어 할 만한 사람들일세. 잠베지아(Zambesia)[30]를 탐험하고 돌아온 마놀이라는 탐험가와 이스트엔드 슬럼가에서 몇 가지 일을 경험한 의사가 오기로 했네. 와서 저녁이나 함께 들지 않겠나?"

"그거 좋군."

조금도 망설이지 않고 칼라일이 대답했다.

"구미가 당기는데. 저녁 식사 시간에 맞춰 가면 되겠나?"

하지만 말이 끝나기 무섭게 그의 얼굴에 가득했던 만족스러운 미소가 사라지고 곤혹스러운 탄성이 전화선을 타고 흘러나갔다.

---

30) 모잠비크 중부의 주.

"맥스, 정말 미안한데, 선약이 있는 걸 잊고 있었네. 아무래도 오늘은 어렵겠는데."

"중요한 일인가?"

"아니. 실은 전혀 중요하지 않아. 그래서 더 약속을 지킬 수밖에 없어. 조카딸 집에서 저녁 식사를 하기로 했거든. 조카 부부가 얼마 전 그로츠 히스에 있는 작은 빌라로 이사를 하였는데 오늘 저녁에 간다고 약속을 해서 말이야."

칼라일이 고백하듯 털어놓았다.

"꼭 오늘이어야만 하나?"

칼라일은 바로 대답하지 못하고 잠시 망설였다.

"그래야 할 것 같네. 날짜를 바꾸기에는 너무 늦었어."

칼라일이 말했다.

"맥스, 자네가 보기에는 저녁 식사에 한 사람이 빠진들, 그것도 중년의 삼촌일 뿐인데 뭐가 그렇게 큰일인가 싶겠지. 하지만 조카 부부의 소박한 생활을 생각하면 그게 그렇지가 않아. 엘시한테는 나름 집안 행사라고. 푸줏간에 주문할 때도 더 신경을 썼을 테고, 저녁 식사에 코스도 추가해야 했겠지. 게다가 어린 하녀한테 이것저것 세심하게 지시도 했을 테고. 그렇게 자그맣고 사랑스러운 아이라네. 응? 누구, 맥스? 아니! 아니야! 그 하녀를 말하는 게 아니라고. 전화로 말하다 보니 잘못 들린 거겠지. 엘시가 그렇게 사랑스러운 아이란 말이었고, 아무튼 이제 와서 그 아이를 실망시킬 수는 없어."

"물론 그렇겠지, 이 늙은 사기꾼 친구."

캐러도스는 공감하며 웃었다.

"그럼 내일 오게. 내일은 혼자 있을 거야."

"아, 그것 말고도 거기 가야 할 특별한 이유가 있어. 잠시 잊고 있었군."

칼라일은 캐러도스의 초대를 수락한 후에 말을 이었다.

"엘시는 이웃집 문제로 조언을 듣고 싶다고 했어. 이웃집 남자는 집에 틀어박혀 지내는 노인네인데 자꾸 그 아이네 정원에 콩팥을 던진다는 거야."

"고양이! 고양이를 던진다고?"

"아니, 아니, 맥스. 콩팥 요리 말일세. 삶은 콩팥. 전화 소리에 잡음이 심해 제대로 설명하기가 어렵군. 하지만 엘시가 편지에서 그렇게 썼어. 그 아이가 그것 때문에 아주 힘들다는 거야."

"아무튼, 그렇다면 자네 조카딸은 더 이상 푸줏간에 갈 필요가 없겠는데."

"맥스, 이 이상은 나도 몰라. 어쩌다 그날 하루 그랬을 수도 있고, 아니면 가끔 하늘에서 콩팥이 비처럼 내리는 건지도 모르고 말이야. 그 남자가 미쳐서 그런 거라면 지금쯤 증상이 더 심해져 비프스테이크를 흩뿌리고 있을지도 모르지. 아무튼 자세히 알아보고 알려주겠네."

"좋아."

캐러도스도 역시 가볍게 대답했다.

"기억하는지 모르겠지만, 니클비 부인을 흠모하던 이웃 사람도 자신의 감정을 표현하려고 오이를 던진 적이 있었지. 하지만 그 옆집 남자는 철저히 모습을 숨기고 있군."

전화를 끊고서도 이 사건은 두 사람에게 농담 이상으로 생각되지 않았다. 그저 기상천외한 이야기처럼 들린 현실 세계의 엉뚱한 사건 정도에 지나지 않았던 것이다. 캐러도스는 더 이상 이 문제에 대해서 생각하지 않았지만, 다음 날 저녁 칼라일이 오자 그 이야기를 다시 꺼냈다.

"그래서 그 이웃집 신사는? 자네가 거기 있는 동안에도 평소와 같이 선물을 던져주던가?"

캐러도스가 인사를 건네며 물었다.

"아니."

칼라일은 방 안의 익숙한 풍경이 주는 편안함에 환한 미소를 지었다.

"그런 일은 없었네. 이 불가사의한 박애주의자께서 어찌나 소심해지셨는지, 최근에는 파운틴 코티지에 사는 어느 누구도 그의 그림자조차 보지 못했다더군. 하지만 엘시가 키우는 강아지 스캠프가 늘 죄지은 듯한 표정을 짓는 데다가 아침마다 발바닥이 흙 범벅이 되는 게 좀 미심쩍다고는 하지만 말이야."

"파운틴 코티지?"

"그게 그 작은 집의 이름이야."

"그래, 그 파운틴이라는 이름이 ――. 그로츠 히스의 파운틴 코트 ―― 혹시 메트로비라는 사람이 살던 ――?"

"그래, 자네 말이 맞아, 맥스. 여행가이자 작가이자 과학자인 메트로비가 ――."

"과학자라고!"

"하긴, 그 사람이 말년에 심령술인지 뭔지에 심취하긴 했었지? 아무튼, 메트로비는 몇 년 전 세상을 뜨기 전까지 파운틴 코트에서 살았었네. 황무지 같은 넓은 정원에 둘러싸인 오래된 붉은 벽돌집이지.

그러다 갑자기 전철이 들어서면서 그로츠 히스는 인기 있는 교외 지역으로 급부상했고, 토지 회사가 그 일대의 토지를 매입하여 택지 개발이 진행됐지. 그 바람에 메트로비가 살던 집은 완전히 허물어지고 눈 깜짝할 사이에 노아의 방주처럼 빌라 단지가 그 자리에 들어서게 된 거야. 여기저기에 메트로비 로드, 코트 크레슨트, 맨션 드라이브 같은 도로도 생기고. 엘시의 작은 집도 그 지역의 또 다른 명소가 된 모양이야."

"저쪽에 메트로비가 마지막으로 집필한 책이 꽂혀 있어."

캐러도스가 책장 쪽을 향해 고개를 끄덕이며 말했다.

"실은 그 사람이 나에게 보내준 것일세. 〈돔 너머의 화염〉이라고, 허튼소리와 뻔한 형이상학적 표현이 기괴하게 뒤죽박죽으로 섞인 책이지. 그런데 그 이웃에 사는 남자는 어떻게 됐지? 지난번 '그 남자의 해시'[31]라고 명명할 뻔한 그 사건은 해결했나?"

"아, 그자는 미친 게 틀림없어. 엘시한테는 되도록 소란을 피우지 말라고 충고해주었지. 옆집에 살면서 불쾌하게 굴 수도 있으니까. 그자에게 보내라고 항의 편지를 하나 써주고 왔는데 제법 효과가 있을 거야."

"그냥 미치광이라는 건가, 루이스?"

"글쎄, 엄밀한 의미의 미치광이라는 건 아니야. 하지만 어딘가 나사가 풀려 있는 건 분명해. 요크셔테리어에 대한 무분별한 사랑이 남다른 것인지도 모르고. 아니면 마음속에 응어리가 가득한 요리 전문가일지도 모르지. 어쨌든 적어도 어느 한 부분은 미친 것이 분명해. 그렇지 않다면 이 상황을 어떻게 설명할 수가 있겠나?"

---

31) hash는 '다진 고기'와 '마리화나'의 의미를 동시에 가지고 있다.

"나도 그게 궁금했어."

캐러도스가 생각에 잠긴 표정으로 말했다.

"자네 생각엔 그자가 제정신이고, 어떤 목적이 있다는 건가?"

"그럴지도 모르지. 단순히 토론을 위한 생각이지만. 그자가 제정신이고 목적이 있다면, 그게 뭘까?"

"그 대답은 자네한테 넘기도록 하지, 맥스."

칼라일이 확고한 태도로 말했다.

"그자가 제정신이면서 목적이 있다면, 도대체 그 목적이 뭔가?"

"토론을 위해 네 단어로 설명해주도록 하지, 루이스."

캐러도스는 이 상황을 즐기는 듯 느긋하게 말했다.

"자네가 말한 의미의 미친 것이 아니라면 답은 뻔해. '그가 얻으려하는 것'이 바로 그의 목표야."

칼라일은 호기심 어린 눈빛으로 맹인 친구의 차분하고 침착한 얼굴을 주의 깊게 살펴보았다. 맥스가 터무니없어 보이는 이 사안을 과연 진지하게 받아들이고 있는 것인지 탐색하는 듯했다.

"그래서 그게 뭔데?"

칼라일이 조심스럽게 물었다.

"우선 그자는 자신이 괴짜이거나 무책임하다는 인상을 남겼어. 그건 그 자체로 유용할 때가 있지. 그것 말고 또 그자가 한 짓이 뭐가 있나?"

"그 밖에 무슨 짓을 했느냐고, 맥스?"

칼라일의 목소리에 분노가 어렸다.

"그런 짓을 해서 뭘 얻으려는지는 모르겠지만, 그자가 저지른 다른 만행을 알려주지. 그자가 빌어먹을 콩팥으로 스캠프의 혼을 쏙 빼놓는 바람에 엘시가 정성 들여 가꾼 화단이 깡그리 뭉개졌다고. 엘시가 파운틴 코티지를 선택한 건 사실 그 넓은 정원 때문이었는데 말이야. 엘시가 개를 잘 단속하더라도 어차피 떠돌이 고양이들이 전리품 냄새를 맡고 사방에서 밤낮으로 기어들어와 정원을 쑥대밭으로 만들어놓았을 거야. 이런 쓸데없는 짓으로 선량한 이웃에게 끝없이 민폐를 끼치다니. 도대체 그런 괴팍한 짓거리로 그자가 뭘 얻을 수 있다는 거지?"

"아마 스캠프의 명성이 자자해지겠지. 스캠프는 집을 잘 지키는 개인가, 루이스?"

"오, 이런 맙소사, 맥스!"

칼라일이 큰 소리로 외치며 벌떡 일어섰다. 그로츠 히스를 위해 언제든 발 벗고 나서겠다는 의지를 표명하는 듯했다.

"혹시 그자가 절도를 계획하고 있는 건 아닐까?"

"집 안에 값나가는 물건이라도 있나?"

"아니."

칼라일은 안도의 한숨과 함께 자리에 앉았다.

"그런 건 없어. 엘시의 남편인 벨마크는 물려받은 재산이 별로 없거든. 사실 우리끼리 하는 말인데, 맥스. 일반적인 관점에서 본다면 엘시는 더 나은 선택을 할 수도 있었을 거야. 하지만 벨마크도 알고보면 좋은 친구고 엘시를 숭배하다시피 하니까. 그 집에는 이렇다 할 귀금속이 있는 것도 아니고, 그냥 여느 검소한 젊은 부부처럼 약간의 현금을 가지고 있는 정도야."

"그렇다면 절도를 계획하는 건 아니겠군. 사실 자네 생각은 별로와 닿지 않았어. 그것 때문이라면 굳이 그렇게 국물이 뚝뚝 떨어지는 음식을 준비해서 이웃집 화단에 던질 필요는 없지 않은가? 그냥 차가운 간을 던져도 상관없는데 말이지."

"절도가 아니라면, 대체 왜 그렇게 번거로운 일을 하는 거지, 맥스?"

"그것을 미끼로 자네 조카딸 집 정원을 헤집어놓으려는 거겠지."

"제정신이라면 왜 그런 짓을 하는 건데?"

"그런 상황이라면 밤에 몰래 침입한 흔적을 쉽게 지울 수 있으니까."

"그건 너무 터무니없는 상상 같은데, 맥스. 절도가 아니라면 야밤에 남의 집을 염탐하려는 동기가 도대체 뭐란 말인가?"

평소 무덤덤한 캐러도스의 얼굴에 장난기 어린 표정이 떠올랐다.

"동기야 얼마든지 있네, 루이스. 자네가 제일 잘 알지 않나. 매력적인 젊은 여자를 만나지 않을 이유가──."

"말도 안 되는 소리!"

아연실색한 칼라일이 버럭 소리를 질렀다.

"자네 말은 못 들은 것으로 하겠네. 엘시는──."

"물론 아니지."

캐러도스가 터져 나오는 웃음을 꾹 참으며 말을 잘랐다.

"그 하녀 말일세."

칼라일은 분노를 가라앉히며 능숙하게 평상심을 되찾았다.

"하지만 맥스, 그건 심각한 명예훼손이야. 나는 그런 말은 한 마디도 하지 않았고. 그렇긴 하지만, 그게 정말 가능한 일일까?"

"아니. 이런 상황에서는 그럴 가능성이 있다고는 생각지 않아."

"도대체 이야기가 어떻게 진행되는 건가, 맥스?"

"처음보다·약간의 진척이 있는 정도지. 아주 약간이긴 하지만. 이 일을 조사할 권한을 나에게 줄 수 있겠나?"

"그럼, 맥스. 물론이지."

칼라일은 기꺼이 동의했다.

"사실, 음, 나는 이 문제를 다 해결했다고 생각했었어, 맥스."

캐러도스는 책상 쪽으로 몸을 돌렸다. 얼굴에서는 엷은 미소가 번졌다. 그는 편지지와 봉투를 꺼내 칼라일에게 내밀었다.

"자네 조카딸한테 소개장을 좀 써줄 수 있겠나?"

"물론이지."

칼라일은 펜을 들며 웅얼거렸다.

"뭐라고 쓰면 좋겠나?"

캐러도스는 칼라일의 혼잣말을 곧이곧대로 받아들여 칼라일에게 편지 내용을 불러주었다.

사랑하는 엘시 ——.

"자네가 평소에 조카를 그런 식으로 부른다면 말이지."

캐러도스가 덧붙였다.

"음, 맞아."

칼라일이 부지런히 펜을 움직이며 대꾸했다.

이분은 캐러도스 씨다. 일전에 너에게 이야기한 적이 있지.

"조카한테 내 이야기를 했다고, 루이스?"

캐러도스가 끼어들었다.

"지나가는 이야기로 자네 얘기가 나왔던 것 같아."

"그랬군. 그럼 나머지는 간단하겠는데."

옆집 남자가 다소 기괴해 보이는 짓을 일삼고 있긴 하지만, 결코 미친 게 아니야. 캐러도스 씨의 조언을 따르면 별문제 없을 테니 안심하거라.

너를 사랑하는 삼촌
루이스 칼라일

캐러도스는 봉투를 받아 수첩에 끼워 넣었다. 그 수첩은 아무리 많은 양의 서류를 넣어도 항상 얇은 두께를 유지하는 듯했다.

"조카 집엔 내일쯤 방문하겠네."

캐러도스가 말했다.

이후 저녁 시간 동안 이 문제에 대해서 더는 이야기가 나오지 않았다. 그러나 새벽 2시쯤 파킨슨이 더 할 일이 없는지 알아보기 위해 서재로 들어왔을 때, 〈돔 너머의 화염〉이 꽂혀 있던 자리는 비어 있었고, 캐러도스는 책에 심취해 있었다.

칼라일이 짤막한 소개 편지 외에도 상세하게 설명한 편지를 보통우편으로 아침 일찍 조카에게 보낸 모양이었다. 어쨌든 캐러도스가 다음 날 오후 그 작은 빌라를 방문했을 때, 엘시 벨마크는 의심의 눈초리를 거두지 않았지만, 그녀의 동네 문제에 쓸데없이 간섭하려는 캐러도스를 자연스럽게 맞아들였다.

파운틴 코티지의 연녹색 나무 대문 앞에 캐러도스의 차가 도착했을 때 상류층 가문의 일꾼으로 보이는 또 다른 방문자가 잘 손질된 정원 앞에 서서 머뭇거리고 있었다. 캐러도스는 곧장 내리지 않고 잠시 차 안에 머물며 그가 대문 밖으로 나올 때까지 기다렸다. 마지막 대화 내용이 그의 귀에 들려왔다.

"부인, 이렇게 싼값에 일해 줄 사람은 못 찾을 겁니다."

"그렇겠지요."

집 앞에 가까이 서 있던 금발의 젊은 여자가 대답했다.

"하지만 정원 일은 저희가 직접 하고 있어요. 어쨌든 고마워요."

캐러도스는 안주인에게 자신을 소개하고 뒤뜰로 창이 난 아기자기한 응접실로 안내를 받았다.

"분명 벨마크 부인이시겠군요."

캐러도스가 말했다.

"루이스 삼촌과 목소리가 닮았나요?"

그녀가 물었다.

"루이스의 목소리를 가진 조카딸인 셈이지요. 목소리는 저에게 많은 것을 의미합니다, 벨마크 부인."

"사람들을 알아보거나 파악하실 때요?"

그녀가 넌지시 물었다.

"아, 그뿐만이 아닙니다. 사람들의 기분은 물론 생각까지도 파악할 수 있습니다. 때로는 목소리에 드리워진 미묘한 고민의 주름살이나 마음속 근심이 자아내는 어두운 그림자들을, 예리한 눈에 보이는 것처럼 귀로도 명확히 들을 수 있지요."

엘시 벨마크는 호기심과 의심이 섞인 눈초리로 캐러도스의 얼굴을 바라보았다. 그 표정은 솔직하고 숨김이 없었지만 놀라울 정도로 속을 헤아리기가 어려웠다.

"끔찍한 비밀이 있다면 당신한테 들킬까 봐 얘기하기가 겁날 것 같아요, 캐러도스 씨."

그녀는 조금은 신경질적인 웃음을 터뜨렸다.

"그럼 끔찍한 비밀을 갖지 마세요."

캐러도스가 정중하면서도 친근한 말투로 대답했다.

"아무래도 루이스가 싸구려 드라마에 나올 법한 이야기로 제 취향을 설명한 모양이군요, 벨마크 부인. 저는 살인자를 끝까지 쫓아가 잡는다거나 흉악범 일당과 몸싸움을 벌이는 그런 사람이 아닙니다."

"일전에 삼촌이 그런 이야기를 해주셨어요."

장황하게 설명하는 그녀의 목소리가 고조되자 캐러도스는 떨리는 흥분을 느낄 수 있었다.

"강가 근처 외진 지하 저장고 같은 곳에서 당신이 절망에 빠진 두 남자를 상대한 적이 있다고요. 그 두 사람은 당신 때문에 감옥에 갈 처지였지요. 오기로 한 경찰이 제시간에 오지 않아 당신은 혼자였고, 범인들은 당신이 맹인이라는 이야기를 들었지만, 도저히 믿을 수가 없었지요. 그들은 당신이 들을 수 없게 작은 소리로 어떻게 하면 좋을지 이야기를 나누다가 정말 맹인이라면 죽이자고 결론을 내렸어요. 그런데 바로 그때 당신이 주머니에서 가위를 꺼내 들고 태연하게 왜 램프를 가져오지 않았느냐고 묻고 테이블 위에 놓인 촛불 심지를 잘라버렸다면서요. 이 이야기가 사실인가요?"

캐러도스는 자신의 생명이 위태로웠던 그 순간이 생생하게 떠올랐지만 겸연쩍은 듯 살짝 미소를 지으며 대답했다.

"저는 맞서 싸우기보다는 어떤 행동의 성향으로부터 진실의 기미를 포착하는 것 같습니다."

그가 고백했다.

"하지만 루이스는 핑크빛 오페라 안경을 통해 인생을 보려는 경향이 있어요. 루이스는 절대 인정하지 않겠지만요. 이제 부인의 평범한 이웃에 대한 이야기를 해보는 게——."

"정말 그 일 때문에 오신 거예요?"

그녀가 재빨리 물었다.

"네, 그렇습니다."

캐러도스가 대답했다.

"저는 정교하게 짜인 비극보다는 기묘하고 괴상한 반전에 더 끌립니다. 이웃집 정원에 삶은 콩팥을 던진다는 기상천외한 발상이 거부할 수 없을 만큼 매력적이더군요. 방금 말했듯 루이스는 그자가 인간미 넘치는 편집광이거나 정신 나간 식품 개혁가라는 로맨틱한 견해를 내놓았습니다. 저는 좀 더 어두운 관점에서 바라보고 있어요. 이유를 알게 되면 그자의 기행은 너무나도 명백하고 자연스러운 행위로 밝혀질 겁니다."

"어처구니없기도 하고 괴로울 정도로 성가시기도 했어요."

엘시가 속내를 털어놓았다.

"하지만 이제는 상관없어요. 이 일로 캐러도스 씨의 귀한 시간을 빼앗은 것 같아 죄송하네요."

"저의 귀한 시간은 제가 낭비를 하고 있을 때만 귀하게 여겨질 뿐입니다. 혹시 상황이 종결된 건가요? 루이스가 항의 편지를 작성해 주었다고 하던데. 그게 효과가 있었습니까?"

엘시는 곧바로 대답하는 대신 자리에서 일어나 프랑스식 창문 쪽으로 걸어가 정원을 내다보았다. 택지 개발에서 살아남은 오래된 과실수들이 분홍색과 흰색의 화려한 꽃망울을 터뜨리며 눈을 즐겁게 해주고 있었다.

"항의 편지는 보내지 않았어요."

그녀는 캐러도스를 향해 몸을 돌리며 천천히 입을 열었다.

"루이스 삼촌한테 이야기하지 않은 게 한 가지 있어요. 말해봤자 괜히 걱정만 끼쳐드릴 것 같아서요. 저희는 곧 이 집에서 이사 갈 거예요."

"이제 상황이 좋아지기 시작했는데도 말입니까?"

뜻밖의 말에 놀란 캐러도스가 물었다.

"아쉽긴 하지요. 하지만 이런 일은 예측할 수가 없으니까요. 무슨 일인지 굳이 설명해드릴 이유는 없지만, 지금까지 저희 일에 그렇듯 관심을 보이셨으니 —— 실은 ——."

그녀는 지금까지의 심각한 분위기를 털어내려는 듯 미소를 지으며 입을 열었다.

"어쩌면 벌써 눈치채셨을지도 모르겠네요."

캐러도스는 고개를 저으며 그런 예지력은 없다고 말했다.

"어찌 되었든 제 마음이 편치 않다는 것을 알고 계셨겠지요. 제 눈 밑에 그림자가 드리웠다고 하신 건 아니지만, 사실 정확한 말씀이었어요 ——. 남편의 일과 관련된 문제예요. 남편은 건축사들과 함께 합자 회사를 운영하고 있어요. 저희 부부는 2년 동안 아파트에 살다가 좀 무리를 해서 이 집에 세를 들었죠. 그이도 동료들과는 아무 문제없이 잘 지내고 있고, 저는 정원이 너무 갖고 싶었거든요. 이 집에 이사 온 지는 채 두 달도 되지 않았어요. 그때는 모든 것이 분명해 보였지요. 그러다 갑자기 날벼락이 떨어진 거예요. 남편 회사는 작은 규모이다 보니 자금이 좀 더 필요하게 되었어요. 그때 때마침 2천 파운드를 투자하겠다는 사람이 나타났죠. 그런데 대신 자기도 그 조직에 끼워달라는 조건을 내건 거예요. 그 사람도 남편과 마찬가지로 제도사이거든요. 같은 일을 하는 사람이 둘이나 있을 필요가 없다 보니——."

"그렇게 결정이 되었나요?"

"그렇다고 볼 수 있어요. 동료들은 그 문제에 관해서는 최대한 우호적으로 대해주고 있지만 그렇다고 변하는 건 없어요. 새로운 사람보다는 남편을 잡고 싶다면서 어디서 천 파운드라도 끌어오면 자리를 보장해주겠다고 못 박더군요. 그 사람들도 그렇게 남편을 내치는 게 양심에 걸렸던 모양이지요. 남편에게 진지하게 생각해보고 월요일까지 답해달라고 하더래요. 그것으로 끝이에요. 어쩌면——. 모르겠어요. 남편이 지금처럼 괜찮은 자리를 얻기까지 얼마나 걸릴지 생각하기도 싫어요. 아쉽지만 이 집을 정리하고 다시 방 세 칸짜리 아파트로 들어가야 해요. 우리 운이——그 정도였던 거지요."

캐러도스는 낭랑하게 울리는 그녀의 목소리를 잠자코 듣고 있었다. 다른 남자들 같으면 그녀의 매력 넘치는 예쁘장한 얼굴에 시선을 빼앗겼을 것이다.

"그렇군요."

캐러도스는 혼잣말을 하듯 조용히 내뱉었다.

"사람들은 기이하고 알 수 없는 이런저런 상황들을 운이라는 이름으로 한데 묶어버리곤 하지요."

"캐러도스 씨, 루이스 삼촌한테 이 이야기는 하지 말아주세요."

"그러길 바라신다면, 그러겠습니다."

"삼촌이 이 이야기를 들으신다면 걱정하실 게 뻔해요. 삼촌은 마음이 여리고 친절한 분이시거든요. 아시는지 모르겠지만, 지난 화요일에 삼촌이 어디선가 초대를 받아 굉장히 중요한 사람들과 저녁 식사를 같이하기로 하셨대요. 하지만 그곳에 가는 대신 저희 집에 오셨어요. 보통 사람들 같으면 약속을 취소했을 텐데. 우리 같은 소시민들이 실망할까 봐 그렇게 하신 거지요."

"아무래도 사실대로 말씀드려야겠군요."

캐러도스가 말했다.

"그러니까, 제가 그 중요한 사람들 중 하나였습니다."

엘시 벨마크는 칼라일의 허세를 비웃는 듯한 캐러도스의 말투에 웃음을 터뜨렸다.

"그런 줄은 몰랐네요. 아무튼, 그것 말고도 다른 이유가 있어요. 삼촌은 부자가 아니에요. 하지만 남편이 처한 사정을 아시면 분명 백방으로 알아보고 도와주실 거예요. 삼촌 명의로 대출을 받아 저희 부부한테 돈을 빌려주고도 남을 분이지요. 여기에 대해선 저와 남편은 생각이 같아요. 뒤로 좀 물러설 수도 있어요. 필요하다면 바닥까지 내려갈 수도 있고요. 하지만 어디에서도 돈은 빌리지 않을 거예요. 루이스 삼촌한테도요."

훗날 캐러도스는 칼라일에게 천상의 종소리 같은 여자 목소리를 들어본 적이 있느냐고 뜬금없이 질문을 던진 적이 있었다. 칼라일은 그러한 비유를 매우 재미있어 했지만, 들어본 적이 없다고 말했다.

"그러니 더 이상은 할 수 있는 게 없어요."

엘시 벨마크는 단호하게 결론을 내렸다.

"그렇군요. 부인 말씀이 옳습니다."

캐러도스는 동의했다.

"하지만 한편으로는 왜 이웃집 남자의 민폐를 계속 참고 있는지 이해가 되질 않습니다."

"아, 그러시겠지요. 그 말씀은 드리지 않았는데 —— 실은 삼촌한테도 설명할 방법이 없었어요."

그녀가 말했다.

"그 사람을 밀어내지 않으려고 조심하는 거예요. 가망이 없기는 하지만——. 그 사람이 이 집에 들어와서 살려고 하지 않을까 하는 바람이 있어서요."

캐러도스가 이 말에 귀를 쫑긋 세웠다고 한다면 틀린 말일 것이다. 물론 그런 기이한 현상을 실제로 볼 수도 없었겠지만, 그의 공감 어린 표정이 조금도 변하지 않았기 때문이다. 그러나 노다지를 찾겠다는 헛된 믿음을 가지고 줄기차게 땅만 파던 사람의 눈에 비친 한줄기 금빛 희망처럼 캐러도스의 마음속에 번뜩이는 영감이 떠올랐다.

"아! 그럴 가능성이 있습니까?"

캐러도스가 덤덤한 목소리로 말했다.

"그 사람이 이 집을 원했던 건 사실이에요. 좀 희한하긴 하지만요. 몇 주 전, 그러니까 저희가 이사를 오고 제대로 정리가 안 됐을 때였어요. 어느 날 오후에 옆집 남자가 찾아와서는 이 집이 셋집으로 나왔다는 소식을 들었다는 거예요. 당연히 저는 이미 늦었다고, 우리가 벌써 3년 전에 계약했다고 말했지요."

"그럼 부인께서는 이 집의 첫 번째 세입자이신가요?"

"네. 저희는 집이 완공되기 전에 계약했어요. 그랬더니 이 존즈인지 존스인지 하는 남자가, 정확한 발음이 어떻게 되는지는 잘 모르겠는데, 아무튼 그 사람이 자기한테 이 집을 다시 세놓으라면서 정말 기상천외한 방식으로 설득하더라고요. 이 집이 너무 비싸니 자기한테 세를 주고 더 싼 값으로 더 좋은 집을 얻으라는 거였지요. 게다가 이 집은 건강에도 안 좋고 배수도 나쁘고, 부랑자들 때문에 성가실 거고 강도들도 기웃거릴 거라며 험담을 하더니만, 자기나 되니까 이런 집을 좋아하는 거라고 했어요. 계약 기간 동안 50파운드의 할증금을 주겠다고도 했고요."

"그런 기이한 취향을 가지게 된 이유를 말해주던가요?"

"그런 말은 없었던 것 같아요. 자기는 변덕이 심하고 이상한 취향을 가진 괴짜 늙은이라는 말만 몇 번이고 되풀이하더군요. 그것 때문에 돈도 많이 쓴다고요."

"그런 이상한 사람은 어디든 있기 마련이지요."

캐러도스가 말했다.

"나름 재미있는 경험이었을 것 같군요, 벨마크 부인."

"네, 그랬어요. 그러고 나서 옆집이 지어지자마자 그 남자가 이사 왔다는 것을 알았어요."

"그럼 이 집을 더 이상 원하지는 않겠군요?"

"그런 것 같아요."

그러나 상황은 완전히 해결되지 않은 것 같았다.

"하지만 집에 가구도 별로 없이 그분 혼자 살고 있는 거 같아요. 그래서 남편하고는 그 남자가 저 집에서 사는 게 아니라 그냥 관리인이 아닐까 하는 이야기도 했었어요."

"그 남자가 어디에서 왔는지 누구인지 그런 것에 대해서는 들으신 바가 없습니까?"

"우유 배달부가 하녀한테 해준 이야기밖에 몰라요. 저희는 주로 우유 배달부를 통해 동네 소식을 듣거든요. 배달부가 그러는데 예전이 집터에는 파운틴 코트라는 대저택이 있었고, 옆집 남자는 그 집의 집사였대요. 실제 이름은 존즈도 존스도 아니고요. 하지만 배달부가 잘못 안 것일 수도 있겠지요."

"배달부 말이 사실이라면 옆집 남자는 땅에 애착이 강한 모양입니다."

캐러도스가 말했다.

"땅 이야기가 나왔으니 말인데, 돌아가기 전에 정원을 좀 둘러볼 수 있을까요, 벨마크 부인?"

"그럼요."

자리에서 일어나며 그녀가 말했다.

"벨을 울려 하녀를 부를게요. 정원을 보고 나서 차를 대접해드릴까 하는데요. 괜찮으시다면——."

"물론이지요. 감사합니다."

그가 대답했다.

"부탁이 있는데, 제 하인이 정원에서 대기하도록 해도 괜찮겠습니까? 제가 필요할 경우가 있을지도 몰라서요."

"아, 물론이지요. 캐러도스 씨, 저한테 묻지 마시고 편하신 대로 해주세요."

엘시가 배려심 있게 말했다.

"에이미를 시켜 하인에게 말씀을 전하도록 할게요."

그는 고개를 끄덕이고는 종소리를 듣고 방으로 들어온 하녀를 향해 몸을 돌렸다.

"내 차로 가서 파킨슨에게 이쪽으로 와달라고 전해줘요. 책도 가져 오라고 하고. 그럼 알 겁니다."

"네, 나리."

엘시와 캐러도스는 프랑스식 창을 열고 밖으로 나가 정원을 거닐었 다. 정원의 맞은편에 다다르기 전 파킨슨이 도착했음을 알렸다.

"자네는 이쯤에 있는 것이 좋겠네."

캐러도스가 근처 잔디밭을 가리키며 말했다.

"벨마크 부인이 응접실의 의자를 써도 좋다고 허락해주실 거야."

"감사합니다, 주인님. 하지만 정원에 나무 의자가 하나 있습니다."

파킨슨이 대답했다.

파킨슨은 집 쪽을 등지고 앉아 가져온 책을 펼쳐 들었다. 책갈피에 는 교묘하게 끼워 넣은 거울이 들어 있었다.

정원을 거닐던 두 사람이 다시 통나무 의자 근처에 가까워지자 캐러도스는 두어 걸음 정도 뒤처져 천천히 걷기 시작했다.

"그자가 이층 방에서 주인님을 내려다보고 있습니다."

파킨슨은 의자에 앉아 책에서 눈을 떼지 않고 속삭이듯 말했다.

캐러도스는 걸음을 재촉하여 다시 벨마크 부인에게 다가갔다.

"이 잔디밭은 크로케(croquet)[32]를 하기 위해 가꾸신 건가요?"

"아니요, 특별히 그런 건 아니에요. 크로케를 하기에는 좀 좁지 않나요?"

"꼭 그렇지도 않습니다. 가로 1.2미터, 세로 1.5미터면 충분할 겁

---

32) 잔디 구장 위에서 나무망치로 나무 공을 치며 하는 구기 종목.

니다. 단순한 게임이면 크기는 문제가 되지 않지요."

자신의 주장을 입증하려는 듯 캐러도스가 가로세로 방향으로 잔디밭 위를 성큼성큼 걷기 시작했다. 그러더니 대충 측정한 길이에 만족을 못했는지 지팡이를 사용하며 집중해서 정확한 길이를 측정했다. 엘시 벨마크는 눈치가 없는 편은 아니었지만, 대화 중에 너무 자연스럽게 이뤄진 행동이어서 여기에 더 깊은 의도가 있는지 헤아려볼 생각은 들지 않았다.

"그자가 쌍안경으로 보고 있습니다. 지금은 창가에서 지켜보는 중이고요."

파킨슨이 상황을 전했다.

"이제 시야에서 사라져줄까."

캐러도스도 속삭이듯 조용히 대답했다.

"그자가 불안해하는 기색이 보이면 나중에 알려주게."

캐러도스는 기분 좋은 소식을 전하듯 벨마크 부인을 향해 만족스럽게 말했다.

"전혀 걱정하실 필요가 없습니다. 작지만 아주 좋은 경기장이 될 겁니다. 하지만 땅이 굳으면 움푹 파인 곳을 평평하게 만들어주셔야 합니다."

텃밭이 있느냐는 캐러도스의 질문에 두 사람은 정원의 가장 구석진 곳으로 발걸음을 옮겼다. 파운틴 코티지의 뒷벽에 가려 옆집의 창가에서는 보이지 않는 곳이었다.

"채소는 이쪽에 심기로 했지요. 여기는 엄밀히 말해 정원은 아니니까요."

그녀가 말했다.

"여기 채소가 좀 더 자랄 무렵이면 곧 전부 포기해야겠지요. 여기 꽃을 심었다면 너무 아쉬웠을 거예요."

평범한 영국 여성처럼 밝고 활발한 성격의 엘시 벨마크는 번영의 길을 가로막을 먹구름은 없다는 듯 미래에 관해 거침없이 이야기했다. 그녀는 삼촌 친구인 캐러도스에게 부부가 처한 처지를 숨김없이 드러냈는데, 그것이 가장 단순하면서도 솔직한 방법인 데다가 굳이 비관적인 태도를 보일 필요도 없기 때문이었다.

"정원이 꽤 넓군요. 정말 두 분이 직접 관리를 하시는 건가요?"

캐러도스가 말했다.

"네. 사실 정원이 주는 즐거움 중에 정원 일이 반은 차지하잖아요. 로이는 아침 일찍부터 저녁 늦게까지 여기 나와서 정원 손질을 해요. 온갖 힘든 일은 도맡아 하지요. 그런데 어떻게 아셨어요? 삼촌이 그러시던가요?"

"아니요. 부인이 말씀해주셨지요."

"제가요? 정말요?"

"간접적으로 하신 거지요. 제가 도착했을 때 부인이 일을 달라는 정원사를 거절하고 있었거든요."

"아, 기억나요."

그녀가 웃음을 터뜨렸다.

"아이언즈 씨예요. 정말 성가신 사람이에요. 어쩌면 그렇게 끈질긴지. 몇 주 동안이나 저희 집에 수시로 찾아와서 자기를 써달라고 하는 거예요. 한번은 저희가 외출 중이었는데 그 사람이 정말로 저희 집 정원에 들어온 적이 있었어요. 제가 돌아왔을 때 막 일을 하기 시작하려던 참이었죠. 그 사람 말이 우유 배달부와 식료품상이 문 앞에 시식

용 상품을 놓고 가는 것을 보고 자기도 그렇게 해야겠다고 생각했다는 거예요!"

"제법 그럴듯한 핑계로군요. 아이언즈 씨는 이 동네 사람입니까?"

"이 주변의 땅과 토질에 대해서는 그로츠 히스의 그 누구보다도 더 잘 안다고 하더군요."

엘시가 대답했다.

"겸손 같은 건 아이언즈 씨와는 거리가 먼 덕목이지요. 그 사람이 그러는데 —— 어머, 정말 신기하네요!"

"뭐가 말입니까, 벨마크 부인?"

"한 번도 두 사람을 연결해서 생각해본 적이 없었는데, 그러고 보니 아이언즈 씨는 7년 동안 파운틴 코트에서 정원사로 일했다고 했어요."

"이 집 땅에 아주 애착이 많은 또 다른 충복이군요."

"어쨌든 그 두 사람이 똑같이 잘살게 되지는 않았네요. 존즈 씨는 좋은 집에서 살 능력이 되지만 불쌍한 아이언즈 씨는 반 크라운[33]의 일당만 받고도 기꺼이 일하려고 하니 말이에요. 다른 일꾼들은 4실링은 받는다고 들었거든요."

그들은 텃밭의 경계를 따라 계속 걸었다. 그러다 더는 볼 곳이 없자 엘시 벨마크의 안내에 따라 응접실로 향하는 길로 접어들었다. 파킨슨은 아까와 마찬가지로 책에 몰두한 채 앉아 있었다. 다만 아까와 달리 두 집 정원의 경계가 되는 참나무를 덧댄 높은 울타리 쪽에 등을 지고 있었다.

"제 하인에게 전할 말이 있어서요."

---

33) half-crown. 당시의 2.5실링, 지금의 12.5펜스에 해당하는 영국의 옛날 주화.

캐러도스가 몸을 돌리며 말했다.

"그자가 아래층으로 달려 내려와 울타리를 통해 엿보고 있습니다, 주인님."

파킨슨이 말했다.

"그것으로 됐네. 차로 돌아가도 좋아."

"부인, 작은 산사나무를 한 그루 보내드릴까 하는데 괜찮으시겠습니까?"

5분 뒤 캐러도스는 찻잔을 칭찬하다가 갑작스레 질문을 던졌다.

"정원에는 아무래도 산사나무가 있어야지요."

"감사합니다만, 그럴 가치가 있을까요?"

벨마크 부인은 거절의 뜻을 담아 말했다. 미래의 걱정 따위는 무시한다고 말했지만, 이 상황에서 그러한 제안은 너무나 부적절하게 느껴졌던 것이다. 그녀는 캐러도스가 특별한 능력에도 불구하고 어딘가 모르게 둔한 구석이 있는 게 아닐까 의심이 들기 시작했다.

"충분히 가치가 있지요."

그는 조용히 확신에 찬 목소리로 대답했다.

"하지만——?"

"부군께서 다음 주 월요일에 천 파운드의 투자금을 마련하지 못하면 이곳을 떠날 수밖에 없다는 건 잘 알고 있습니다."

"그럼 더 이해가 안 가는데요, 캐러도스 씨."

"지금은 설명해 드릴 수가 없습니다. 아까 제가 루이스의 편지를 전해드렸지요. 부인께서는 흘긋 보고 마시더군요. 편지의 마지막 문단을 읽어주시겠습니까?"

그녀는 테이블에서 편지를 집어 가벼운 마음으로 읽어 내려갔다.

"제가 뭔가 해주길 바라고 계시는군요."

그녀는 마지막 문단을 읽고 나서 조심스럽게 추측을 던졌다.

"세 가지 제안을 드릴 텐데 부인께서 따라주셨으면 합니다."

캐러도스가 대답했다.

"먼저 이웃에 사는 존즈 씨에게 편지를 써주십시오. 존즈 씨가 오늘 밤 그 편지를 받을 수 있게요. 아직도 이 집에 들어와 살 의향이 있는지를 물으시는 겁니다."

"잠깐이지만 저도 그렇게 해볼까 생각을 했었지요."

"그럼 문제없겠군요. 하지만 그자는 거절할 겁니다."

"아!"

그녀의 외침이 안도의 한숨인지 실망의 탄식인지는 알 수 없었다.

"그렇게 생각하시면서 왜 ──?"

"당분간 그자를 잠자코 있게 하려는 것이지요. 그다음으로 아이언즈 씨에게도 편지를 보내세요. 오늘 밤 하녀를 통해 전달하십시오."

"아이언즈 씨요? 그 정원사 말인가요?"

"네."

캐러도스가 미안하다는 듯 대답했다.

"한두 줄이면 됩니다. 월요일에 올 생각이 있다면 며칠 일거리를 주겠다는 내용으로요."

"하지만 상황이 어떻든 저는 정원사를 쓰고 싶진 않아요."

"물론이지요. 부인께서 정원을 더 잘 가꾸시리라는 건 의심치 않습니다. 하지만 상관없습니다, 벨마크 부인. 반 크라운의 일당을 받고는 일하러 오지 않을 테니까요. 제 말을 믿으세요. 그래도 그 제안을 받으면 아이언즈 씨가 얌전해질 겁니다. 마지막으로, 부군께서 다음

주 월요일까지 회사의 제안을 거절하지 않고 기다리도록 설득해주시 겠습니까?"

"네, 그럴게요, 캐러도스 씨."

그녀는 잠시 생각에 잠겼다가 대답했다.

"루이스 삼촌의 친구분이시니 저희 부부의 친구이시기도 하지요. 부탁하신 대로 할게요."

"감사합니다. 실망하지 않도록 최선을 다하겠습니다."

"감히 뭘 바랄 처지가 아니니 실망할 일도 없을 거예요. 완전한 암흑 속에 있는 처지라 기대할 것도 없어요."

"저는 그 암흑 속에 거의 20년 동안 있었습니다, 벨마크 부인."

"어머, 죄송해요! 정말 안타까운 일이에요."

"저도 가끔 그렇습니다."

캐러도스가 대답했다.

"안녕히 계십시오, 벨마크 부인. 곧 연락드리겠습니다. 산사나무 에 대해서도 그때 알려드리지요."

48시간이 지나기도 전에 그녀는 캐러도스로부터 연락을 받았다. 토요일 이른 오후 남편이 집으로 돌아왔을 때 엘시는 전보를 손에 든 채 문간에서 그를 맞이했다.

"여보, 우리가 여기서 만난 사람들은 하나같이 정신이 이상한가 봐."

체념 섞인 웃음을 지으며 그녀가 말했다.

"처음에는 존즈인지 존스인지 하는 사람이 그랬고, 그다음에는 다 른 데 일당의 반밖에 안 받고 일하겠다며 고집을 피운 아이언즈 씨가 그러더니 ——, 30분 전에 캐러도스 씨가 보낸 전보 좀 봐."

벨마크는 전보를 건네받아 읽었다.

— 정어리 통조림 따개, 나침반, 샴페인 한 병을 준비
해주세요. 크라태구스 코시니아와 함께 6시 45분에 도착
할 예정입니다.

캐러도스.

"이보다 더 터무니없을 수가 있을까?"

엘시가 물었다.

"무슨 암호 같은데?"

그녀의 남편이 생각에 잠겼다.

"같이 온다는 외국 신사는 누구야?"

"아, 그건 산사나무 종에 속하는 희귀한 나무야. 내가 찾아봤어.
하지만 샴페인 한 병과 나침반, 정어리 통조림 따개라니! 도대체 그
세 가지가 무슨 연관이 있다는 거지?"

"임기응변이 뛰어난 사람이라면 정어리 통조림 따개로 샴페인 병
마개를 딸 수 있을지도 모르지."

"집에 돌아갈 때는 나침반을 보면서 길을 찾고?"

그녀가 코웃음을 쳤다.

"여보, 당신은 탐정이 되긴 틀린 것 같아. 점심이나 먹는 게 좋겠
어."

그들은 점심을 먹었다. 그러나 식사를 하는 내내 캐러도스의 이야
기가 끊이지 않았다.

"오래된 시곗줄에 걸어둔 나침반이 어디에 있을 텐데."

벨마크가 먼저 말을 꺼냈다.

"황소 머리 모양으로 생긴 통조림 따개도 있기는 해."

엘시가 대꾸했다.

"샴페인은 없겠지?"

"샴페인이 어디 있겠어? 마신 적도 없는데. 당신이 가서 한 병 사 올래?"

"정말 그래야 할까?"

"당연하지, 여보. 안 그러면 무슨 일이 생길지 어떻게 알아. 루이스 삼촌이 전에 그러셨잖아. 어느 보석상이 캐러도스 씨가 시킨 대로 가게 현관 앞 깔개에 신발 닦는 걸 무시해서 보석상 강도를 막지 못했다고 말이야. 생각해 봐. 존즈라는 사람이 궁지에 몰린 무정부주의자고 우리 때문에 버킹엄 궁전을 날려버린다면——."

"알았어. 작은 병 하나면 되겠지?"

"아니, 큰 것으로. 아주 큰 병으로 하나 사와. 뭔가 점점 흥미진진해지는 것 같지 않아?"

"벌써 그렇게 흥분했다면 샴페인이 그렇게 많이 필요 없잖아."

말은 그렇게 했지만, 점심 후 벨마크는 고급 와인 전문점에 가서 샴페인을 사고는 팔에 걸친 가벼운 여름용 겉옷을 그 위에 덮은 채 돌아왔다. 엘시 벨마크는 지금까지의 무관심한 태도는 온데간데없이 사라지고 '곧 무슨 일이 일어날 것'이라는 확신에 찬 상태로 더디다 못해 멈춰버린 듯한 오후를 보내고 있었다. '매사를 논리적으로 보라'며 아내를 타박하던 벨마크조차 토요일 오후 늘 피우던 파이프 대신 종이 담배를 다섯 개비나 피우고 정원 일은 아예 손도 대지 않고 있었다.

정확히 6시 45분이 되자 자동차가 다가오는 소리가 들렸다. 엘시는 다시 침착한 안주인이 되기 위해 필사적이었다. 벨마크는 손님이 시간을 그렇게 정확하게 지키는 것에 놀랐다. 잠시 후 창문 너머로 리젠트 스트리트 상점의 배달 차가 지나가는 것이 보이자 엘시는 거의 울음을 터뜨릴 뻔했다.

그러나 그 긴장감은 오래가지 않았다. 5분도 채 지나지 않아 또 다른 차가 한적한 교외 도로에 먼지를 일으키며 다가오고 있었다. 이번에는 승용차가 대문 앞에 멈췄다.

"차 안에 혹시 경찰이 타고 있어?"

엘시가 속삭였다.

파킨슨이 차에서 내린 뒤 뒷문을 열고 작은 나무 한 그루를 꺼내더니 현관에 가져다 놓았다. 그 뒤를 따라 캐러도스가 걸어왔다.

"어쨌든 상황이 그렇게 나쁜 것 같지는 않아. 계속 미소를 짓고 있는데."

벨마크가 말했다.

"아니. 그건 미소가 아니고, 그 사람 원래 표정이 그래."

엘시가 말했다.

그녀가 복도에서 현관문을 열며 방문객들을 맞았다.

"진홍색 열매를 맺는 북미산 산사나무입니다."

벨마크의 귀에 캐러도스의 목소리가 들려왔다.

"꽃과 열매가 아주 훌륭하지요. 벨마크 부인, 이 나무 심을 곳을 제가 선택해도 되겠습니까?"

벨마크가 복도로 나왔고, 엘시가 남편을 소개했다.

"서둘러야 할 것 같습니다. 좀 있으면 날이 저물 거예요."

벨마크가 말했다.

"맞습니다. 코시니아는 깊이 파서 심어야 하니까요."

캐러도스가 말했다.

그들은 복도를 지나 오른쪽으로 방향을 틀어 텃밭으로 향했다. 나무를 든 캐러도스가 엘시와 함께 앞장섰고 벨마크는 필요한 연장을 찾으러 창고로 갔다.

"여기서부터 시작하도록 하지요."

캐러도스가 반쯤 가다가 멈추고 말했다.

"지난번에 정원 한가운데 어딘가를 가로지르는 가느다란 쇠파이프를 보셨다고 하셨지요. 그 쇠파이프의 끝이 정확히 어딘지를 찾아야 합니다."

"내 장미꽃!"

정확한 장소를 찾아내자 엘시는 다가올 재앙을 예감하며 한숨을 쉬었다.

"아, 캐러도스 씨!"

"죄송합니다. 하지만 상황이 더 나쁠 수도 있어요."

캐러도스가 단호하게 말했다.

"연결 부위만 찾으면 됩니다. 벨마크 씨가 가능한 한 꽃밭을 망가뜨리지 않고 찾아주실 겁니다."

벨마크는 5분간 쇠꼬챙이로 땅을 찔러 탐색을 했다. 그러고는 작은 동그라미 모양으로 흙을 파내자 30센티미터 깊이에서 연결이 끊긴 2.5센티미터 두께의 파이프가 나타났다.

"분수로군요."

캐러도스가 파이프를 살펴보고 말했다.

"나침반 있습니까, 벨마크 씨?"

"좀 작은 건데요."

"상관없습니다. 당신은 수학에 능하니까요. 정동으로 방향을 잡아 주십시오."

벨마크는 얼레와 실을 사용하여 끊어진 파이프에서 텃밭을 가로지른 어느 한 지점까지 길이를 측정했다.

"이 지점까지 9야드 9피트 9인치니까, 11.2미터 정도 되는군요."

"내 양파밭!"

엘시가 비탄에 잠긴 목소리로 외쳤다.

"이번에는 정말 심각하군요."

캐러도스가 말했다.

"한 1미터 정도 폭으로 구덩이를 파야 하는데 진행해도 되겠습니까?"

엘시는 삼촌이 편지로 당부한 내용, 아니면 삼촌의 편지에 그렇게 쓰여 있을 거라고 생각한 내용을 떠올렸고, 그제야 캐러도스가 나무 심을 장소를 선택해도 되겠느냐는 게 무슨 뜻이었는지 이해가 됐다.

"네, 그래야겠지요. 다만——."

간절한 눈빛으로 그녀가 입을 열었다.

"대신 순무밭을 파면 안 될까요? 거긴 아직 씨를 뿌리지 않았는데."

"이곳 말고 다른 곳은 소용이 없습니다."

캐러도스가 대답했다.

벨마크는 작업할 부분을 표시하고 땅을 파기 시작했다. 30센티미터 정도 파낸 뒤 그는 잠시 동작을 멈췄다.

"이쯤이면 충분할까요, 캐러도스 씨?"

그가 물었다.

"아니요. 더 파야 합니다."

"이제 60센티미터 정도 된 거 같은데요."

벨마크가 잠시 후 말했다.

"더 깊게 파세요!"

가차 없는 대답이 돌아왔다.

또다시 15센티미터를 파낸 뒤 벨마크는 휴식을 취하기 위해 작업을 멈췄다.

"여기서 더 깊이 파면 코시니아가 통째로 땅에 파묻힐 것 같은데요."

"바로 그 정도 깊이까지 파야 합니다."

캐러도스가 대답했다.

벨마크 부부는 서로 눈길을 주고받았다. 그런 다음 벨마크는 삽을 들고 더 깊이 파내려 가기 시작했다.

"90센티미터 정도 판 것 같군요."

벨마크가 흙을 퍼내며 말했다.

캐러도스가 구덩이의 가장자리로 다가갔다.

"갈퀴로 15센티미터 정도 흙을 긁어내고 나면 준비는 얼추 다 되었다고 봅니다."

벨마크가 연장을 바꿔 흙을 긁어내기 시작했다. 이내 갈퀴의 날 끝에 뭔가가 걸렸다.

"조신하세요."

캐러도스가 지시했다.

"갈퀴 끝에 아마 반 파운드짜리 코코아 깡통이 걸려 있을 겁니다."

"세상에, 도대체 어떻게 정확한 장소를 알아낸 겁니까!"

놀란 벨마크가 깡통 바깥에 묻은 흙을 털어내며 큰 소리로 외쳤다.

"당신 말이 맞는 것 같군요."

벨마크는 아내에게 깡통을 던졌다. 그녀는 이미 자신의 재앙을 체념하듯 받아들였고, 이제는 작은 부분 하나도 놓치지 않겠다는 간절한 눈빛으로 상황을 지켜보고 있었다.

"그 안에 흙 말고 다른 건 없어, 엘시?"

"부인께서 아직 깡통을 열지 못했습니다. 뚜껑에 납땜이 되어 있거든요."

캐러도스가 말했다.

"오, 저런."

"그 말이 맞아, 여보. 뚜껑에 땜질이 되어 있어."

그들은 놀라움과 의심이 교차하는 표정으로 서로를 바라보았다. 캐러도스만이 아무 감흥도 없는 듯 보였다.

"자, 이제 원상태로 복구해도 좋습니다."

"구덩이를 다시 메우라고요?"

벨마크가 말했다.

"네. 심토를 꼼꼼히 뒤섞었으니 아주 좋은 환경이 된 거지요. 15센티미터 깊이면 뿌리가 자라는 데 충분합니다."

작업이 진행되는 가운데 캐러도스가 한마디를 던졌다.

"깡통이 있던 자리 바로 위에 나무를 심어야겠군요. 아마 정확한 위치를 표시하고 싶어지실 겁니다."

캐러도스의 말대로 깡통이 있던 바로 그 자리에 산사나무가 자리

잡게 되었다.

벨마크는 평소에 신중하고 체계적인 사람이었지만 소나기가 퍼붓는 데도 쓰고 난 연장을 그 자리에 그대로 둔 채 집으로 들어왔다. 평소와 달리 조용한 엘시는 먼저 서둘러 응접실로 들어와 불을 켰다.

"깡통 따개를 갖고 계시지요, 벨마크 부인?"

캐러도스의 말이 떨어지기를 기다렸던 엘시는 그 단순한 요청에 화들짝 놀라 자리에서 벌떡 일어섰다. 그러고는 옆방으로 가서 황소 머리 모양의 통조림 따개를 가지고 돌아왔다.

"여기 있어요."

그녀는 조금 이상한 목소리로 말했다. 다른 때 같으면 스스로 웃음을 터뜨렸을 그런 목소리였다.

"벨마크 씨, 뚜껑을 좀 따주시겠습니까?"

벨마크는 흙 묻은 깡통을 엘시가 가장 아끼는 테이블보 위에 올려놓았다. 하지만 엘시의 잔소리는 들리지 않았다. 그는 왼손으로 깡통을 단단히 부여잡고 따개로 뚜껑을 따기 시작했다.

"종이밖에 없는데요!"

그가 외쳤다. 벨마크는 안에 든 내용물을 확인도 하지 않은 채 캐러도스에게 깡통을 건네주었다.

캐러도스는 능숙한 손놀림으로 바스락 소리를 내며 돌돌 말린 작은 종이 다발을 꺼내 들고는 일정한 속도로 한 장씩 세기 시작했다.

"저건 돈인데!"

엘시가 감탄하며 속삭였다. 그녀는 계속해서 눈을 떼지 않고 지켜보았다.

"100파운드짜리 지폐야. 수십 장은 될 거 같아!"

"오십 장은 되겠군요."

캐러도스가 지폐를 세다가 잠시 멈추고 말했다.

"스물다섯, 스물여섯——."

"세상에. 5천 파운드라니!"

벨마크가 중얼거렸다.

"딱 오십 장입니다."

캐러도스가 지폐의 귀퉁이를 펴며 말했다.

"계산이 정확한 것을 확인하면 늘 기분이 좋지요."

그는 지폐 뭉치에서 열 장을 집어 부인에게 내밀었다.

"벨마크 부인, 이 재산에 대한 부인의 청구권을 완전하고 합법적으로 이행하기 위해 천 파운드를 받으십시오."

"제가요?"

그녀가 더듬거리며 말했다.

"하지만 아무리 봐도 제가 이 돈을 받을 권리는 없는 거 같은데요. 저희하고 아무 상관이 없잖아요."

"부인에게는 상당 규모의 금액을 가져갈 타당한 권리가 있다는 건 누구도 반박할 수 없습니다. 부인이 없었다면 이 집의 주인은 한 푼도 얻지 못했을 테니까요. 부인의 법적 권한에 대해서 말씀드리자면——."

캐러도스는 수첩에서 서류 모양의 종이 한 장을 꺼내 그들 앞의 테이블 위에 펼쳤다.

"이게 그 권한을 인정하는 서류입니다. '——고인이 된 알렉시스 메트로비의 미양도 예치금 5천 파운드를 찾아내어 자발적으로 넘겨준 엘시 벨마크의 공로를 인정하여, 법무법인 빈스테드 및 폴게이트

(주소: 77a 베드포드 로우)는 법정유산관리인과 상기 언급한 상속권자를 대신하여—— 임을 증명합니다.' 서머셋 하우스에서 증인 입회 후 서명과 직인을 날인한 서류입니다."

"제가 꿈을 꾸고 있는 건 아니겠지요?"

엘시가 몽롱한 목소리로 말했다.

"바로 이 순간 우리의 계획을 성공적으로 마무리하기 위해 세 번째 물품이 필요하다고 말씀드렸던 겁니다."

캐러도스가 말했다.

"이렇게 생각이 깊으시다니! 여보, 샴페인 가져와요!"

엘시가 외쳤다.

5분 뒤, 여전히 이 상황이 믿기지 않아 어리둥절한 부부에게 캐러도스가 자초지종을 설명하기 시작했다.

"고인이 된 알렉시스 메트로비는 괴상한 성격의 소유자였습니다. 세상만사를 다 경험하고 더 이상 볼 게 없을 만큼 많은 것을 본 그는 결국 심령술을 받아들이게 되었지요. 그 후 일부 심령술 맹신자들과 마찬가지로 메트로비는 우리가 말하는 '상식적인 관점'을 버렸습니다. 몇 년 전 메트로비는 요한계시록과 재드키엘력, 메리 베이커 에디의 전집을 대조하다가 1910년 10월 10일 세상에 종말이 닥칠 것이라는 예언을 발견했습니다. 그래서 대재앙이 닥친 후를 대비하여 재정적 준비를 확실히 해놓는 것이 무엇보다 시급한 일이라고 생각하게 되었던 것이지요."

"이해가 되질 않는군요. 그 사람은 세상의 종말에서도 살아남을 수 있을 거라 생각한 건가요?"

엘시가 끼어들었다.

"벨마크 부인, 이해하지 못하는 게 당연합니다. 근본적으로 이해가 불가능한 것이니까요. 저로서는 세간에 알려진 내용에 비추어 그것을 사실로 받아들일 뿐입니다. 메트로비는 살아남을 것을 기대하지는 않았지만, 자신이 영적인 존재로 바뀌고 나서도 현세의 화폐가 유용할 것이라고 확신했던 모양입니다. 어느 영매의 제자가 된 이후에는 이러한 생각이 더 강해지게 되었고요. 영매는 친절하게도 메트로비에게 돈을 내세의 은행 계좌로 이체해주겠다고 제안했습니다. 수수료 같은 것도 전혀 없이 말입니다. 그러기 위해서 계좌로 보내고 싶은 액수만큼 자신에게 돈을 맡기라고 했지요. 메트로비는 영매의 아이디어는 인정했지만, 그 제안은 받아들이지 않았습니다. 그의 계획은 상당한 액수의 돈을 자기만 아는 곳에 묻어두고 필요할 때마다 꺼내 쓰겠다는 것이었지요."

"하지만 이 세상이 끝나면——?"

"물질세계만 끝나는 겁니다, 벨마크 부인. 물질세계의 반대인 영적 세계는 전과 같이 계속될 것이고, 메트로비는 자신이 쌓아둔 돈을 내세에서도 그대로 쓸 수 있을 거라고 믿었던 것이지요. 이것이 사건의 발단입니다. 한 달쯤 전에 꽤 많은 신문에 같은 광고가 실렸습니다. 저는 당시 그 광고를 눈여겨봤었기 때문에, 사흘 전 스크랩해둔 신문을 다시 찾아보았지요. 광고 내용은 이렇습니다."

——알렉시스 메트로비. 그로츠 히스의 파운틴 코트에서 근무한 고(故) 알렉시스 메트로비의 하인이나 수행원 중 그의 습관이나 동선에 관한 특별한 정보를 알고 있다면 서 중앙우편구77a 베드포드 로우의 빈스테드와 폴게이트

사무변호사에게 연락 주십시오. 정보를 주신 분께는 소정
의 사례금을 드립니다.

　"사무변호사들은 1910년 초 5천 파운드에 해당하는 증권이 현금
화되었다는 사실을 알고 있었습니다. 그들은 메트로비가 은행에서
해당 액수에 상당하는 금을 찾아갔음을 확인했고, 거기서 추적이 끊
겼습니다. 메트로비는 6개월 후에 사망했고요. 금괴는 어디에서도
발견되지 않았고, 금괴가 어디로 갔는지를 확인할 수 있는 서류는
한 장도 발견되지 않았습니다. 메트로비는 그의 수입으로 소박하게
살았지요. 이후에 메트로비가 살던 저택이 철거되었지만, 그가 숨겨
놓은 돈에 대한 단서는 전혀 찾을 수 없었습니다. 그러던 중 두 사람이
변호사 사무소를 찾아왔습니다. 변호사들은 그들에게 자초지종을 설
명하고 돈을 회수하는 데 필요한 정보를 제공해주는 대가로 결과에
따라 사례금을 지급하겠다고 제안했습니다. 그 둘은 모두 신중하고
말수가 적은 사람들이었다더군요. 이야기를 듣고는 고개를 저으며
자리를 떠났다고 합니다. 첫 번째 방문자는 집사로 일했던 존 포스터
씨였고, 다음 날 찾아온 사람은 파운틴 코트의 정원사로 일했던 아이
언즈 씨였습니다. 여기서 잠시 다른 이야기를 하나 하겠습니다. 1910
년 여름, 메트로비는 〈돔 너머의 화염〉이라는 제목의 괴상한 책을
출간했습니다. 종말론적 시각에서 쓴 논문이었는데, 끝에 '카멜레온
의 우화'라는 제목의 에필로그가 붙어있습니다. 에필로그는 본 내용
보다도 더 괴상했는데, 그럴 만한 이유가 있었습니다. 사변적인 에세
이로 가장한 글에 5천 파운드의 행방을 암호문처럼 숨겨놓았거든요.
게다가 더욱 중요한 것은 그것을 숨겨둔 장소에 대한 정보를 세세히

기록해두었다는 점입니다. 그런 짓을 한 건 그의 성격 때문이었습니다. 그는 경험상 자신의 기억력이 불안정하다는 것을 알고 있었고, 어쩌다 보물을 다른 곳으로 옮길 일이 생기면서 종말이 닥쳤을 때 혼란에 빠진 자신의 영혼이 그 장소를 찾아내지 못할지도 모른다는 두려움에 빠졌던 겁니다. 그래서 그는 기억을 더듬어 나중에 찾을 수 있도록 책에 세부 사항을 구체적으로 기술해놓았고, 이 책들이 최대한 많이 세상에 남을 수 있도록 조치를 취했습니다. 그가 동원할 수 있는 유일한 수단을 통해 책을 유통시켰던 것이지요. 다시 말해 알고 지내던 모든 지인과 생면부지의 수많은 사람들에게 책을 한 권씩 보냈던 것입니다. 지금까지는 실제 있었던 일을 말씀드렸습니다. 이제부터는 추정에 근거한 이야기입니다만, 결국은 정확한 내용일 겁니다. 메트로비는 자신의 금을 파운틴 코트로 옮겨왔습니다. 금을 넣어둘 튼튼한 참나무 상자를 마련한 뒤 분수의 서쪽 어느 지점에 묻기로 한 거지요. 그런데 상자를 묻으려던 그날 공교롭게도 아이언즈 씨가 그 장소에 나타났습니다. 메트로비는 자기가 아끼던 앵무새를 묻어주는 것이라며 적당히 얼버무렸습니다. 아이언즈 씨는 당시 그 말을 특별하게 받아들이지 않았지만, '정신이 반쯤 나간 주인 양반'이라는 소문을 입증할 증거로 집사와 지인들에게 그 이야기를 했지요. 그러나 메트로비는 우연히 아이언즈 씨를 만난 것이 꽤 신경이 쓰였던 겁니다. 그는 며칠 뒤 상자를 다시 파냈고, 새로 세운 계획에 따라 금을 잉글랜드 은행에 가져가 전부 지폐로 교환했습니다. 그리고 묻을 곳을 분수의 정동쪽 어느 지점으로 바꿔 그곳에 이 깡통을 묻은 겁니다. 깡통이 차지하는 공간이 크지 않아 정확한 장소를 모르는 사람은 쉽게 찾지 못할 것이라며 만족하면서 말입니다."

"그렇지만!"

벨마크가 외쳤다.

"금이야 여전히 금으로 남겠지만, 세상의 종말이 온 후에 지폐가 무슨 소용이 있다는 겁니까?"

"그게 당연한 생각입니다. 하지만 메트로비는, 그 이국적인 이름에도 불구하고 뼛속까지 영국인이었던 겁니다. 세상이 끝날지라도 잉글랜드 은행은 어떻게든 무사히 종말을 넘길 수 있을 거라고 확신했던 거겠지요. 그냥 제 추측일 뿐입니다. 추측하자면 한도 끝도 없지만요."

"캐러도스 씨, 저희가 알아야 할 것은 그게 전부인가요?"

"네. 이것으로 모든 게 마무리되었습니다, 벨마크 부인. 8시에 차를 보내라고 지시해두었습니다. 마침 8시가 되었군요. 해리스가 도착한 모양입니다."

캐러도스가 자리에서 일어섰지만 두 사람의 표정과 행동에서는 당황하는 기색이 역력했다.

"하지만 이렇게 많은 돈을 받아도 되는 건지——."

불안함이 가득한 목소리로 엘시가 웅얼거렸다.

"캐러도스 씨, 이건 모두 당신이 하신 거잖아요. 제가 이 돈을 받는 건 말이 안 되는 거 같아요."

"이런 상황에서는——."

벨마크가 소심하게 끼어들었다.

"여보, 우리가 약속한 거 있었잖아. 캐러도스 씨가 이 돈을 빌려주시는 것으로 하면——."

"아니, 그건 아니야!"

엘시가 다급한 목소리로 말했다.

"이런 문제는 확실하게 처리해야 해. 캐러도스 씨한테는 천 파운드쯤이야 아무것도 아니지만, 우리한테는 전부나 다름없잖아."

그녀는 촛불 심지를 자른 캐러도스의 일화를 늘어놓을 때처럼 떨리는 목소리로 말했다.

"캐러도스 씨, 당신의 그 놀라운 수완 덕분에 저희 부부가 채무를 지지 않게 되었습니다. 매우 뿌듯한 기분이 드실 거라 생각해요. 과분한 선물이기는 하지만 우리가 거절하면 캐러도스 씨의 만족감을 망칠 수 있으니 이 선물은 기꺼이 받도록 하겠습니다."

"그럼 캐러도스 씨한테 어떻게 감사의 표시를 해야 하지?"

벨마크가 더듬거렸다.

"그럴 필요 없어. 이것으로 끝이야."

엘시가 덤덤한 목소리로 말했다.

"벨마크 부인의 말이 정답인 것 같군요."

캐러도스가 말했다.

맹인탐정
맥스 캐러도스

VIII

어둠 속의 게임

The Game Played in the Dark

"일이 재미있게 돌아가고 있습니다."

비넬 경감이 말했다. 아마추어 맹인 탐정을 바라보는 그의 눈빛에는 언제나처럼 깊은 존경심이 담겨 있었다.

"재미있어요. 현재로서는 외국으로 나간 흔적은 아무것도 없는 것 같고, 열심히 찾기만 한다면 여기 런던에서 그 흔적을 찾게 될 겁니다."

"정확한 곳을 찾는다면 말이지요."

캐러도스가 말했다.

"네, 그렇습니다."

경감도 동의했다.

"하지만 열 번 중 아홉 번은 아무런 성과도 없었습니다. 이곳을 찾아볼 생각은 아무도 하지 않고, 사건은 갑자기 엉뚱한 곳에서 끝나버렸습니다. 지금 이 이야기는 일반적인 살인이나 단독범의 강력 범죄 같은 것을 말하는 게 아닙니다——. 이건 진짜 일류 범죄입니다."

과묵하면서도 열정적인 경감의 태도에서 전문가의 자신감이 슬며시 배어 나왔다.

"이를테면 안토니오 주(州)의 5퍼센트 이자부채권 사건처럼 말입니까?"

"아, 맞습니다, 캐러도스 씨."

비델은 보는 사람도 없는데 누군가에게 보여주려는 것처럼 슬프게 고개를 저었다.

"영국령 에콰토리아(Equatoria)의 대사관 접수창구에서 한 남자가 발작을 일으킨 결과가 멕시코에서 25만 파운드 가치의 위조 증권으로 나타나죠. 강 하구 어느 전당포에 3분의 1 가격으로 전당 잡힌 만(卍) 자 모양 옥장식이 실은 하리코프(Kharkov)[34]의 인간 번제물(燔祭物)[35] 의식에서 사용되었던 물건인지도 모르고요."

"웨스트햄스테드의 기억상실 수수께끼와 바리푸의 폭탄 테러 음모도 누군가가 사전에 알았다면 막을 수 있었겠지요."

"맞습니다. 그리고 시카고 백만장자의 세 아이 사건도 있습니다. 그 백만장자 이름이 사이러스 V. 번팅이었던가요? 그의 아이들이 대낮에 뉴욕의 리릭 극장 앞에서 유괴당했습니다. 그리고 그중 딸아이 하나가 3주 후에 벙어리가 되어서는 여기 채링크로스 역 담벼락에 분필로 낙서를 하고 있더란 말입니다. 경제신문에서 이런 기사를 본 기억이 있는데, 외국에서 거래되는 금에는 모두 스레드니들 스트리트[36]로 이어지는 끈이 달려 있다고 합니다. 물론 비유이긴 하지만 꽤 적절한 표현이지요. 음, 아무튼 제가 보기에 외국에서 발생하는 모든 대형 범죄는 이곳 런던에 지문을 남기는 것 같습니다. 캐러도스 씨가 말했듯이, 정확한 곳을 들여다본다면 알 수 있겠지요."

"그리고 정확한 순간을 찾아야지요."

캐러도스가 말했다.

---

34) 우크라이나 지역의 도시.
35) ritual murder. 신을 달래기 위한 인간 살생.
36) 영국의 금융 중심가.

"때는 지금 이 순간, 장소는 바로 우리 코앞일 겁니다. 한 발짝만 떼면 기회는 영원히 사라지고 말지요."

경감은 고개를 끄덕이며 깊이 공감하는 듯한 소리를 냈다. 경감은 맡은 바 임무를 수행할 때는 상상력이 결핍된 사람이었지만, 특별히 심각한 사건이 없을 때는 자신의 직업을 낭만적이라 여기며 은근한 자부심을 내비치곤 했다.

"아니. 어쩌면 천 건 중 한 건 정도는 '영원히'가 아닐지도 모릅니다."

캐러도스는 신중하게 덧붙였다.

"제가 볼 때 법과 범죄자 사이의 끝없는 결투는 크리켓 게임과 비슷합니다. 법이 수비 위치에 있고 범죄자는 공격을 하는 거지요. 만일 법이 실수를 해서 공을 잘못 던지거나 잡아야 할 공을 놓치면, 범죄자는 점수를 조금 올리고 생명을 연장하겠지요. 하지만 범죄자가 실수로 스트라이크를 놓치거나 수비수에게 공을 날리면 그자는 그것으로 끝입니다. 범죄자의 실수는 치명적입니다만, 법의 실수는 일시적이고 회복이 가능하지요."

"훌륭합니다, 캐러도스 씨."

비델이 목소리를 높였다. 두 사람은 터렛의 서재에 있었다. 비델이 터렛에 방문하면 늘 머무는 곳이었다.

"정말 적절한 말씀입니다. 그 점을 꼭 기억해야 할 것 같습니다. 자, 그럼 이 '면도날 귀도' 일당이 우리 쪽으로 공을 날리기를 바라야겠군요."

'면도날 귀도 일당'이란 표현에는 비델 경감의 본능적인 경멸이 담겨 있었다. 그러나 경감도 귀도의 숙련된 장인으로서의 명성에 대해서는 존중하지 않을 수 없었고, 그래서 캐러도스와의 우정을 이용해 이런 대화를 나누고 있었던 것이다. 귀도는 외국인이었고 그중에서도 최악인 이탈리아인이었다. 만약 혼자만의 힘으로 해결해야 했다면, 경감은 브리타니아 합금 같은 강력한 경찰력으로 미꾸라지 같은 귀도의 융통성에 맞섰을 것이다. 경감의 강압적인 방법은 객관적인 관찰자의 눈으로 보면 둔하고 비전문적이며 구태의연했지만, 불가사의하게도 종종 성공을 거두곤 했다.

'일 라소조'와 그의 '일당'이 스코틀랜드 야드의 감시망에 걸려든 계기가 된 범죄 행위는 그 당시 기자들이 신중하게 다듬은 기사들을 통해 어느 정도 윤곽이 드러났지만, 눈치 빠른 독자들은 이를 곧이곧대로 믿지 않았고, 그러다 마침내 한 세대를 거치며 전해지고 모아진 핵심 정보에 의해 세부가 적나라하게 밝혀지게 되었다. 이 이야기는 당시 비엔나에서 예정됐던 황실 결혼식과 어떤 질투심 많은 'X' 백작부인(이 부분에서 기자들의 신중함을 엿볼 수 있다) 그리고 이 예식을 망치기에 충분한 문서 몇 건(귀족들의 전기 작가는 이 문서에 대해 허둥지둥 뭉뚱그려 요약하고 있다)에 관한 이야기로 정리된다. 이 문서를 입수하기 위해 백작부인은 귀도를 고용했다. 귀도는 이런 유의 범죄에 최적화된 믿을 수 있는 악당이었다. 문서를 입수하는 데까지는 성공적이었지만, 그 결과 추적자들은 귀도의 발뒤꿈치까지 바짝 따라붙었다. 악행을 저지르기 위해 악당을 고용하면 필연적으로 그런 단점이 뒤따랐던 것이다. 백작부인에게는 태생적인 도덕적 권리가 주어졌을지 모르겠지만, 그녀가 고용한 공범에게는 자유에 관한 법적 권리 같은 것은 없었다. 유럽의 여러 도시에서 눈에 띄기만 해도 귀도를 체포할 수 있는 죄목이 적어도 여섯 건은 되었다. 그는 오스트리아

국철을 이용해 아슬아슬하게 비엔나를 빠져나갔다. 기차표를 사면서 행선지가 알려졌지만, 도중에 임기응변으로 체코의 차슬라우에서 기차를 세운 후 체코 북부 도시인 흐루딤으로 달아났다. 이즈음 귀도가 벌이는 게임과 이동 경로는 그의 움직임을 민감하게 주시하던 이들에 의해 상세하게 파악되고 있었다. 각국의 외교부에서도 경찰력을 지원하면서 귀도의 도주와 그 추격은 은밀한 여우사냥처럼 진행되었다. 익숙한 세상이 모두 그의 앞을 가로막고 나섰다. 그는 체코의 파르두비체를 거쳐 독일의 글라츠로 넘어갔고, 브레슬라우에 도착하여 오데르 강을 건너 폴란드의 슈테틴으로 향했다. 고용주의 후한 보수 덕에 귀도는 계속 움직일 수 있는 자금이 충분했고, 상황에 따라 공범들과 만남과 헤어짐을 반복했다. 일주일간 서두른 끝에 그는 코펜하겐에 도착했고, 그곳에서도 숨 돌릴 여유 없이 다음 목적지로 향했다. 그는 여객선으로 스웨덴의 말뫼를 거쳐 스톡홀름으로 가는 밤 기차로 갈아탔고, 그날 새벽 배를 타고 살트스죈으로 내려갔다. 명목상으로는 오보(Obo)를 향하는 것처럼 되어 있었지만, 실제로는 레벨(Revel)[37]을 거쳐 사람들이 잘 이용하지 않는 경로를 통해 중앙 유럽으로 돌아가려 한 것이다. 이 여행에서도 행운은 그의 편이 아니었다. 그러나 적시에 위험한 기미를 포착해냈고 지금까지 그를 보호해주던 정체불명의 조직의 보호를 받으며, 인파로 붐비는 아키펠라고의 섬들 사이를 운행하던 증기선에서 용케 보트를 내려 탈출할 수 있었다. 그리고 귀도는 헬싱키를 거쳐 잠깐 숨을 돌리고 48시간 만에 다시 덴마크의 항구인 프리하브넨으로 돌아왔다.

이 여행의 의미를 정확히 평가하기 위해서는 당시 상황을 되짚어볼

---

37) 에스토니아 공화국의 수도 탈린의 옛 지명.

필요가 있다. 귀도가 유럽을 갈팡질팡 헤매고 다닌 것은 목적 없이 고풍스러운 경치를 찾아 돌아다닌 것도 아니었고, 드라마틱한 사랑 이야기에 감명을 받았다는 감상적인 이유 같은 것은 더더욱 아니었다. 그가 옮긴 발걸음들은 반드시 필요했고, 옆길로 새거나 갔던 길을 다시 되돌아가는 동선 역시 고도의 계획에 따른 것이었다. 그의 주머니 안에는 그 정도의 위태로움을 무릅써야만 하는 서류들이 들어 있었다. 서비스의 대가로 합의된 금액은 오랜 시간을 견디기에 충분했지만, 거래를 완벽하게 성사시키기 위해서는 전리품이 고용주의 손에 들어가야만 했다. 백작부인은 유럽 저 너머에서 최대한의 인내심을 발휘하여 그를 기다리고 있었으며, 그녀 자신도 공범자의 모든 움직임을 주시하며 그 자취를 감춰주고 있었다. X백작부인은 귀족 신분이라 영국 첩보기관의 고압적인 수사 대상에는 해당되지 않았지만, 그녀 주위의 모든 움직임은 도청을 통해 추적되고 있었다. 문제는 귀도가 자신의 위치를 백작부인에게 알릴 수 있을 정도로 충분한 시간을 확보하고, 이후 부인이 귀도를 방문하든지 아니면 믿을 만한 사람을 이용해 접촉하는 것이었다. 그러고 나면 모든 작전은 만족스럽게 마무리될 것이었다. 아무튼, 지금까지 귀도는 성공적으로 도주 중이었고 그러는 동안 시간은 임박하고 있었다.

"그자를 후톨라에서부터 놓쳤습니다."

비델이 캐러도스에게 상황을 설명했다.

"사흘 후에 그자가 다시 코펜하겐으로 돌아갔다는 사실을 알아냈지만, 그때는 이미 포위망을 벗어난 후였지요. 이제는 더 이상 쫓을 수 있는 흔적은 없습니다. 다만 〈타임〉지에 '오렌지 복숭아 꽃'이라는 모호한 광고가 실렸는데, 그 직후 백작부인이 서둘러 파리로 떠났습니다. 〈르 파야드〉지에서는 모든 것이 런던을 가리키고 있다고 생각하고 있고요."

"외무부에서도 지금쯤은 돕고 싶어 안달이 나 있겠군요."

"그럴 겁니다."

비델이 동의했다.

"하지만 제가 그쪽의 지시를 받는 건 아닙니다. 우리의 관심사는 이 사건으로 스코틀랜드 야드가 공을 세워야 한다는 겁니다. 아직도 '파이퍼 한스' 사건 때문에 약간 골치를 앓고 있어서요."

"당연하지요."

캐러도스가 동의했다.

"음, 뭔가 제가 도울 수 있는 일이 있을지 생각해보겠습니다. 무슨 일이 있으면 알려주시고, 여유가 생기면 잠시 오셔서 대화라도 나누시지요. 오늘이 수요일인가요? 어쨌든 저는 금요일 저녁에는 집에 있습니다."

특별히 까다롭게 구는 것은 아니지만, 캐러도스는 이런 일에 항상 정확했다. 무슨 일이 있어도, 어떤 위험에도 불구하고 약속을 꼭 지키려는 사람이 있다. 그런 사람은 거지와의 신의를 위해 기꺼이 임종의 메시지를 놓친다. 캐러도스가 지키는 원칙은 기본적이면서도 단단했다. 그는 가끔 이렇게 말하곤 했다.

"다른 모든 것들과 마찬가지로 내가 하는 말 역시 뜻밖의 일로 인해 영향을 받을 수 있지. 그러나 한번 약속하면 아무리 중요해 보이는 일이 생기더라도 그 약속이 절대 흔들려서는 안 돼. 이건 상식을 지닌 사람이라면 누구나 이해하는 원칙이지."

그리고 공교롭게도, 어떤 일이 생겼다.

금요일 저녁, 식사를 시작하기 직전에 캐러도스와 개인적인 통화를 원하는 전화가 왔다. 비서 그레이터렉스가 전화를 받았고, 전화를 건 사람이 브레브너라는 이름 외에 아무것도 말하지 않았다고 전했다. 캐러도스로서는 처음 듣는 이름이었지만, 이런 일이 드물지는 않았으므로 별생각 없이 전화를 받았다.

"네. 제가 맥스 캐러도스입니다. 무슨 일이십니까?"

"아, 캐러도스 씨이십니까? 브릭월 씨가 선생님과 직접 통화하라고 당부해서요."

"그러시군요. 브릭월 씨가 당부를 했다고요? 그럼 대영박물관 직원이십니까?"

"네, 저는 칼데아 예술 분과의 브레브너라고 합니다. 지금 여기 상당히 심각한 문제가 발생했습니다. 그리스 제2 내실에 누군가 침입해서 캐비닛 일부를 훔쳐간 사실이 발견됐었습니다. 아직은 전부 미스터리일 뿐이지만요."

"도난당한 건 무엇입니까?"

"지금까지 확실히 말할 수 있는 건 그리스 동전 여섯 상자 정도입니다. 대략 100개에서 120개입니다."

"중요한 건가요?"

전화선을 타고 흥분한 남자의 비극적인 웃음소리가 들려왔다.

"아, 그럼요. 중요하지요. 이 도둑은 자기가 무슨 짓을 하는지 정확히 알고 있었던 것 같습니다. 전부 최고 시대 최상품들이에요. 시러큐스, 메세나, 크롤톤, 암피폴리스 지역 물건들하고, 에우메네스, 에바이네토스, 키몬의 동전들입니다. 저희 소장님은 흐느껴 우실 정도였어요."

캐러도스는 신음했다. 그 동전들은 모두 그가 사랑스럽게 어루만지곤 했던 것들이었다.

"그래서 지금은 어떻게 대처하고 계십니까?"

"브릭윌 씨는 스코틀랜드 야드로 가셨습니다. 그리고 경찰의 조언에 따라 아직은 이 사실을 일반에 공개하지 않고 있어요. 부탁드립니다만, 저희는 이 사건이 조금이라도 외부로 새는 걸 원치 않습니다."

"그건 염려 마십시오."

"그런 까닭에 제가 개인적으로 통화하고 싶다고 한 겁니다. 저희는 동전 판매상이나 동전 수집가 중에서 도난당한 동전의 매입 제안을 받을 만한 분들께 연락을 드리고 있습니다. 동전을 고른 솜씨로 보아 전문가의 소행이 분명하고, 따라서 전당포 주인이나 고철 수집상에게 팔릴 위험은 없을 것 같습니다. 그래서 사건을 일반에 공개하지 않는다고 해도 실제로 위험할 일은 거의 없을 겁니다."

"네, 아마 그럴 겁니다."

캐러도스가 대답했다.

"브릭윌 씨가 저에게 뭔가 바라는 일이 있습니까?"

"이것뿐입니다, 선생님. 만일 누군가 의심스러운 그리스 동전을 소개하거나 어디에서 그런 이야기가 들려오면 한번 살펴봐 주십시오. 그게 저희 동전일지 확인해주시고, 그렇다고 생각되시면 저희와 스코틀랜드 야드에 즉시 알려주셨으면 합니다."

"물론 그러겠습니다."

캐러도스가 대답했다.

"어떤 조짐이든 제 눈에 띈다면 저를 믿으셔도 된다고 브릭윌 씨에게 전해주십시오. 제가 유감스러워하고 있으며 이 사건을 제 개인적인 일처럼 여기고 있다고도 전해주시고요 ——. 그런데 브레브너 씨는 제가 아직 뵙지 못한 분 같은데요?"

"맞습니다."

소심한 목소리가 들려왔다.

"하지만 언젠가 뵙기를 고대하고 있습니다. 아마 이 불행한 사건으로 인해 곧 뵙게 되겠지요."

"친절한 분이시군요."

캐러도스가 말했다.

"언제라도 좋습니다 ——. 저는 브레브너 씨가 아마 제 장애를 모르실 것 같아서 그것을 말씀드리려던 참이었습니다. 하지만 저는 그 박물관의 훌륭한 컬렉션을 보며 즐거운 시간을 보냈으니, 그것으로도 즐거운 대화를 나눌 수 있겠지요. 그럼 안녕히."

캐러도스는 도난 사건이 무척 신경 쓰였지만, 결국 동전들은 박물관으로 돌아갈 것이라고 애써 생각하며 차츰 안정을 되찾았다. 동전을 돌려받으려면 아마도 수천 파운드의 몸값이 들긴 하겠지만, 그 정도 피해는 가장 사소한 축에 속했다. 최악의 경우는 전리품이 도둑의 스트레스나 무지에 의해 도가니에서 녹아버리는 것이었다. 그런 끔찍한 일이 일어날 가능성은 적었지만, 그 생각만으로도 열혈 동전 수집가 캐러도스의 식욕은 뚝 떨어졌다.

캐러도스는 비델 경감을 기다리고 있었다. 경감은 자신이 담당한 사건에 몰두하고 있겠지만, 브레브너의 메시지가 대화 중에 무심코 흘러나올 가능성도 배제할 수 없었다. 그는 함께 있던 그레이터렉스에게는 관심을 두지 않은 채, 여전히 동전의 안위를 걱정하며 마음을 졸이고 있었다. 저녁 식사가 끝났지만 캐러도스는 평소보다 더 오래

자리에 남아 묵묵히 순한 터키담배를 피우고 있었다. 그때 파킨슨이
들어왔다.

"어느 부인이 뵙고 싶다며 찾아왔습니다. 부인 말로는 주인님께서
는 자기를 모를 테지만 가져온 일은 흥미로워하실 거라고 했습니다."

그 기이한 메시지에 캐러도스와 비서는 흥미를 보였다.

"파킨슨, 물론 자네도 모르는 분이겠지?"

캐러도스가 물었다.

그 순간 매사에 한 치의 오차 없이 완벽하던 파킨슨이 멈칫하며
말문이 막혔다. 그러더니 그는 잔뜩 긴장한 자세로 대답했다.

"확실히는 모르겠습니다, 주인님."

"제가 만나보는 게 낫지 않을까요? 별일 아닐 겁니다."

그레이터렉스가 가볍게 제안했다.

캐러도스는 미소를 지으며 고개를 저어 그 제안을 거절하고는, 파
킨슨을 향해 고개를 돌렸다.

"파킨슨, 서재에 있을 테니 부인을 3분 후에 모셔오게. 그레이터렉
스, 자네는 여기서 담배라도 한 대 더 피우지. 그때까지는 손님이
가시거나 나를 흥미롭게 해주고 있거나 둘 중 하나일 거야."

3분 후 파킨슨이 서재 문을 열었다.

"손님이 오셨습니다, 주인님."

앞을 볼 수 있었다면, 캐러도스의 눈에 평범하고 다소 촌스러운
복장을 한 풍만한 몸매의 젊은 여성이 보였을 것이다. 가벼운 베일을
썼지만 못생긴 얼굴을 감추는 데는 별로 도움이 되지 않았다. 안색은
거무스름했고 입술은 그 위로 수염처럼 돋아난 흑갈색 솜털보다 더
짙은 색이었다. 그중에서도 최악은 얼굴 전체에 덕지덕지 나 있는

뽀루지였다. 서재에 들어선 여자는 캐러도스와 서재의 내부를 조용히 그러나 샅샅이 훑어보았다.

"앉으십시오, 부인. 저를 만나고 싶으셨다고요?"

의자에 앉는 여자의 입가에 조용한 미소가 번졌다. 그 순간만큼은 그나마 얼굴이 한결 나아 보였다. 여자의 눈빛이 잠시 책상 위 캐비닛에 머물렀고, 누군가 그 순간 그녀를 봤다면 여자의 눈빛이 초롱초롱하다는 것을 눈치챌 수 있었을 것이다. 그녀가 입을 열었다.

"당신이, 당신이 진짜 시뇨르[38] 캐러도스인가요?"

캐러도스는 미소로 답하며 부인의 날카로운 목소리에 집중하기 위해 자세를 조금 바꾸었다.

"골동품을 많이 수집하신다는 그분이신가요?"

"수집은 조금 합니다."

캐러도스는 신중하게 대답했다.

"용서해 주세요, 시뇨르. 제가 영어를 잘하지 못해요. 나폴리에 살 때 엄마가 하숙을 했었는데, 손님들이 주로 영국인이랑 미국인이었어요. 그래서 영어를 배웠는데, 결혼을 하고 칼라브리아로 가서 영어를 다 까먹었어요. 아니, 아니, 잊어버렸어요. 네, 그래요. 다 잊어버렸어요."

"말씀을 잘하시는데요. 서로 이해하는 데 문제없을 겁니다."

부인은 날카롭게 캐러도스를 쏘아보았지만 캐러도스는 온화하고 정중한 표정을 지을 뿐이었다. 그녀는 말을 이었다.

"저의 남편 이름은 페라자예요. 미셸 페라자. 우리는 포렌자나에 포도밭이 있고 땅이 조금 있어요."

---

38) Signor. 영어이 'Sir, Mr.'에 해당하는 이딜리아어.

그녀는 잠시 말을 멈추고 한동안 장삽을 내려다보았다. 그러다가 다소 격한 어조로 입을 열었다.

"시뇨르, 우리나라 법은 전혀 좋지 않아요."

"제가 여러 방면으로부터 들은 바로는 부인의 나라만 그런 게 아닌 것 같습니다."

"포렌자나에 가난한 노동자가 있어요. 이름이 지안 베르데예요."

부인은 이야기를 계속했다.

"그 사람이 하루는 포도밭 땅을 파고 있었어요. 제 남편의 포도밭을요. 근데 삽에 뭐가 부딪혔어요. '아하, 이게 뭔가?' 지안이 말했어요. 그러고는 그는 들여다보려고 무릎을 꿇었어요. 빨간 흙 아래에는 기름병이 있었어요, 시뇨르. 옛날에 쓰던 물건 같았어요. 그리고 거기에 은으로 된 돈이 가득 차 있었어요. 지안은 가난하지만 똑똑해요. 그 사람이 관리를 불렀을까요? 아니, 아니에요. 그 사람은 관리들이 전부 썩은 것을 잘 알거든요. 그 사람은 밭에서 찾은 것을 남편한테 들고 왔어요. 그 사람은 명예를 지키는 사람이니까요. 남편도 단호한 사람이에요. 그이는 결심했어요. '지안, 입을 다물고 있게. 그게 자네에게 이로울 거야.' 남편이 그렇게 말했어요. 지안은 이해했어요. 그 사람은 남편을 믿거든요. 그 사람은 알겠다고 하고는 다시 일을 하러 나갔어요. 남편은 이런 것을 조금은 알지만, 많이는 몰라요. 우리는 메시나와 나폴리, 로마까지 가서 수집품들을 봤어요. 은화와 이런 것과 비슷한 것들을 봤고, 이게 엄청난 가치가 있다는 것을 알았어요. 크기가 여러 가지인데 대부분 리라(lira) 동전만 하고 두께는 동전 두 개만 해요. 한쪽에는 이교도의 신 머리가 크게 새겨져 있고, 다른 쪽에는——아, 기억이 잘 안 나는데 아무튼 이것저것 막 있어요."

그녀는 절망적인 몸짓으로 동전의 디자인을 열심히 설명했지만 이해하기에는 쉽지 않았다.

"말 두 마리 또는 네 마리가 끄는 마차 같은 것인가요?"

캐러도스가 물었다.

"아니면 토끼를 물고 나는 독수리이거나, 머리엔 화환을 쓰고 트로피를 들고 하늘을 나는 사람? 이런 것들이었겠지요?"

"네, 네! 맞아요!"

페라자 부인이 외쳤다.

"아시는 것 같군요, 시뇨르. 우리는 아주 조심했어요. 여기저기에서 그런 것을 막 뺏어가고 법도 아주 나쁘니까요. 아시겠지요. 이런 물건을 나라 밖으로 가지고 나오는 것도 금지되어 있어요. 하지만 우리가 고향에서 이것을 처분하려고 하면 물건은 빼앗기고 우리는 벌을 받을 거예요. 이것들은 테소로 트로바토(tesoro trovato), 그러니까 영어로 말하면 땅에서 발견된 보물이고 나라의 재산이니까요. 하지만 이 동전들은 지안이 발견한 것이고 우리 남편 포도밭 속에 오랫동안 묻혀 있던 거잖아요."

"그래서 영국으로 가져온 겁니까?"

"네, 시뇨르. 여기 영국은 정의의 땅이고 부자 귀족들이 많아서 이런 것을 비싼 값으로 산다고 들었어요. 그리고 제가 영어를 조금 할 줄 아니까 여기로 오자고 했지요."

"그 말씀은 동전을 팔겠다는 뜻입니까? 지금 저에게 보여주실 수 있다는 건가요?"

"저희 남편이 가지고 있어요. 당신을 남편에게 데리고 갈게요. 하지만 먼저 영국 신사로서 배신하지 않겠다는 파롤라 도노레(parola d'onore), 그러니까 명예로운 맹세를 저에게 해주셔야 해요. 이 일을 다른 사람에게 말하지 않겠다는 맹세도요."

캐러도스는 이미 이런 사태를 예상하고 있었고, 그래서 부인의 조건을 수락하기로 결심했다. 밭 속의 보물에 대한 비밀을 지켜달라는 약속이 대영박물관에 침입한 자들을 눈감아달라는 요구와 같은 것인지 아닌지는 차후에 고려할 문제였다. 이 제안을 즉시 조사하는 것만이 신중한 행동일 것이고, 그런 측면에서 보자면 마담 페라자의 조건에 트집을 잡는 것은 치명적이었다. 만일 그 동전들이 박물관 도난사건의 장물이라면(이를 특별히 의심할 이유는 없어 보였다) 그 무엇으로도 대체할 수 없는 보물을 지키기 위해 어느 정도의 비용을 지불하는 것이 가장 안전한 방법일 것이다. 그럴 경우 캐러도스는 중재자로서 해야 할 역할을 기꺼이 떠맡을 용의가 있었다.

"원하시는 대로 약속하겠습니다, 부인."

캐러도스가 말했다.

"그럼 됐어요."

부인이 대답했다.

"이제 당신을 거기로 데리고 갈게요. 근데 혼자 따라오셔야 해요. 왜냐하면, 제 남편이 이 나라 사람들 말을 한마디도 못 알아들어서 너무 제정신이 아니거든요. 낯선 사람 둘이 집으로 다가오는 것을 보면 그이가 불안한 마음에 자기를 잡으러 오는 줄 알고 소리를 지를 거예요. 아, 남편은 너무 불안한 나머지 미치광이처럼 되어가고 있어요. 생각해보세요. 그이는 솥에 계속 불을 지펴 납을 녹이고 있거든요. 그런 그이가 자신이 위험에 처했다고 생각한다면 우리 보물을 솥에 던져버려서 주저 없이 그 존재를 없애버리고 말 거예요."

"흠."

캐러도스는 속으로 생각했다.

'칼라브리아에서 포도 농사를 짓는 순박한 농부가 할 만한 경고로 군! 아주 좋아.'

그는 큰 소리로 말했다.

"저 혼자만 따라가겠습니다. 거기가 어딥니까?"

마담 페라자는 낡은 핸드백 안에서 낡은 지갑을 꺼내 열고는 종잇 조각을 꺼냈다.

"사람들이 제가 말하는 걸 잘 이해를 못해요."

그녀가 설명했다.

"세테, 헤링보네 ——."

"제가 볼까요?"

캐러도스가 손을 내밀며 말했다. 그는 종이를 건네받아 글씨를 손 가락 끝으로 만졌다.

"아, 헤론스본 플레이스 7번지로군요. 헤론스본 공원 끝이지요. 맞습니까?"

그는 종이를 아무렇지도 않게 책상 위에 두고 일어섰다.

"여기엔 어떻게 오셨습니까, 마담 페라자?"

마담 페라자는 슬며시 미소를 띠며 조심성 없이 같이 일어섰다. 그러나 그녀의 목소리에는 웃음기가 없었다.

"자동차와 버스를 타고요. 하나 타고 그다음에 또 갈아탔어요. 모 퉁이를 돌 때마다 물어보면서요. 아, 정말 끝도 없이 계속되었어요."

부인이 한숨을 쉬었다.

"지금은 제 운전기사가 집에 돌아갔습니다. 외출하게 되리라고는 생각을 못했거든요. 하지만 전화로 택시를 부르면 금방 도착할 겁니다."

그는 메시지를 보내고 나서 내선으로 그레이터렉스에게 전화를 걸었다.

"지금 헤론스본 공원에 가려고 하네. 기다리지 말고 먼저 돌아가고, 혹시 누가 날 찾아오면 1시간 안에는 돌아올 거라고만 전해주게."

파킨슨은 복도에서 대기하고 있다가 주인이 나오자 품위를 갖춘 그만의 독특한 자세로 지시받지도 않은 물건들을 챙기며 주인의 외출 준비를 했다. 평소에는 주위에 관심을 두는 법이 없는 이 도도한 하인이 볼품없는 마담 페라자의 얼굴에는 은근한 관심을 보이는 것 같았다. 의심스러운 눈빛으로 부인의 얼굴을 훑다가 부인이 이를 눈치채고 쳐다보면 곧 죄지은 사람처럼 고개를 돌리는 것이 십여 번 정도 반복되었다. 그러나 그런 묘한 상황은 채비를 마치고 문을 열 때까지 몇 분 동안만 지속되었을 뿐이었다.

"저는 함께 가지 않습니까, 주인님?"

파킨슨의 목소리에서 자신도 함께 가야 한다는 강한 의지가 담겨 있었다.

"이번엔 아니야, 파킨슨."

"알겠습니다. 필요한 경우 전화로 연락할 수 있도록 주소를 남겨주시겠습니까?"

"지시 사항은 그레이터렉스에게 남겨두었네."

질문거리가 떨어진 파킨슨은 한옆으로 비켜섰다. 마담 페라자는 진입로를 걸어 나가며 조롱하듯 살짝 웃었다.

"저 하인이 내가 당신을 잡아먹는 줄 아나 봐요, 시뇨르 캐러도스."

그녀의 목소리가 경쾌했다.

언제나 침착한 하인이 왜 그토록 동요하는지 잘 아는 캐러도스는 그녀의 뻔뻔한 익살을 묵묵히 받아들였다. 그 자신도 마담 페라자가 입을 여는 그 순간부터 시칠리아 테트라드라쿰 사건의 천사 같은 니나 브룬이라는 사실을 알아챘던 것이다. 하지만 파킨슨이 그 사실을 깨달은 것은 그로부터 30분이 지나서였다. 비델 경감이 막 도착해 그레이터렉스와 대화를 나누고 있었고, 그때까지 혼자서 자신의 기억을 샅샅이 뒤지던 양심적인 하인은 지금까지 살면서 그 어느 때보다도 괴로운 표정으로 두 사람이 있는 방에 뛰어들며 숨 가쁘게 외쳤다.

"귀였습니다, 경감님! 그 여자의 귀가 마침내 생각났어요!"

그러고는 공포심이 역력한 얼굴로 마음속 불안한 의심을 거침없이 쏟아냈다.

한편 캐러도스와 페라자 부인이 터렛의 정문에 도착하자 호출한 택시가 두 사람 앞에 멈춰 섰다.

"헤론스본 플레이스 7번지로."

캐러도스가 기사에게 말했다.

"아니, 아니."

여인이 단호하게 끼어들었다.

"기사에게 거리 입구에서 멈춰달라고 하세요. 걸어가기에는 멀지 않아요. 제 남편이 지금 돌아버리기 직전이라서 어두운 데 혼자 있다가 경찰이 왔다고 생각해버리면——누가 알겠어요?"

"그럼 헤론스본 플레이스 반대편 끝에 있는 브랙키지 로드로 갑시다."

캐러도스가 다시 지시했다.

호사가들 사이에서 헤론스본 플레이스는 반경 6.5킬로미터 안에서 가장 쓸쓸한 주거지역으로 명성이 높았다. 이런 명성에 걸맞게 그 마을은 막다른 골목으로 끝이 막혀 있었다. 거리는 헤론스본 공원의 한 면과 맞닿아 있지만 긴 담장에는 공원으로 드나들 수 있는 출입구가 하나도 없었다. 거리에는 빌라와 오두막의 중간쯤 되는 수수한 작은 집들만 이어져 있을 뿐이었다. 어떤 집은 외떨어졌고 어떤 집들은 두어 채가 다닥다닥 붙어 있지만, 그 지역의 집들은 기본적으로 모두 감당하기 어려운 정도의 넓고 그늘진 정원이 딸려 있었다. 지역의 부동산업자는 고객이 원하는 바에 따라 '근사하고 고풍스러운 마을'이라거나 '완벽한 현대식 주거지역'이라고 설명하곤 했다.

골목 모퉁이에 택시가 멈추자 두 사람은 택시에서 내렸고, 페라자 부인은 캐러도스를 조용하고 황량한 길로 인도했다. 그녀는 또다시 생기에 넘쳐 수다를 떨었지만, 캐러도스로서는 여인의 그 쉴 새 없는 수다가 무언가를 위장하려는 수단으로 여겨질 뿐이었다.

"저한테 신경을 쓰시느라 집을 지나치겠습니다. 7번지라고 하셨지요, 페라자 부인?"

캐러도스가 말을 자르고 물었다.

"아, 아니에요."

그녀가 곧장 대답했다.

"그보다는 좀 멀어요. 그 번지는 끝에서부터 센 거예요. 하지만 다 왔어요. 저기!"

두 사람은 어느 집의 문 앞에 멈춰 섰다. 페라자 부인은 캐러도스를 안내하며 문을 열었고, 그들은 달콤하고 촉촉한 밤이슬 향기가 풍기는 정원에 들어섰다. 그녀가 문을 다시 닫기 위해 돌아섰고 캐러도스는 현관문 앞에서 정중하게 그녀를 기다렸다. 그러다가 캐러도스의 모자가 바닥에 떨어졌다.

"이런, 제가 실수를 했군요."

그가 계단에서 모자를 주우며 사과했다.

"늙어버린 감각과 지금 이 무기력한 모습이라니, 정말 슬픈 일입니다, 마담 페라자!"

"사람은 경험을 통해 신중함을 배우지요."

부인이 점잔을 빼며 말했다. 그러나 이 불쌍한 여자는 진부한 격언을 내뱉으면서도 어둠의 장막과 모자로 가려진 캐러도스의 손이 도장 반지로 집 앞 계단에 황금색 '7'을 새겼다는 사실은 까맣게 몰랐다. 그 숫자는 이후 그 집의 정체를 밝힐 중요한 단서가 될 것이었다. 캐러도스는 막다른 끝에서부터 번지수를 매겼다는 이 거리를 조사해 볼 필요가 있을 것 같다고 생각했다.

"가끔 사람은 위험을 감수해야 하지요. 그래서 이제 다 온 겁니까?"

캐러도스가 물었다.

페라자 부인은 열쇠로 현관문을 열고 안으로 들어선 뒤 빗장을 내리고 캐러도스를 좁은 복도로 이끌었다. 그들이 들어선 방은 집 뒤편에 있어서 창밖으로 공원이 보였다. 방에 들어서자 부인은 방문도 잠갔다.

"이분이 그 유명한 캐러도스 씨예요!"

마담 페라자가 승리감에 도취된 목소리로 외쳤다. 그녀는 문 뒤에 서 있던 삐쩍 마른 검은 남자를 향해 손을 흔들었다.

"저쪽은 제 남편이고요."

"이런 누추한 곳에서 최고급 사교를 나눌 수 있다니, 참으로 멋진 일입니다."

어두운 남자가 똑같이 조롱하는 말투로 말했다.

"나보다 훨씬 더 유명하신 동피에르 씨이군요. 제가 실수한 게 아니라면 말입니다."

캐러도스가 담백하게 대꾸했다.

"우리의 진정한 첫 만남에 고개 숙여 인사를 드립니다."

"알고 있었군요!"

동피에르가 미심쩍은 듯 외쳤다.

"스토커, 자네 말이 맞았군. 자네한테 100리라 빚을 졌네. 나나, 널 알아본 사람이 또 누가 있지?"

"그걸 내가 어떻게 알아? 이 장님이 우연히 알아낸 거겠지."

나나 브룬, 아니 마담 동피에르가 부루퉁하게 쏘아붙였다.

"당신은 쉽게 잊히지 않는 매력적인 부인의 개성을 너무 과소평가하고 있군요. 그것도 프랑스인이면서 말이오, 동피에르 씨!"

캐러도스가 말했다.

"다 알고 있었단 말이군, 캐러도스. 그런데도 여길 따라오다니, 바보인가 아니면 영웅인 건가."

"열정이 지나친 거지. 사실 그거나 이거나 똑같은 거잖아."

부인이 끼어들었다.

"내가 뭐랬어? 이 남자가 날 알아봤다고 한들 그게 무슨 상관이겠느냐고? 안 그래?"

"동피에르 씨, 분명 당신은 지나친 걱정을 하고 있습니다."

캐러도스가 말했다.

"그래도 그 성실함만큼은 높이 사야 할 것 같군요. 지금 이 불편하고 강압적인 환경이 유감스럽긴 하지만, 여기에서 나름대로 최선을 다해야지요. 부인이 말한 동전을 보여주십시오. 그러면 그에 어울리는 가격을 상세하게 논의해볼 수 있을 겁니다. 나 자신을 위해서나 관련된 다른 사람들을 위해서."

바로 대답이 나오지 않았다. 잠시 후 동피에르의 음침한 웃음소리와 얼굴을 찡그린 마담 동피에르의 킥킥대는 소리가 들려왔다. 캐러도스는 자신이 이런 방 안의 분위기에서 완전히 동떨어져 있음을 느꼈다. 살면서 경험해본 적이 없는 기분이었다. 본능적으로 그는 창가에 서 있는 '스토커'라는 사람에게 고개를 돌렸다.

"'이 불행한 사건'으로 인해 저를 소개하게 되었군요."

귀에 익은 목소리가 말했다.

잠깐, 그 끔찍한 찰나의 순간에도, 우주는 여전히 캐러도스의 주위에 존재하고 있었다. 그러다 그 순간이 지나자 정신이 완전히 무너져 내리고 산산조각 나면서, 마치 거대한 퍼즐 조각들이 눈앞에 펼쳐지는 것처럼 모든 전략이 그 모습을 드러냈다.

대영박물관의 도난 사건은 없었던 것이다! 그 그럴듯한 이야기는 동화 속 땅에 묻힌 보물 이야기처럼 완전한 허구였다. 캐러도스는 자신을 끌어들이는 이 작전에서 두 속임수가 서로 완벽하게 잘 들어맞았으며, 첫 번째 속임수가 없었다면 두 번째 계획은 완전히 물거품이 되었을 것이라는 사실을 깨달았다. 동시에 곤경에 처한 자신의 처지를 조롱하느라 마음이 쓰렸고, 기민함과 정확함으로 계산된 동피에르의 추론과 계획에 슬며시 존경심이 일었다. 낯익은 책략으로 구며진 교활한 함정 위에 어색한 덫이 놓였고, 그는 그 안에 곧장 빠져드는 어리석은 실수를 저지른 것이었다!

"이분이 캐러도스 씨란 말이죠."

똑같은 목소리가 말을 이었다.

"맥스 캐러도스, 달갑지 않은 외국인을 내쫓기 위해 한 나라의 정부가 그의 명석함에 의지하고 있지요! 공정하게 말하자면 현 정부라고 해야 맞겠지만. 나의 조국, 오 나의 조국이여!"

"정말 캐러도스 씨 맞아?"

동피에르가 정중한 말투로 빈정거렸다.

"확실해, 니나? 혹시 실수로 경찰을 데려온 거 아니야?"

"나쁜 자식! 제대로 데리고 왔다니까. 도대체 뭘 원하는 거야? 가엾은 장님 신사나 자꾸 놀리고."

동피에르 부인의 목소리에 깃든 동정심은 어딘가 미심쩍은 구석이 있었다.

"그거야말로 내가 궁금해하는 겁니다."

캐러도스가 부드럽게 말했다.

"자, 날 여기 데리고 와서 뭘 원하는 겁니까? 아마도 스토커 씨가 설명을——?"

"실례지만 '스토커'는 그냥 별명일 뿐입니다. 제 경력 중에 예전 어느 고장 난 여객선과 관련된 사소한 사건 때문에 붙은 별명이지요.[39] 그런 별명을 지어 부르는 것을 보면 범죄자 집단이 얼마나 유치한지 아시겠지요. 창의성 같은 건 한심한 수준이고요. 내 본명은 몬모렌시입니다. 유스타스 몬모렌시."

---

39) 스토커(stoker)는 증기 엔진에 불을 지피는 화부를 뜻한다.

"고맙습니다, 몬모렌시 씨."

캐러도스가 엄숙하게 말했다.

"오늘 밤 여기에서 이렇게 테이블을 사이에 두고 마주 보게 되었군요. 하지만 벤베누토 호의 기관실에 함께 있었다면 더 자랑스러웠을 겁니다."

"그런 말씀을 듣게 되어 영광이군요."

몬모렌시가 중얼거렸다.

"아무튼, 이건 비즈니스일 뿐입니다."

"아, 물론 그렇겠지요."

캐러도스가 말했다.

"지금까지는 그다지 불만을 토로하지 않았습니다만 이젠 이야기를 할 때가 된 것 같군요. 몬모렌시 씨에게 묻겠습니다. 왜 내가 함정에 걸려들었는지 그리고 당신들의 목적은 무엇인지 말입니다."

몬모렌시는 공범자에게 고개를 돌리고는 명쾌한 목소리로 말했다.

"동피에르. 여태껏 캐러도스 씨를 세워두다니, 무례하잖아?"

"아, 그러게, 정말!"

동피에르 부인이 비극적으로 외치며 소파로 가서 주저앉았다.

"용서하시오."

동피에르가 웃으며 이탈리아어로 말했다. 그러더니 익살스러운 몸짓으로 캐러도스에게 의자를 내밀었다.

"궁금해하시는 것도 당연합니다."

몬모렌시가 동피에르의 장난스러운 행동을 냉랭한 시선으로 노려보며 말을 이었다.

"하지만 아마 지금쯤 진상을 눈치채셨겠지요. 사실 당신이 이미 알고 있다는 것을 잘 압니다, 캐러도스 씨. 그리고 지금 그런 말을 하는 건 단순히 시간을 벌려는 의도라는 것도요. 그렇다면 우리가 아무것도 두려울 게 없다는 것도 잘 알고 계시겠지요. 그러니 기꺼이 설명해드리겠습니다."

"서두르는 게 좋겠어."

불편해진 기색으로 동피에르가 중얼거렸다.

"고맙군, 빌."

영국인이 뻔뻔스럽게도 다정한 목소리로 말했다.

"자네의 능력은 '일 라소조'에게 정확히 보고하겠네. 그래요, 캐러도스 씨. 이미 추측했겠지만 이건 X백작부인과 관련된 일입니다. 그 때문에 당신이 이런 불편을 겪고 있는 것이지요. 캐러도스 씨가 이렇게 일시적으로 감금된 건 당신의 능력을 우리가 높이 평가하고 있기 때문입니다. 그러니 따지고 보면 고맙게 여길 일이지요. 상황은 우리의 계획대로 잘 돌아가고 있고 회합 장소로 가능한 곳은 런던뿐인데, 당신이 눈에 걸리더군요. 우리는 경찰이 당신의 자문을 받을 거라 예상했고 솔직히 당신이 개입하는 게 두려웠습니다. 실제로 당신은 자문에 응했고요. 비넬 경감이 이틀 전 당신을 방문했는데 현재로서는 특별히 다른 사건을 맡고 있지 않다는 것을 알았거든요. 그러니 이후 사흘 동안 무슨 수를 쓰더라도 당신의 손발을 묶어놔야만 하는 것이지요. 그래서 여기로 모신 겁니다."

"알겠습니다."

캐러도스가 말했다.

"그래서 나를 여기에 데려와서, 어떻게 묶어둘 생각입니까?"

"자세한 방법은 고민을 좀 했지요. 사실 이 가구 딸린 집은 오로지

이 목적만을 위해 어렵게 빌린 겁니다. 우리에겐 세 가지 방법이 있습니다. 첫 번째는 아주 유쾌한 방법인데, 당신의 묵인 여하에 달려 있습니다. 두 번째는 보다 과감한 조치로, 당신이 첫 번째 제안을 거부한다면 시행해야겠지요. 세 번째는——캐러도스 씨, 이 세 번째는 제가 입에 올리는 것만으로도 기분이 언짢아지실 겁니다. 사지 멀쩡한 두 남자가 무기력한 맹인에게 육체적으로 억압을 가해야 하다니, 우리도 그건 생각만 해도 불쾌합니다. 그러니 이 불가피한 일을 합리적으로 받아들이길 바랍니다."

"어쩔 수 없이 그 불가피한 일이란 것을 받아들여야겠군요. 정확히 그게 뭡니까?"

"당신 하인에게 헤론스본 플레이스 7번지에서 알게 된 어떤 사실 때문에 지금 즉시 외국으로 나가 며칠 지내야 한다고 편지를 쓰는 겁니다. 그건 그렇고 캐러도스 씨, 여기는 헤론스본 플레이스도 아니고 7번지도 아닙니다."

"이런 맙소사."

죄수 신세가 된 캐러도스가 한숨을 쉬었다.

"정말 철두철미하게 나를 속였군요, 몬모렌시 씨."

"당연한 예방 조치지요. 엉뚱한 주소를 불러줌으로써 당신을 이곳에 데려오는 위험을 최소화한 겁니다. 아무튼 이야기를 계속하자면, 편지가 그럴싸해 보이도록 파킨슨에게 단기 여행에 필요한 물품들을 모두 챙겨 내일 첫 번째 연락열차로 뒤따라오라고 지시하십시오. 여느 때처럼 마스콧에 묵으면서 당신이 도착하기를 기다리라고 하는 겁니다."

"내용이 아주 구체적이군요."

맹인탐정
맥스 캐러도스

캐러도스가 말했다.

"그럼 실제로는 내가 어디에 있게 됩니까?"

"남해안에 고즈넉하지만 아주 멋진 오두막이 있습니다. 필요한 물건은 모두 준비할 것이고요. 거기엔 보트도 있어서 노를 젓거나 낚시도 할 수 있습니다. 일이 모두 끝나면 자동차로 자택 정문까지 모셔다드릴 겁니다. 며칠 동안 아주 유쾌하게 지내실 수 있을 겁니다. 저도 그곳에서 자주 묵곤 하니까요."

"거절하기 힘든 권고로군요. 단순히 궁금해서 묻는 건데, 만일 내가 거절하면 어떻게 됩니까?"

"아무튼 그곳에 가게는 되겠지만, 당신의 행동에 상응하는 대우를 받게 되겠지요. 지금 이 순간 당신을 데려갈 차가 공원 반대편에서 기다리고 있습니다. 곧 이 집을 나가 뒷마당과 공원을 가로질러 당신을 차에 태울 겁니다. 당신 대답과는 상관없이."

"내가 저항한다면?"

자신을 유스타스 몬모렌시라고 소개했던 남자는 어깨를 으쓱했다.

"바보같이 굴지 마세요."

그가 너그러운 태도로 말했다.

"당신이 지금 상대하는 사람이 누구인지, 그리고 우리가 어느 정도의 위험을 감수하고 있는지 잘 알고 있지 않습니까? 만일 중요한 순간에 소리를 지르거나 위태로운 상황을 만든다면 우리는 주저 없이 당신의 입을 다물게 할 겁니다."

캐러도스는 그것이 빈말이 아님을 알았다. 유머와 판타지로 그럴 듯하게 포장되어 있었지만, 그가 냉정하고 필사적인 남자들의 손아귀에 잡혀 있다는 사실은 분명했다. 창문의 커튼과 덧문이 빛과 소리를 차단하고 있었고, 등 뒤의 문은 잠겨 있었다. 지금 이 순간 어디선가 리볼버가 그를 겨누고 있을 것이고, 그를 지키고 있는 두 남자의 손 닿는 곳에도 분명 무기가 놓여 있을 것이다.

"뭐라고 쓸지 불러주시오."

결국 캐러도스는 항복을 선언했다.

동피에르는 안심한 듯 콧수염을 만지작거렸고, 동피에르 부인은 소파에 앉아 웃으며 책을 집어 들더니 표지 너머로 몬모렌시를 지켜보았다. 몬모렌시는 캐러도스 앞에 놓인 테이블에 문구 용품을 늘어놓으며 만족스러움을 감추고 있었다.

"조금 전에 내가 이야기한 대로 쓰세요."

"자연스러워 보이려면 내가 항상 사용하는 수첩의 종이에 쓰는 게 좋겠습니다."

캐러도스가 제안했다.

"자연스러워 보이게 한다고요?"

몬모렌시가 다소 의심스러운 기색으로 물었다.

"당신들의 계획이 잘못되면 내 머리가 날아갈 것 아닙니까. 당연히 자연스러워야지요."

캐러도스의 대답이었다.

"훌륭해!"

동피에르가 웃었다. 그리고 몬모렌시의 냉랭한 시선을 피해 맹인 캐러도스 앞에 전기스탠드를 켜주었다. 마담 동피에르가 째지는 소리로 웃었다.

"고맙군요."

캐러도스가 말했다.

"저에게 필요한 것이었습니다. 전등은 당신들에겐 빛을 주지만 나에겐 온기를, 그리고 열, 에너지, 영감을 주니까요. 자, 이제 일을 합시다."

캐러도스는 수첩을 꺼내 느긋하게 테이블 위에 펼쳤다. 방 안을 둘러보는 고요하고 유쾌한 눈빛을 보면 그 눈과 세상 사이에 뚫을 수 없는 어둠이 가로놓여있다는 사실이 믿어지지가 않았다. 캐러도스의 두 눈은 잠시 테이블 뒤에 서 있는 두 범인들에게로 향했고, 오른쪽 소파에 파묻히듯 앉아 있는 마담 동피에르에게로 향했다가, 길고 좁은 방의 비율을 재는 듯 분주히 움직였다. 그러다가 한쪽에 있는 창문과 그 맞은편에 있는 문의 위치를 포착하는 듯했고, 그 방 안의 유일한 조명인 천장에 매달린 조명등의 위치까지 고려하는 듯했다.

"연필이 더 좋습니까?"

몬모렌시가 물었다.

"일상적인 일에는 연필을 쓰지요. 하지만."

그는 연필 끝을 만지며 나무라는 듯한 목소리로 덧붙였다.

"이런 상태에서 연필은 쓰지 않습니다."

혹시나 무슨 짓을 할지 작은 움직임도 경계하며, 두 남자는 캐러도스가 주머니에서 볼품없는 주머니칼을 꺼내 연필 깎는 것을 지켜보았다. 그의 마음속에는 저 하찮은 무기로 결말을 밀어붙이려는 미친 충동 같은 것이 있는 걸까? 표정이 험악하게 일그러진 동피에르는 스스로를 안심시키려는 듯 들고 있던 칼의 칼자루를 어루만졌다. 몬모렌시는 캐러도스를 잠시 지켜보다가 부드럽게 휘파람을 불고는 테이블을 등지고 니나 부인의 눈길을 피해 창문 쪽으로 걸어갔다.

그 순간, 모두를 압도할 만큼 너무나도 갑작스럽게, 예상치 못했던 일이 일어났다.

캐러도스는 연필에 마지막 칼질을 하더니 나무 부스러기를 테이블 아래로 쓸어 떨어뜨렸다. 그의 움직임은 느긋했으며, 그들이 경계할 만한 난폭한 행동도 없었다. 단지 그 작은 칼날이 테이블 위에 놓인 스탠드의 전깃줄 쪽으로 조금씩, 조금씩 다가갔고 —— 순식간에 방 안은 완전한 어둠 속에 잠겨버렸다.

"동피에르, 문으로!"

몬모렌시가 순간적으로 외쳤다.

"나는 창가에 있어. 그자가 지나가지 못하게 하면 괜찮을 거야."

"난 여기 있어."

동피에르가 문 쪽에서 대답했다.

"나가려는 시도는 하지 않을 겁니다."

캐러도스의 조용한 목소리가 방 저편에서 들려왔다.

"두 사람은 지금 정확히 내가 원하는 곳에 서 있습니다. 둘 다 내 사정거리 안에 있어요. 조금이라도 움직이면 쏘겠습니다. 나는 눈으로 보고 쏘는 게 아니라 소리를 듣고 쏜다는 사실을 기억하세요."

"하지만 —— 하지만 그게 도대체 무슨 소리요?"

몬모렌시가 동피에르 부인의 절망적인 비명 소리를 뚫고 더듬더듬 물었다.

"내 말은 이제 우리가 동등한 조건이라는 뜻이지요. 어두운 방 안의 세 명의 맹인. 당신들이 수적으로 우세이긴 하지만 물 밖에 나온 물고 기 신세가 되었으니 서로 균형이 맞을 겁니다. 나는 물을 만난 것이고 요."

"동피에르. 성냥 좀 켜봐. 나는 없어."

몬모렌시가 어두운 방 너머로 속삭였다.

"나라면 그러지 않겠습니다, 동피에르 씨. 위험할 테니까요."

캐러도스가 짧게 웃고는 갑자기 매섭게 외쳤다.

"성냥 버려! 넌 지금 네 무덤에 발을 들여놓는 거야, 이 바보야! 다시 말하지만 버려! 성냥갑이 떨어지는 소리를 내가 들을 수 있도록."

숨소리가, 잠시라고 하기에는 너무 짧은 찰나의 순간 동안 멎었다가, 항복을 뜻하는 툭 소리가 작게 문 옆 카펫에서 들려왔다. 두 남자는 애써 숨을 참고 있는 것 같았다.

"좋습니다."

차분한 캐러도스의 목소리가 이어졌다.

"왜 일을 기분 좋게 진행할 수 없는 겁니까? 나는 소리 지르는 것을 싫어합니다. 하지만 당신들은 아직도 제대로 상황을 파악하지 못하는 것 같군요. 나는 당신들과는 달리 아주 사소한 위험도 감수하지 않는다는 것을 기억하십시오. 그리고 또 기억할 게 있습니다, 몬모렌시 씨. 자동 권총의 촉발 방아쇠도 밀릴 때는 살짝 긁히는 소리를 냅니다. 이건 당신들의 안전을 위해 알려주는 겁니다. 혹시라도 이 어둠 속에서 나를 근거리 사격으로 쏘려는 경솔한 생각을 한다면, 방아쇠의 소음으로 내가 5분의 1초 정도 먼저 쏠 수 있다는 것을 알아두시기 바랍니다. 혹시 머서 스트리트의 징기 총포상을 압니까?"

"사격 연습장 말이오?"

몬모렌시가 조금은 부루퉁하게 물었다.

"같은 곳입니다. 만일 살아서 이곳을 나가게 된다면, 그리고 호기심이 있다면, 거기에 가서 징기가 보관하고 있는 내 과녁지를 보여달라고 하세요. 110미터 거리에서 일곱 발을 쐈지요. 과녁에는 시계 네 개를 붙여놓았는데, 그중 어떤 것도 당신이 지금 차고 있는 시계보다 소리가 크지 않았습니다. 징기는 신기하다며 그것을 보관하고 있지요."

"난 시계가 없는데."

동피에르가 자기도 모르게 생각을 소리 내어 말했다.

"시계는 없지만 심장이 있지요, 동피에르 씨. 그리고 그 심장이 당신 소매 끝에 달려 있는 것도 아니고요."

캐러도스가 말했다.

"그 심장은 몬모렌시 씨의 시계와 비슷한 크기의 소리가 납니다. 게다가 정중앙에 자리 잡고 있지요. 나로서는 조금이라도 빗나가선 안 되니까요. 네, 좋아요. 자연스럽게 숨을 쉬어요."

불편해진 동피에르가 불안한 마음에 숨을 들이켰던 것이다.

"어차피 나에겐 아무 차이도 없습니다. 시간이 지날수록 숨을 참는 게 정말 고통스러워지지요."

"캐러도스 씨."

동피에르가 진지하게 말했다.

"당신을 다치게 할 생각은 없었어요. 맹세합니다. 이 영국인은 맡은 역할 때문에 말을 그렇게 한 것뿐이오. 최악의 상황이라고 해도 기껏 줄로 묶은 다음에 재갈을 물리는 정도였을 거요. 조심하시오. 살인은 위험한 게임이오."

"당신에겐 그렇겠지만 난 이야기가 다릅니다."

단조로운 답변이 돌아왔다.

"당신이 나를 죽인다면 당신은 교수형을 당하겠지요. 내가 당신을 죽인다면 나는 무혐의로 영예롭게 풀려날 겁니다. 한번 상상해 보세요. 동정심이 넘치는 법정에서, 당신이 저지른 악행들이 거론되고, 내가 겪은 굴욕과 고통을 하소연하겠지요. 그리고 무기력한 맹인이 발을 헛디디고 손을 더듬으며 다른 사람의 도움에 의지해 증거를 제출하는 겁니다. 감동적인 광경이겠지요! 그래요. 이건 솔직히 공정하지는 않습니다. 하지만 나는 당신들 둘을 정확하고 완벽하게 죽일 수 있고 모든 책임은 신의 섭리가 떠맡게 될 겁니다. 그런 식으로 발을 꼼지락거리지 말아요, 동피에르 씨. 당신이 움직이지 않고 있다는 건 알지만, 사람은 실수를 저지르기 쉬우니까요."

"내가 죽기 전에."

몬모렌시가 입을 열었다. 그는 무슨 이유에서인지 어둠 속에서 뜬금없이 웃고 있었다.

"내가 죽기 전에 말이죠, 캐러도스 씨. 저 전깃불에 무슨 일이 일어났는지를 정말로 알고 싶군요. 이건 분명 신의 섭리는 아니겠지요?"

"단순히 시간을 벌려는 의도가 아니냐고 묻는다면 내가 너무 옹졸한 것이겠지요? 무슨 일이 일어났는지 당신도 알아야 할 테니까. 하지만 좀 늦어진다 한들 나로서는 아무것도 두려울 게 없다는 것을 당신도 알 테니, 말해줘도 상관없습니다. 내 손에는 날카로운 칼이 있었습니다. 당신이 무시했을 정도로 하찮은 무기였지요. 그리고 바로 내 코 밑에 램프의 '전선'이 있었습니다. 내가 해야 할 일은 오직 그 전선을 다른 전선과 접촉시켜 전체 시스템을 단락시키는 것뿐이었습니다. 그러면 퓨즈에 연결된 모든 전등이 꺼지게 되고 복도의 배전

함 안에는 타버린 도선만 남게 되겠지요. 당신은 아마 잘 모르겠지만
——하지만 동피에르 씨는 도금 경험이 있으니 전기에 관한 간단한
상식은 갖추고 있을 겁니다."

"복도에 배전함이 있는 건 어떻게 알았소?"

동피에르가 조금은 분한 듯한 말투로 물었다.

"동피에르 씨, 왜 그런 쓸데없는 질문으로 헛수고하는 겁니까? 배
전함이 복도에 있든 지하저장고에 있든 그런 건 상관없어요."

캐러도스가 대답했다.

"맞습니다."

몬모렌시가 끼어들었다.

"이제 우리가 고려해야 할 것은 단 하나——."

"하지만 그건 복도에——8미터 높이에 달려 있는데——."

동피에르가 씁쓸한 어조로 중얼거렸다.

"그렇지만 이 장님이——."

"이제 우리가 고려해야 하는 건."

몬모렌시가 동피에르의 말을 잔인하게 무시하며 말했다.

"결국 당신의 의도가 뭔가 하는 겁니다, 캐러도스 씨."

"마지막은 예측하기가 조금 어렵습니다."

캐러도스가 인정했다.

"내 입장에서 지금은 현재 상황을 유지하는 게 전부입니다. 새벽
첫 여명이 드리울 때 우리는 여전히 이런 고착 상태를 유지하고 있을
까요? 아닙니다. 우리가 이 방을 영원한 어둠에 잠기게 했으니까요.
아마도 동이 틀 무렵엔 동피에르가 깜빡 졸아서 문에 기댄 채 잠에
빠질 수도 있겠지요. 나는, 불행히도 그의 의도를 오해하고 총알을

날릴지도 모릅니다——. 죄송합니다, 부인. 부인이 계신 자리에서 이런 말을——하지만 움직이지는 마십시오."

"싫은데요. 난——."

"저항하지 마세요. 그냥 가만히 앉아 계십시오. 어쩌면 결국 몬모렌시 씨가 제일 먼저 잠이 들어 쓰러질지도 모르겠군요."

"그렇다면 그런 어려움에 대비해야 되겠군요."

몬모렌시가 새로이 생기를 띠며 단호하게 말했다.

"테이블 위에 펼쳐놓은 카드를 가지고 마지막 수를 써보는 거지요. 니나, 캐러도스 씨는 무슨 일이 있어도 여자인 널 다치게 하지는 않을 거야. 그건 확실해. 때가 되면 일어서서——."

"한마디만 하지요."

캐러도스가 단호하게 말했다.

"내 위치는 위태롭고 나는 위험을 감수하지 않습니다. 당신이 말했듯이 나는 동피에르 부인을 다치게 할 수는 없습니다. 그러므로 당신들 둘은 부인이 얌전하게 굴도록 하는 내 인질입니다. 부인이 소파에서 일어서면 동피에르 씨는 죽습니다. 만일 부인이 한 걸음을 더 뗀다면 몬모렌시 씨가 그 뒤를 따르겠지요."

"니나, 무분별한 짓은 하지 마!"

동피에르가 열띤 목소리로 외쳤다.

"당신이 나 대신 총에 맞을 수도 있으니까. 더 좋은 방법을 찾아보겠어."

"캐러도스 씨, 감히 그런 짓은 하지 말아요!"

몬모렌시가 욕지거리를 뱉었다. 그는 이 정신적 결투에서 처음으로 지친 기색을 내보였다.

"저자는 쏘지 못해, 동피에르. 저 인간은 냉혈한이고 이건 정당방
위도 아니야! 어떤 배심원도 당신을 무죄 방면하진 않을 거야!"

"아마 니나 부인에게도 공정하지 못한 처사가 되겠지요."

캐러도스가 비꼬는 말투로 정중하게 말했다.

"지금 이 행동이 다소 고압적일 수는 있을 겁니다. 하지만 상복을
입은 아름다운 부인이 증인석에 오를 때 내가 이렇게 말한다면 어떨
까요? '배심원 여러분, 저의 죄목은 무엇입니까? 마담 동피에르를
미망인으로 만든 것입니다!' 그러면 배심원들은 나에게 감사하는 마
음으로 기꺼이 무죄를 선고할 겁니다. 감히 말하건대 우리나라 사람
들은 박쥐도 수도승도 아니랍니다, 부인."

동피에르는 이제 완전히 편안하게 숨을 쉬고 있었다. 그때 소파에
서 목이 짓눌린 듯한 마담 동피에르의 숨소리가 들렸다. 그것이 발작
적인 흐느낌이었는지 아니면 웃음소리였는지는 알 수 없었다.

마담 동피에르가 캐러도스를 덫에 가두고 두 공범에게 소개한 지
약 한 시간 정도가 흘렀을 것이다.

시간이 흘렀지만, 상황은 변한 게 없었다. 다만 방 안의 두 남자는
이 상황을 어떻게 자신들에게 유리하게 바꿀지를 고심하느라 머리가
터져버리기 직전이었다. 지금까지 이 두 남자는 어둠을 장악한 맹인
남자의 소름 끼치는 전지전능함과 그들마저 감동시킨 명사수로서의
냉철함에 존경심을 느꼈고 거기에 완전히 압도당해버렸다.

그러나 그들에게는 아직 강력한 카드가 한 장 남아 있었고, 절망적
인 마지막 희망을 건 그 순간이 마침내 찾아왔다. 바깥쪽 복도에서
소리가 들렸다. 집 근처에서 처음 들린 소리는 아니었지만, 이 새로운

국면에 캐러도스는 이상할 정도로 무신경했다. 실제로 몬모렌시도 위험한 순간으로 이어질 수 있는데도 다소 큰 소리로 말하고 있었다. 그러나 이제는 뚜렷한 발소리가 점점 가까이 다가오고 있었다. 범인들에게 그것은 오직 하나의 의미였다. 몬모렌시는 즉시 대비 태세를 취하고는 크게 외쳤다.

"엎드려, 동피에르! 완전히 엎드려! 귀도, 들어와! 문을 부수고 들어오라고. 우린 갇혔어!"

즉각적인 반응이 있었다. 사람의 몸이 부딪히자 문은 그 무게를 못 이기고 꿍음과 함께 부서졌다. 열린 문의 문턱을 넘던 너덧 명의 침입자가 순간 얼어붙은 듯 멈춰 섰다. 복도의 불빛과 그들이 손에 든 램프의 빛에 모습을 드러낸 방 안의 기이한 광경에 놀란 것이었다.

창문과 문 옆에는 동피에르와 몬모렌시가 캐러도스의 과녁이 되지 않기 위해 얼굴을 바닥으로 향한 채 납작 엎드려 있었고, 소파 위에는 마담 동피에르가 불빛과 폭음을 차단하려 머리를 쿠션에 파묻고 있었다. 캐러도스는——캐러도스는 조금의 미동도 없이 테이블 위에 팔을 편히 올려놓고 차분히 깍지를 낀 채 앉아서 새로 들어온 손님들을 향해 상냥하게 미소를 짓고 있었다. 그의 태도는 악당들의 야단법석과 대조를 이루며 마치 자아도취에 빠진 현대의 신이 그로테스크한 이교(異敎) 예식을 집전하는 듯한 광경을 연출했다.

"그래서, 경감님. 결국은 절 기다려주시지 못한 겁니까?"

캐러도스의 인사였다.

■ 역자 후기

　어쩌다 보니 우연히 제안을 받아 번역을 시작했다. 어린 시절 즐겨 읽던, 지금은 제목도 가물가물한 전 세계 명탐정들을 총망라해놓은 백과사전 유의 책에서 얼핏 본 탐정 이름 말고는 작가나 작품에 대한 사전정보도 없었다. 단편 8편이니 넉넉잡고 두어 달이면 끝낼 수 있으리라 야심찬 계획도 세웠다. 그렇게 가벼운 마음으로 시작한 번역 작업은 무려 반년이 넘도록 끝날 줄을 몰랐고, 지금까지 번역했던 책 중에서 가장 어렵고 가장 오랜 기간을 잡아먹은 작품이 되었다.

　영어가 어렵다 어렵다 어쩌면 그렇게 어려울 수가 있는지. 물론 역자의 실력이 부족한 것이 가장 큰 원인이었겠지만, 20세기 초 영국 작가의 고풍스러운 영어 문장은 단어 하나를 해석하는 데에도 며칠씩이나 고민에 고민을 거듭해야 했다. 줄거리라도 단순하면 모르겠는데, 이 작가는 마지막에 속 시원히 사건을 설명해주지도 않는다. 어떤 작품에서는 앞뒤 사정을 이해하기 위해 종이와 연필을 꺼내 시간순으로 도표를 그려 정리해야 했고, 편집자와 여러 차례 피드백을 주고받고 나서야 간신히 줄거리가 꿰어 맞춰진 적도 있다.

　그저 괴롭기만 하던 시간이 흘러 점점 원고의 형태가 갖춰지면서 이야기의 깊이가 느껴졌고, 생동감 넘치고 매력적인 주인공 탐정의 모습이 구체적으로 그려지면서 고행은 점차 즐거움으로 변했다. 후련한 설명이 없는 대신 이야기에 담긴 속 깊은 의미를 오래도록 곱씹게 되고, 영국 문학 특유의 은근한 유머에 웃음을 터뜨리기도 하고, 마지막 단편을 번역하면서는 급기야 주인공 캐러도스에게 반해 눈에서 하트를 쏘아대며 혼자 환호성을 지르는 지경에까지 이르렀다. 앞 못 보는 탐정이 그런 멋진 액션까지 소화할 줄 그 누가 상상이나 했으랴.

사실 20세기 초 추리소설의 황금기에 세상에 나온 작품 중에는 고전의 반열에 오를 만한 훌륭한 작품이 많지만, 국내에서는 몇몇 유명 작가의 작품 외에는 많이 알려지지 않았다. 아무래도 고전은 어렵다는 인식 때문에 독자들에게 친근하게 다가가지 못하는 부분도 있겠고, 출판업계가 전반적으로 어려운 상황에서 대중의 관심이 많이 미치지 않는 작품을 책으로 내기에 현실적인 제약도 있을 것이다. 그러나 지금 우리가 즐기는 다양한 유형의 추리소설과 스릴러의 근간은 20세기 초 황금기의 추리소설로 거슬러 올라가며, 이를 조명하는 작업은 꼭 필요하다고 생각한다. 이런저런 복잡한 얘기는 다 접어두고 오로지 재미 측면에서만 보더라도 이 시기의 작품들은 현대물과는 다른, 고전만이 줄 수 있는 묵직한 재미가 있다. 이 〈맹인탐정 맥스 캐러도스〉도 세상에 나온 지 거의 100년이 지났지만, 지금 읽어도 정말 좋은 작품이라는 생각이 든다. 번역을 끝내고 묻혀 있던 수작을 국내에 처음으로 소개했다는 뿌듯함과 함께, 내가 무언가 좋은 일을 했구나 하는 흐뭇한 기분이 들었다. 역자로서도 흔치 않은 경험이었다. 미스터리 팬의 한 사람으로서 이 시대의 수작들이 앞으로 더 많이 소개되었으면 좋겠다.

　이 작품의 최초 기획자이며 편집을 도와주신 YES24의 윤영천 팀장님과 종이책으로 내주신 박광운 대표님, 그리고 정말로 필요한 순간에 요긴한 도움을 주신 오랜 벗이자 동료 황은희 님에게 진심으로 감사드린다. 이분들의 도움이 아니었다면 이 작업을 무사히 마칠 수 없었을 것이다.

배지은

1993년 일본모험소설협회대상 최우수단편상 수상
1994년 '이 미스터리가 대단하다' 3위

산속의 필립 말로.

실종된 사냥개를 찾는 일이 생업인 무법자 사냥개 탐정, 류몬 다쿠.

어느 날 그의 사무소에, 맹도견의 행방을 알아봐달라는 의뢰가 불쑥 날아든다. 파트너이자 사냥개인 조와 함께 조사를 진행하던 중, 앞을 보지 못하는 불우한 소녀에게 이르는데……

– 표제작 '세인트 메리의 리본'

"야생동물을 아끼는 마음, 총과 무기에 대한 집착, 야생의 자연에 대한 동경을 담아, 나는 앞으로도 사냥 이야기를 쓰고자 한다. '사냥 소설'이라 호명하는 장르가 있는지는 알 수 없으나, 하드보일드의 엄격함과 감상(感傷)이 저변에 깔린 투쟁 이야기를 쓸 것이다."

– 이나미 이쓰라

긍지 높은 남자가 마련한,
수줍음 가득한 유형무형의 선물……

각기 다른 터전에서 저마다의 방식으로 살아온 다섯 남자가 날것 그대로의 진심을 담아 마련한 '남자의 선물'. 이보다 더 따뜻할 수는 없을. 긍지 높은 남자들이 엮어가는 다양한 삶의 모습을 군더더기 없는 문체와 하드보일드 터치로 그린, 감동을 불러일으키는 주옥같은 작품집.

심성 고운 무법자들.
오직 자기 자신의 신념에 따라 행동하는 남자의 미학.

감동의 연작단편집! 이나미 이쓰라의 유작 〈사냥개 탐정〉

"그건 그렇고, 당신 말입니다. 재미있는 일을 하시는구 먼. 실종된 사냥개 찾는 일을 직업으로 하는 남자가 있 다는 이야기를 사냥 친구에게 듣긴 했는데 처음엔 믿기 지가 않더군요. 당신 같은 사람은 거의 없겠지요?"
"전혀 없습니다."
"이런 걸 물으면 실례인 건 아는데, 밥은 먹고 사는 겁 니까?"
"손가락이나 빨아야 할 처지에 놓인다면, 그때는 개 사 료가 있습니다."
"흥. 개밥도 싸지는 않을 텐데."

산속의 필립 말로.
실종된 사냥개를 찾는 일이 생업인 무법자 사냥개 탐정, 류몬 다쿠.
어느 날 그에게 기묘한 의뢰가 들어왔다. 상처 입은 순록과 소년이 동물원에서 사라졌
으며, 그 행방을 추적해달라는 내용이었다. 류몬 다쿠는 파트너이자 사냥개인 조를 데
리고 그들이 남긴 흔적을 쫓으며 산속 깊이 들어가는데…… ('수르랑, 따라랑')

"야생동물을 아끼는 마음, 총과 무기에 대한 집착, 야생의 자연에 대한 동경을 담아, 나는 앞
으로도 사냥 이야기를 쓰고자 한다. '사냥 소설'이라 호명하는 장르가 있는지는 알 수 없으나,
하드보일드의 엄격함과 감상(感傷)이 저변에 깔린 투쟁 이야기를 쓸 것이다."
– 이나미 이쓰라

맹인탐정
맥스 캐러도스

1판 1쇄 발행 2016년 1월 26일

지은이 어니스트 브래머
옮긴이 배지은

발행인 박광운
기획 윤영천
편집 박재은

발행처 손안의책
출판등록 2002년 10월 7일 (제307-2015-69호)
주소 서울 성북구 오패산로 79-4, 2층
전화 02-325-2375 팩스 02-6499-2375
카페 http://cafe.naver.com/bookinhand
이메일 bookinhand@hanmail.net

ISBN 979-11-86572-07-8 03840

* 이 도서의 국립중앙도서관 출판예정도서목록(CIP)은 서지정보유통지원시스템 홈페이지
(http://seoji.nl.go.kr)와 국가자료공동목록시스템(http://www.nl.go.kr/kolisnet)에서 이용하실 수 있
습니다.(CIP제어번호: CIP2016001500)